安娜之死

The Death of Anna

謝曉昀 著

臺灣商務印書館

謝曉昀的自序導讀：橫置在生與死中間的是什麼？

我曾經參加過喪禮幾次。

在偌大空曠的殯儀館禮堂中，許多來自不同家族的悲傷，一起被擱置在禮堂的各個角落裏，大家在同樣的時間地點，一起用相同的儀式來懷念與追悼死者。印象中，他們各自的輪廓皆模糊慘白，臉孔的邊緣緩慢地被裊裊的香火，還有一致濃厚的悲悽給暈散開來。我記得在追悼過程中，總有一、兩個異常悲傷的家屬，在安靜的禮堂裏爆出恐怖、如受傷動物嘶吼般悲憤的哭聲；那聲音尖銳地刺穿了所有沉默，甚至還用力把莊嚴平靜的悲傷，給攪和成好幾組類似亂碼的意外符號，橫插進所有原本已經收拾好的情緒中。

他們突兀的悲傷哀慼，企圖想要挽回什麼？

在上本長篇小說**《惡之島——彼端的自我》**進入二校結束階段，書本還未真正上市，我自己便急迫地開始寫起這本**《安娜之死》**：一個人私自著魔般迫切進

安娜之死
謝曉昀的自序導讀

入另一本書寫的狀態中。沒有別的原因，只是太想知道那些家屬突然濃烈的悲傷情緒是什麼？夾在生與死中間的東西，狀態，甚至橫置在這中間，自成一格的灰色地帶又是什麼？

或許，這是一個永遠無法解答的生命秘密。

這是上帝留給世人的一個問號，也是我給自己的一個難題：一個可以橫跨過所有日常一切，讓我不得不把所有注意力放在上面的，屬於還活著的人，面對身邊死亡來臨的時刻會是什麼模樣。

在這本**《安娜之死》**中，由不同的五個人環繞著這相同的死亡，注視著這個隕落與悲傷……然後呢？在這因逝去變得顯而易見的悲傷後面，隨著每個生命流動而去的分鐘與小時，它們是否就蒙上一層灰黑，因此無法真實地見到屬於生命額外的喜悅？

死亡把我們活著的勇氣挖空，而感覺自己的存在是如此渺小……究竟是生命的力量巨大？還是已逝的力量劇烈？

這就是我疑惑且必須書寫此本書的原因。

在這些生命與死亡的中間，在這本《**安娜之死**》裏頭，我企圖把這之中的微調，賦予更鮮明的色彩在其中。這極端的地方在於：每個人生命的過程中，總有一個如同安娜這樣美好得如同天使般的角色：她（他）或許是你的父母親、摯愛的另一半、重要時刻伸手扶你一把的貴人、每天給你無比喜悅的孩子、聆聽你生命過程困難的友人、關鍵時刻出現的任何人……而這人在你無法磨滅的記憶中佔有重要的一席之地；然而，生命總有殞落的一天，當這天來到時，你失去了最重要的親友，你的天使就此步入死亡的盡頭，這個衝擊將會如何巨大地把你吞噬？

安娜的設定便是如此。

她是這五個不同之人生命中的天使，無可取代的生命奇蹟；然而，她的消失與死亡，卻又宿命性地蒙上一層不確定的懸疑與疑點時，生命與人性的橫衝直撞與不可預期性，就將在這本書中曲折地延展開來。

目錄

『警官－蘇利文』（一）

西元一九八〇年・夏季

「你在看什麼？」

問話的是一個大約六、七歲，鼻子下方還掛著兩行鼻涕的男孩。他蹲在我的身邊，眼睛睜得大大的，拚命地往我趴著的方向望去。夏日正午的炙陽，把我烤得暈頭轉向，身上的白色襯衫從早上踏出家門後，就已濕黏地貼在我的背脊上。此時，男孩身上的汗臭融合一股糖果發酸的甜腐味，淡淡地從旁邊飄過來。

我轉頭盯著他紅潤的臉。

「沒什麼。你不要靠近，待會這裏會封鎖起來，你趕快回家吧！」

男孩沒理我，把注意力全集中在我趴著的前方。等我站起身，拍拍身上黏人的雜草與沙子，他迫不及待地照著我剛剛的姿勢，一模一樣地蹲趴下來。

我站起來後，滿腦子都是剛剛看見的景象。那是一具過久才發現的屍體。全身赤裸地被人塞進這片草原的角落邊，一個過淺的泥土洞裏。或許兇手一開始有好好挖洞埋起來，但是後來，卻被野狗，或者夜晚才出沒的野狼群給拖了出來。

屍體面目全非，露出的部分是沾滿泥土髮絲的頭顱（還好頭部朝內垂著，否則連我都不敢看了），以及狀似想從洞裏爬出，頹然垂在兩旁，皮膚皆已成暗青色的兩隻胳膊。底下的身軀仍安然地埋在土中。依我粗略估計，死亡時間應已過了二個多禮拜了。

男孩趴下沒多久，突然好像被閃電打到般，身體瞬間從地上蹦跳起來，轉頭看著我。

我看見他的眼睛睜得老大，眉毛不協調地一高一低，兩旁臉頰的肌肉緊縮在中間，大張的嘴巴露出缺了好幾顆牙齒的滑稽。這表情融合了驚訝、恐懼、震撼、惡心……我從未想過一個人的表情，可以結合那麼多的情緒，我想以他的年紀，他的表情僅只負責把他一瞬間的感覺傾倒出來，還不能夠讓他咀嚼這些情緒的真實感。

男孩垮下豐富的神情，蹲在我旁邊嘔吐了起來。

『S鎮的地勢非常低矮，並且潮濕，只要有大型的卡車經過，整個地層都隨之震動搖晃。多年前那場持續下了一個多月的雨季中，位於S鎮外的大沼澤被雨水淹滿，把幾個過路的人與幾頭母牛給淹沒到沼澤中。

農夫聽聞呼喊，便開來大型的農具車搶救，才費力地把人與母牛拉起。當時，已懷孕的母牛卻在沼澤中，產下一隻身體為牛狀，但是頭部為人形的怪物。看過的人無不驚慌失措，深信這是一個恐怖且不祥的預兆。通常看見這種怪物，我們會狠狠地殺死並丟棄牠，但是救出牠們的農夫卻堅持飼養，於是，奇怪的事情開始層出不窮。S鎮中的女人接連一個個流產甚至難產死亡。

在一九六〇年至一九六五年間，女人只剩下城鎮全部人口的四分之一。

終於，在眾人大力的斥責之下，農夫把怪物拖到廣場上，當眾殺死，並且把如人臉般扭曲的頭顱，血淋淋地掛在外圍石牆上方，小鎮才逐漸回復原狀。』

西元一九六八年・S鎮秋日季刊

這是我在S鎮圖書館的資料室裏，一本早已停刊的雜誌中，無意間所翻到的一則多年前的傳奇軼事。

很多人都曾經耳聞：S鎮是個不祥的地方。

S鎮位於西部的平原與丘陵之間，以經緯度或氣候來說，是個種植什麼農作

物都可以生長的肥沃土地，但這項優勢卻沒有起任何作用，S鎮仍舊一片荒涼，別的地方都稱呼它為「落後的鄉下」。

S鎮從遙遠高聳的麥田高地便可以輕易望見，但是真的沒什麼好觀望的——許多淺綠色低矮平房並排成列，鎮上緊密的住宅區當中，沒有任何不一樣的建築，太過整齊地讓人覺得無趣沉悶。南邊圍繞著一條混濁的潭亞河支流，北邊則是要進入繁華T市的唯一道路：六號公路。

東、西兩邊則有些是經年未種植穀物的荒地，光禿禿地任由粗礪的田埂橫切過去，其他則是成排的磚紅色工廠。在四、五月的雨季過後，或是融雪的初春時期，鎮上所有皆光露無遮，沒鋪上柏油的道路，便把厚厚的塵土攪和成一團團骯髒的泥濘。

而聚在S鎮中心的住宅區，兩旁散佈著蜿蜒崎嶇的大道小巷。隨著主要道路馬蘭倫大道的方向往前延伸，到達中間地帶則聳立幾棟突出的米白色大樓，是這裏的小型行政單位。像是鎮公所、地政事務所或醫院診所、郵局、警局與銀行皆集中於此。除了這些單位，這裏也是最主要的商店集中區。

商店街聚集種類較多，規模也稍大的店面。像是鎮上居民常在下班後過去小酌一番，沒有招牌的小家酒吧，以及最多人去嚼舌的南西咖啡館。裏頭的老闆娘南西，一把年紀了仍維持體態苗條，喜歡穿貼身的露肩扶桑花洋裝。臉蛋有些

安娜之死

西元一九八〇年・夏季

方，習慣在上面塗抹誇張的化妝品，態度倒十分客氣有禮。這家店裏兼賣些簡單的三明治與冷飲，但大多時間南西則倚著吧台與鎮上的人聊八卦。

S鎮的位置與繁華發達的T市比鄰，南邊則緊鄰著相同較發達的E市。開車橫越接連S鎮與T市兩個地區的唯一公路，需要半個小時的時間。由於比鄰的T市，聚集附近最主要的建設與開發，百貨業與服務業盛行，人口密度也最集中，導致房地產昂貴，所以地價低廉的S鎮，就成為T市主要的工廠集中地。

不論印刷工業或者鋼鐵、電子以及加工業的開發製造，這種需要大面積的生產業全聚集在S鎮，是提供大量生產的角色。

在人力資源的分配，也從這兩個市鎮的特質可知，S鎮聚集所有想來T市居住工作，卻又住不起昂貴房子的各路人馬。住在如同大熔爐的S鎮居民，則被T市人稱為低下的鄉下人，或者粗俗的藍領階級。

而主要傳出怪誕傳奇的地點，是從S鎮外圍那座佈滿塗鴉的高牆踏出，沿著筆直的泥地往前走，前方距離鎮上約五公里遠的工廠區塊。那延伸泥地的兩旁，是個佔地極廣，且雜草長及膝蓋的草原，就是這裏塞滿了各種奇怪詭譎的傳言。

在一九七〇年前，那時候S鎮外圍沒有草原，而如這雜誌上刊寫的，是一片泛著淺水的沼澤窪地。我記得在一九七五年之後，可能是整個生態環境與氣候的改變，沼澤地才逐漸演變形態，由底部深處長出雜草，最後變成一片蒼綠的草

原。

每年想要到達繁華T市找工作的人，都得從各個地方駕車上S鎮直達T市的六號公路，前仆後繼的橫越S鎮。有些人會在未到達T市，發現S鎮的工廠也終年缺人而定居下來；大多數的人會順利到達T市，找到工作後，卻因房價高昂而轉居住在S鎮中，每天開車往返通勤。

也有很少數的人，根本到達不了T市。

當我從E市調來S鎮當警察，開始著手進行還未定案的命案調查後，才發覺許多命案中大多的死者，幾乎都來自不同戶籍地點，但是清一色是想到T市找工作，或想到那裏生活的年輕女性。

這讓我想到美國的好萊塢，每年也吸引各地大批的年輕女孩，想到那裏成為明星或模特兒，以為自己可以飛上枝頭當鳳凰，但是最後大多沒有達成夢想的失去蹤影。

有些淪為餐廳的服務生、賣場的收銀員、甚至墮落到去當舞孃，或出賣肉體來換取繼續留在大城市的機會。而非常少數的，則是屍體在偏僻的角落被發現，一個目擊證人也沒有。

為了虛幻名利與泡沫夢想，她們像是飛蛾撲火般的不顧任何代價。

安娜之死

西元一九八〇年・夏季

【一九七二年三月，E市的貝妮絲。十六歲。

原為E市城鎮中，專門拍攝傳單與特價資訊海報，已經在這行打滾五年的小模特兒。聽從經紀人的建議，打算前往T市的演藝圈發展。五個月後，屍體被發現在S鎮草原的南邊，一戶農家倉庫旁的地底下。

（經紀人已提出確切的不在場證明）】

【一九七五年六月下旬，E市的娜斯塔。十七歲。

想要橫越S鎮到達T市找工作，失蹤且失聯後家人馬上報案。三個多月後，埋在草原中央的屍體被警犬尋獲。】

【一九七九年十二月初，原本在T市擔任秘書的艾薇。二十一歲。

在新年假期時開車返回家鄉E市。經過一天等候未見人影的家人報案，於隔日先發現在S鎮草原道路旁，那台登記於艾薇名下的紅色房車（車身已撞毀），而於搜尋五個多小時後，發現艾薇陳屍於草原旁，六號公路的水溝內。】

「你覺得這些是怎麼回事？」

我記得我剛來S鎮的第一個禮拜，獲知得開始追查這些命案的那天早晨，被上級分發與我一同研究命案的夥伴理察，年紀大約三十多的肥仔，懷裏抱著成堆資料檔案，好像炫耀什麼似的，把他肥碩的下巴抬高，站在桌子對面，有順序地把命案一一攤開在桌上。

我看了他一眼，站起身，學他把雙手交叉放在胸前，從上望下去注視這些資料。這些資料望過去肉糊糊的一片，間或有些鮮紅的血色，也有一抹青綠色的痕跡，像極了一幅拼貼的抽象油畫。

「我不知道，」我對他聳了聳肩。「我想，這是我被派來支援的主因。」

「其實，」他踱步走到我的旁邊，低聲地在我耳邊說：「我真的相信那片草原被下詛咒了！」

我點點頭，轉頭避開他滿嘴大蒜的氣味，繼續看著滿桌的命案資料。對於詭譎的草原，神秘的傳說，我從不把這些考慮進命案的主因。應該說草原的先天條件，真是棄屍的最佳地點：陰暗、潮濕、毫無人煙、隱密性絕佳、灰暗荒涼……而連續發生命案的主因，我確信是因為S鎮的地理位置，以及前面所提及，與T市之間互相依存，無法獨立的殘缺性，使得S鎮的居民成分過於複雜。

再細問命案發生的原因，辦案久了就會明白，很多殺人棄屍的原因都是沒有原因。

一九八〇年六月十五日上午十點，警局尖銳的電話鈴聲劃破寧靜。

電話裏的高亢女音嚴重結巴，一聽就知道受了很大的驚嚇。等到那婦人終於

安娜之死

西元一九八〇年・夏季

清楚說出屍體的位置，時間已經過了十分鐘。我的搭檔因為一早就去辦一起家暴事件，到現在都還沒回來，所以我掛上電話，獨自匆忙地離開警局。

開車前往發現屍體的現場時，我發覺我的雙手緊握著方向盤，心跳得很混亂，才驚覺這是自己在S鎮接的第一個命案。不是那些塵封許久、未被尋獲的案子；也不是積壓過多疑點，期待開始落空，逐漸變成一個檔案那樣過久的失蹤與死亡。

這是一個進行式。活生生的命案進行式。

我飛車到達現場，接著把那個嘔吐不止的男孩送回他家，用黃布條封鎖現場，打電話回警局尋求支援。就在等待的時間裏，我坐到屍體附近的一棵樹下，抹了抹額頭上的汗，才終於深深地喘了口氣。

如果這片草原沒有發生過那麼多事，它真是個漂亮的風景區。我把濕汗隨手抹在褲子上，轉頭瞇著眼，看向遼闊的青綠色。那翠綠隨著微風吹撫的波浪與弧度，配合著今天湛藍色點綴白雲朵的天空，真像是畫裏才會出現的風光。

或許來這裏定居的人，並不全然貪戀T市的繁華，而是為了這片既恐怖又美麗的草原風光。眾說紛紜的傳說，讓這片草原增添了無法取代的神秘魅力，也不知不覺地讓這片青綠色更加誘人。

然而，我既不是口頭故意宣稱，與大家以為被派來S鎮支援的警察；也不是

為了靠近T市，或者是被這片草原的神祕致命性所吸引……我低下頭，摸出襯衫口袋裏已壓扁的菸，點上一根。

是我主動向主管要求，從E市調職到S鎮來，連生活也一同搬遷到這個大家一致認為出事率最高、風評最糟的城鎮裏。現年四十六歲的我，離那讓我決心離開的事件，已有十年的時間，但我仍然明白，這個傷痛將會如影隨形的跟著我一輩子。

十年前，一九七〇年，六月五日那天，我被當時任職的E市警局，調派至T市出差。據通報說明，有個於E市被通緝多時的毒販，在T市的大賣場中被線人看見，線人甚至確定了毒販的住所與常出沒的地點。就在整個事件未結案前，上司要我先獨自前往打探，如案情需要，可能會待在T市過夜。當我接到命令時，心裏鬆了一口氣，毫不猶豫的馬上整裝出發。

因為就在去上班的前幾個小時，我與妻子發生嚴重的爭執。到底為了什麼事我已經忘了，但我記得這是我們結婚多年來，第一次發生如此激烈的爭吵。

在兩人對峙著站在客廳的沙發前，嘴裏還塞滿指責與辱罵對方的言詞時，我瞥見不知何時已被我們吵醒，當時年僅六歲的女兒愛蒂，正倚在旁邊樓梯的扶手處盯著我們。但這不是我後來先停止下一來一往的爭辯，想盡辦法讓自己平靜下

安娜之死

西元一九八〇年・夏季

來的原因。雖然我也不希望愛蒂看見這一幕，但它畢竟就是發生了，我想這或許是我們家庭生活中一個不愉快的插曲，如果她大了點一定會理解。

讓我突然閉上嘴巴的原因，是妻子的模樣突然變得非常可怕。她身上套著粉紅色的棉質睡袍，披頭散髮地站在我面前。原本深棕色如同瀑布般美麗的長髮，正濕黏地貼在她的臉頰上。眼睛泛血地瞪大，削瘦的顴骨突出，右手則不斷戳指著我，音量提高地喊叫著許多奇怪的音節。

聽清楚後才發現，那些都是非常下流骯髒、不堪入耳的髒話。

我很驚訝，覺得妻子的狀態非常異常。就我對她的了解，一路就讀天主教女子學院的她，平日連大聲說話都覺得丟臉，但在這個時間點上，她卻好似變成鎮日在下流地方打滾的妓女流氓，流利地罵起根本無法想像的骯髒字句。我的腦袋嗡嗡作響，震驚的情緒多於憤怒，使我無法平靜下來，走過去好聲好氣地安撫她。

她不是我認識的任何人。我在心裏有了這個奇怪的想法。於是，我選擇沉默，然後轉身甩門離開——而這個舉動，卻讓我終身遺憾。

「蘇利文，現在情況如何了？」到達T市的五個多小時後，大約是晚上七點半，我接到上司打來詢問的電話。

「我現在在毒販的公寓樓下。之前有看見他在巷弄裏跟另一個人談話，對話內容不清楚。我會想辦法到他公寓對面的樓層，從那裏監視他的舉動。」我大力吸了一口手中的菸，眼睛緊盯著對面三樓的窗口。

「嗯，進度還算不錯。我跟你說，你現在馬上回來E市，我會派人去接應你的工作。」

「為什麼？」我詫異地問道。

「我剛接到你家裏打來的電話。你的女兒放學沒回家，已經失蹤將近三個多小時了。我想，你最好先回來處理一下。」

等我回到E市警局時，就看見妻子的弟弟，也就是與妻子相差三歲，一個剛退伍回來，在加油站打工的小伙子克里夫，一個人低頭坐在旁邊的長椅上。我與他不算熟，他是我妻子唯一的弟弟。聽妻子說過，他曾經在高中畢業後放浪形骸的過了好幾年，後來因父親的過世，才從泥濘般的人生裏抽身。

當我一踏進警局，只看見克里夫，就明白我的妻子應該是在家裏等待愛蒂，或者相關知情的電話。我倉卒地詢問克里夫，據他說，妻子大約在我早上出門後，聲音崩潰地打電話給他，但那時他在上班，所以等到下午五點才到達我家。而後，兩姊弟就在客廳聊天，等到妻子意識到愛蒂沒有回家，已經七點多了。愛蒂讀的小學是四點整放學，所以說，他們兩人察覺不對勁，在瘋狂找尋沒有結果後報警，距離放學時間已經過了三個多小時。

愛蒂讀的小學距離家裏大約走十五分鐘就會到。只要我與妻子下班來得及，一定都會去接她，但也有兩人都沒空，需要她自己回家的時候。而綜合今天糟到不行的情況，我相信愛蒂早上看見我們激烈的爭執，心裏應該就有自己走路回家的打算。

「所有相關的人都問過了嗎？」

「愛蒂的老師說，有看見她與同學一起走出校門，時間是四點〇五分。與她要好的同學也都打過電話詢問，結果說是在校門口轉角處跟她說了再見，各自回家。」

轉角。我在腦中快速地閃過那個地點。那是出了校門右轉的位置，沒有任何商家與店面，只有一座深綠色的投幣式電話亭，與終年並排，停滿街道的各種車輛。

不好的預感開始如海水滿潮般地向我席捲而來。

「愛蒂有走向回家的方向嗎？」我的呼吸急促，後面的襯衫已經濕了一大片。

「沒有人知道。她們與愛蒂說了再見後大家轉頭回家。沒有人知道她是停在那，還是稍後就往回家的路走。」克里夫聲音沮喪的說。

愛蒂的失蹤，在這裏就像被按了隱形的暫停鍵，一切停止。

發生失蹤的三個月中，我與妻子瘋狂的問遍所有的人，老師、同學、鄰居、附近住家，甚至當天那一排車輛的所有車主，我與警局同事也全都徹底調查過。沒有人看見，也沒有人知道愛蒂在那天，從校門口轉過彎，揮手與同學道別後，人究竟去了哪裏。

沒有目擊者。沒有相關資料。沒有線索。沒有任何可疑者。甚至，沒有屍體。

一切的一切，全都蒙上一層烏黑的絕望，我連想要對誰發洩這憤怒與傷心都沒有辦法。好像愛蒂從那刻開始，人就從世界上蒸發，與空氣或所有氣體融為一體。

我非常明白，一過了尋找的黃金時期，失蹤就等同於死亡的另個說法；然而，我還是在時間與時間的縫隙裏，假裝愛蒂只是跟我玩捉迷藏，尋找家裏各個能夠藏匿她的地方，就如同我們先前玩過幾百次的遊戲一樣。

她最喜歡躲在房間角落，那個貼滿粉紅兔貼紙的衣櫃裏。在我瞬間拉開衣櫃的同時，嘻笑著撲到我的身上。

「噢……愛蒂……」我打開衣櫃，捂面倒在地上。

安娜之死

西元一九八〇年・夏季

一九七〇年的九月二十五日，距離愛蒂失蹤約三個多月後，我的妻子被送進精神病院。

她把愛蒂失蹤的過錯全怪罪到自己身上。一開始先是整天哭泣，原本在圖書館的工作也只好辭掉。然後，便是徹底的疑神疑鬼，電話與門鈴聲都會讓她顫抖與崩潰，甚至大聲點的電視噪音，與外頭的響聲都讓她歇斯底里。

後來，接連三次的吞藥自殺未遂，根據醫院的判斷，如果妻子不住進精神病院，讓專業人士二十四小時的輪流看護她，她就真的會在我面前消失。我會在失去愛蒂後，接著失去她。

我回想渾噩的這三個月裏，妻子彷彿遺忘語言能力般地，沒有開口說過話，只發出如野獸般低沉破碎的嚎哭。儘管我告訴她上千萬次不是她的錯，我還是能見到拖曳在她身後的，巨大哀痛的漫長陰影。

我身後的陰影，也如她一樣的濃稠，且永遠不會消失。

「你的妻子以前就有相關的病例。她的精神狀態一直都不是很穩定，最好即刻整理行李住進去。那裏的設備很完整，醫生與護士都相當專業，算是城市裏的頂級醫療住所。」一頂著一頭雪白頭髮的醫生，蓋上手上的一疊資料，面容嚴肅地向我宣告這個最後底限。

我從不知道妻子曾經有過相關的病例，我只記得，她很討厭看醫生、去醫

院。以前不管生病感冒的多嚴重，都堅持不就醫的要在家裏修養。我聽見醫生說出這句話時，腦中浮現了兩個畫面：

第一個，是愛蒂失蹤當天早上。妻子露出從未見過的猙獰的表情，突然對著我罵出許多惡毒骯髒的字眼。那是徵兆，所有事情起點的徵兆。如同從頂點開始往下滑落的那把推力，所有斷裂前的瞬間停格。

第二個，就是我沉默過後的轉身，甩上門，其實人就站在闔上的門口，作了好幾次的深呼吸。

那時陽光炙烈，一道金黃色的光線籠罩視線，旁邊的樹影則錯落地篩在我的臉上。我瞇著眼，看著前面開敞，如同鍍上箔金的筆直柏油路，心思卻緊緊糾結在一起。我甚至在門前抽了根菸，考慮是不是要轉身掏出鑰匙，進去家裏再和她好好溝通，或花個幾分鐘，安撫受了驚嚇，還站在樓梯旁的愛蒂。

但是我沒有，我就是沒有這樣做。我從不知道，這個轉身是我的人生開始往下墜落，家破人亡的轉捩點。

一九七一年一月初，距離愛蒂失蹤已經過了半年多的時間。本來由我調查，也就是我站在他躲藏於T市公寓，對面的樓下望著窗口的毒販鮑伯，於今日被捕。在多日的偵訊逼問下，他供出一連串毒販與吸毒者名單，來換取自己的減

安娜之死
西元一九八〇年・夏季

刑；甚至，還在無意間，透露了一個駭人聽聞的消息。這原本以為與我再也無關的案件，卻在此時，像是開玩笑般朝我用力滾來，與我的人生緊緊黏貼住。

「蘇利文，你知道鮑伯已經招供了？」同事一見我走進警局，馬上湊過來遞上一杯咖啡。

「喔，昨晚有聽組長提到。」我順手接過咖啡。

「我想，我想你最好去問一下，因為名單上有克里夫的名字。」同事突然壓低聲音，在我耳邊像講悄悄話的對我說。

「克里夫？我的小舅子克里夫？我怎麼不知道他吸毒？」我皺起眉頭。就我了解，吸毒者通常不會馬上戒得掉毒癮，尤其是吸食時間過久的毒犯，在之後的時光裏，很容易因為生活遇見挫折或不順，便可輕易地讓他們重回毒蟲的行列。我想到這裏，才意識到已經有好長一段時間沒見到克里夫了。

他在愛蒂失蹤的開始，曾協助我們搜尋，但隨著時間過去，大概也明白找到的機會越來越渺茫，所以便回去他居住的T市。我聽過妻子曾提及克里夫放蕩的經歷，所以得知他吸毒並不驚訝。

我把手中的咖啡一口氣喝完擱下，走到長廊最底的緝毒組辦公室。

「聽說鮑伯……」我敲了敲門，轉開手把，還未說完第一句話，就看見辦公桌後的緝毒組組長，臉色凝重地站起身，拉開對面的椅子要我坐下。

「蘇利文，我想跟你說一件事，你要做好心理準備。」

於是，組長告訴我，有雙凹陷眼窩的毒販鮑伯，在供出所有名單後，連帶地透露某天晚上，在酒吧裏遇見喝醉的克里夫，兩人瘋言瘋語地對話許久，而聽見一個警方一定感興趣的消息。

鮑伯在口供中提到，他記得與克里夫兩人一起乾掉半打啤酒後，便開始開起黃腔。講到關於男人對於女體的渴望與玩笑。是鮑伯自己先提到公寓隔壁，那久未結婚的老處女。他口沫橫飛地形容了那女人的長相，還認真想過她的裸體，甚至有時還會因為生理的騷動，想像過與她上床甚至求婚的畫面時，旁邊滿臉通紅的克里夫突然仰頭大笑，連口中的啤酒都噴到吧台上。

「有那麼好笑嗎？你喝醉了吧，別喝了克里夫，我送你回家！」鮑伯有些不開心，他認為克里夫的大笑根本就在嘲笑他。

「沒有，我沒有醉！」克里夫粗魯地把桌上的啤酒推開，身體湊過來。「你的意思是你想要結婚了？我告訴你，結婚、組家庭、生孩子簡直是我們這種人不能奢望的！跟你說個秘密，我的姊姊根本是個神經病，」他用右手的手指，粗魯地點了點太陽穴，「神經病你知道嗎！那是不能結婚的。」克里夫又把推遠的啤酒撈過來喝光，繼續說。

「姊姊大概在……我想想，好像是我讀高中那時，啊，就是我在艾里斯酒吧

安娜之死
西元一九八〇年・夏季

認識你，跟你買海洛因的時間點前後，說是在旅行時認識她現在的丈夫，兩人居然就偷偷私奔去結婚了。當時我與她在家中，根本是相依為命的兩個人；母親早死，而我的父親則是個不折不扣的畜生。失業在家整天酗酒，喝醉就打我們，每天找各式各樣的理由，拚了全力的痛打我們。

有時候是起床時間晚了。有時候是電視聲音太大。更多時候則是他說話時，我們的眼睛沒有看著他。

我每次盯著他油膩如肥豬般，令人嫌惡的臉，心裏就想：你打就打啊，還費力找什麼狗屁理由！後來我大概明白，他這樣做無非只是希望我們不要太痛恨他。

他費心了，我對他的恨，老早就超過我可以想像的底限了。」

「喂！你喝醉了，不要再說了，我送你回家吧。」鮑伯不習慣與人深入聊天。交錢給貨是一貫的作業模式，他很少與人深交，尤其是客人更是不可以。鮑伯心裏很清楚，會墮入到毒蟲行列的人，有百分之八十是無法面對真實的人生，那背後隱藏的黑暗面他不想面對。

不是不想，而是無法。如果真的了解了，那麼他與毒蟲之間的供給關係一定會混亂。因為他很清楚，人生本來就如同一座正在焚燒的高塔，只要犯點小錯，就會引發更激烈的熊熊火焰，更迅速地燒光高塔。

站在自己即將燒燼的塔端，去觀望正在焚燒的別座塔是最不應該的。你會有惻隱之心，會想要忘卻自己的灰燼去幫毒蟲救火，那麼，毒品市場就會從這開始萎縮，然後讓自己的高塔焚燒得更快。

「不，你聽我說，你知道我何時才再見到我姊嗎？直到我爸過世，整整五年的時間都沒有見到她，空白了整整五年啊……她根本就是背叛我，背叛我們要一起扛的苦難逃走，我永遠不能原諒她。」克里夫此時表情卻很平靜，像在描述曾看過的新聞事件般，完全事不關己，只有眼神茫然地透露少許情緒。

「所以呢？唉，人本來就會自己尋找比較舒服的方式過活，你姊根本就沒有錯。」鮑伯摸出菸，抽上了一根。他放棄勸阻克里夫回家的念頭，轉而拍他的肩，想要安撫他。

「不對！不是這樣！我姊長期待在高壓的恐懼中，所以在高中時得過嚴重的憂鬱症。很嚴重，會產生幻聽、幻覺的那種。她的學校老師曾帶她看過醫生，醫生都說她的情況應該住在精神病院裏，但是我家那有那種閒錢啊，還是讓她如往常一樣的過日子。神經病怎麼可能知道什麼方式的生活會舒服？她居然還私奔去結婚，甚至背叛我！

至於我呢，我不是神經病，我當然知道怎樣才會讓我舒服一點……就是把她的女兒殺了，然後把他們搜尋不著的屍體，埋在他們家的後院裏。」

安娜之死

西元一九八〇年・夏季

「你開玩笑的吧？不是認真的對不對！」鮑伯覺得事情有些不對勁了。

「哈哈，你無法想像我有多認真！」克里夫說完，咧嘴大笑了好幾聲，又說了許多亂七八糟的話，就是沒再提到這件事。

當組長說到把屍體埋在後院後，突然閉上嘴巴，僵硬地伸手把鼻樑上的眼鏡取下。我盯著眼前的組長看著，全身的血液迅速往腦門衝去，眼前的一切變得異常清明。我感覺自己站在人群中間，旁邊所有的人都對著我說話，對著我說些聽不懂的話語。我捂上耳朵……好吵……真的好吵………

「克里夫在哪？告訴我他在哪裏！」我回過神，粗暴地大聲吼叫，轉身往外面衝去。

「蘇利文你冷靜點，不要衝動！他已經被拘捕了，這件事我們會好好處理的。」組長追上我，動作俐落地把我按倒在地上。我用力掙扎自己的四肢，被壓制在地板上的身體發出強烈疼痛，安靜的空間裏只剩下我哀嚎痛哭的回聲。

當天晚上，重案組派出七個隊員來到我家。挑著照明的白亮燈光，迅速地把門後十坪大的後院翻了過來，僅花了半小時的時間，就挖出了愛蒂已經腐爛的屍體。

我從未想過，那段瘋狂尋找愛蒂的時間裏，我們想破了頭，跑遍了所有的地

方，都想不到她究竟在哪裏，究竟發生了什麼事。而原來日思夜想的愛蒂，其實從未離開過我們，她就只是躺在後方庭院的冰冷泥土裏。

我也從未想過，這是最讓我痛心疾首的一點。

十年前，在我三十六歲那年，我年僅六歲的女兒愛蒂，被她的舅舅，也就是與我的妻子相差三歲的弟弟殺死，埋在我與妻子住的房子庭院的泥土裏。

我把菸按熄在腳邊的乾泥巴中，眼睛繼續盯著這片廣大的翠綠草原，身後圈起的黃布條在微風中顫動著。這十年中，發生了很多事。克里夫受到拘留，而後被法院宣判死刑到執行的那段時間，我因為精神狀態的極度不穩定，被強迫關在警局後方的禁閉室中。這段時間其實非常短暫，聽說克里夫被捕後很乾脆的認罪，法院也即刻判決死刑，過程前後不到兩個禮拜的時間。

我想了千百遍在這短暫的時間裏，究竟發生了什麼事。有可能是哪個多嘴的護士在討論這場人倫悲劇時，沒有發現我的妻子在場，而同時我也被關在不同的地方無法探顧她；也有可能，他們姊弟倆心靈相通，一個殞落生命，另一個便也打算這麼做。

但是，我始終認為，妻子的死不是因為克里夫的死刑，而是這個死刑的背後，背負了如此龐大的悲痛回憶。

所以當我終於從禁閉室裏放出來，卻必須馬上面對另一個悲劇：我的妻子在克里夫行刑的那天晚上，用塑膠餐刀刺破自己脖子上的大動脈，搶救無效。這等同於，從小是孤兒的我，從不見天日的昏暗空間中出來，我就失去全部的親人，這世界上空蕩蕩地只剩下我一個人了。

「屍體上沒有任何線索。死者身旁沒有任何證件，因為屍體腐爛程度嚴重，指紋比對還有一般查證身分的方法都喪失功用。目前醫學上的DNA發明也未臻成熟，最後一個希望應該是等齒模的資料出來，或是前來認屍的家屬可提供正確的資料。

我想，現在只有先從失蹤人口的案件上去一一核對了。」

我聽著驗屍官的說明，寫些筆記在紀錄本上，然後望著全身赤裸發爛的屍體。屍體腐爛的程度比我想像的還要誇張。據驗屍官的詳細說明，不只於草原被發現的時間過晚，那些野生動物對證據的破壞也相當嚴重。我看得出來，要不是那些動物們吃掉了她右臉頰的肌肉，露出深已見骨的窟洞，我想她應該是個面目清秀的少女。

「你想她多大年紀？」我轉頭看正彎著腰，用棉花棒仔細地清理屍體耳朵的驗屍官。

「依照僅剩的線索，我估計她大約十六歲上下。」他維持一樣的姿勢，金邊眼鏡滑到油膩的鼻頭上。

十六歲。如果愛蒂沒死，今年也剛好十六了。

原本已經打算離開的我，又轉身站回屍體旁邊，重新打量一次上面的女孩。毫無雜色的純粹金髮，緊閉的眼睛上覆蓋一層濃密的睫毛。細瘦的身體看起來有些發育不良，扁小的胸部旁，橫灑著一條條清晰的肋骨。雙腿修長勻稱，身高大約一六八公分左右。左腿後有道癒合的淺色傷疤，不明顯，大約在膝蓋的後側方。

我靜靜地站在屍體旁看了很久，直到驗屍官準備進行剖屍查驗死亡原因，我才默默地離開。

大約過了兩天，有兩位曾經報過失蹤人口的家屬來認屍。

儘管只有兩位，但整個過程卻非常離奇，不只是全權接下案子調查的我感到詫異，連夥伴理察，也好幾次地感到心煩氣躁。他不只一次告訴我，希望我全權接收這個案子，他一點都不想插手。

「這兩個女人簡直是瘋子，道道地地的瘋子！我想如果再看見她們，我一定也會變成瘋子！」理察總是揮著拳頭，從頭到尾地這麼形容她們。非常貧乏的形容，但是我卻覺得除了瘋子，真的沒有別的形容詞，可以描述這兩位前來認屍的家屬。

一位是年紀與我相似，四十五歲左右的女士。身形沒有相同年紀的鈍重或老邁，反倒是一身爽朗的清瘦，配合她常穿的連身麻料長洋裝，其實更該顯得年輕，但是看上去卻比實際年齡衰老。原因是在她的臉上，從額頭、眼角到法令紋的深刻皺紋，把她紛雜憂鬱的思緒，全都刻劃在外表上了。

另外一位家屬年紀相當輕，二十三、四歲，有著一雙大眼睛的娃娃臉。留著標準的學生頭，身形嬌小纖細，簡單的牛仔褲與白色T恤。她一進到警局讓人直覺這樣年紀的女孩，應該是來報自己的單車失蹤，或者飼養的小狗走丟之類的小案件。但是當她一開口說話，你會馬上收回剛剛幼稚的聯想，而對她產生莫大的興趣。這女孩很奇妙，早熟似乎還不足以形容。她黑白分明的大眼睛非常靈活，除了第一眼印象絕對是聰明之外，她的談吐也讓人覺得，這孩子彷彿經歷過許多不屬於她這個年紀應該經歷的事情。

「我昨晚接獲失蹤人口通知的電話。叫我葛羅莉就行了！」我記得通報曾備案類似的失蹤人口的家屬後，第二天一早，第一位女士就直接走進來警局，告訴我們她的名字。

「請問您報失蹤的家屬是……」我聽見馬上從座位起身，走過去與看似冷靜的她握了握手。

「安娜。我的獨生女安娜。」我暗自屏息，對她點點頭，請她稍後跟我到長廊最後頭，那放著屍體的房間。

安娜。我一邊往長廊的盡頭走去，一邊迅速往紛雜的回憶中撈去。如果我沒記錯，在幾個星期前，警局全部的失蹤檔案，從一位即將退休的老警官手中交給我時，老警官提醒我，這位母親真的很急迫地想要找回她的女兒。

「每個來報失蹤的家屬應該都很著急吧？」我不解地問道。

「不，你看過她一定會印象深刻。有些來報親人的失蹤，一看就知道是那種報案了結的心情。你現在應該很難想像，但是失蹤案接觸久了，你光看他們反應就會知道，那種假裝得很好的焦慮，根本騙不了我。」

「那這位母親呢？她是邊哭邊報案的？」我低下頭，仔細翻閱從警官手中接過來的資料夾。

「其實我也會從家屬的反應，而私下去加快或放慢查案的速度。畢竟失蹤案那麼多，我個人是以這作為工作上的自我判斷。

這母親沒有像那些假裝悲痛的家屬，矯情的哭得淅瀝嘩啦；相反的，她很清楚地說明她的女兒失蹤那天，是什麼時間，外表的特徵有哪些等等，說得相當詳細。過程一切看似正常，但那卻是我真正第一次，聽見身為父母的人，為了孩子心碎的聲音。」

安娜之死

西元一九八〇年・夏季

「心碎聲？」我抬頭凝視著面前的警官。

「對。很奇怪，這是種抽象的感覺。我當時送這位母親走出警局，她回過身來跟我道謝，我看著她暗褐色的眼睛，眼角旁如刀刻般的皺摺，微微在我面前顫動著，瞬間便明白她知道，她知道自己的女兒安娜，在離家出走後便凶多吉少，她為了這個心慌的心都碎光了。」他用沙啞的嗓音說著。

我沉默地低下了頭。沒有人比我更了解了吧，我想。多年前我接到愛蒂失蹤的電話，我想那時的我也跟這位母親一樣，心慌的心都碎成一片片的。不只當時，我深刻覺得，只要為子女心碎過的人，心是很難再復元的。

不管過多久時間都一樣，只能沉重地拖著破碎的心繼續苟活。

「蘇利文！這裏還有一位要來認領屍體的人！」當我的後頭跟著葛羅莉，已經走到停放屍體的房間門口，正準備推開門時，理察的聲音從長廊前端傳過來。

我疑惑地回頭，看見一個漂亮的小女生，態度從容地對我與葛羅莉鞠個躬，踏開腳步走向這裏。

她就是羅亞安。理察口中第二個女瘋子。

「請問你報的失蹤案是？」我詢問眼前越走越近的女孩。

「十年前的失蹤案。報案的是我母親，失蹤的是我的妹妹羅亞恩，失蹤當時她六歲。」羅亞安非常俐落地把話說完。我愣了一下，羅亞恩……腦子還轉不過

來她所說的在資料的哪一頁。但我想先讓她們兩位看過屍體，到時候再慢慢查證也不遲。

事情就從這裏開始。

當時我們三人依序進入房間中。我靜靜地把屍體上的白布掀開，我以為她們會被殘破的屍體給嚇到，但是沒有，我實在太低估她們兩人了。

葛羅莉一進到白亮的房間中，就把右手手掌捂在嘴巴前，從頭到尾都沒有把手放下來過。而羅亞安則是皺著眉頭，那年紀的小女生皺眉，照理說應該有種不協調的老成，但是沒有，反而在看過她笑著打招呼與皺眉後，你馬上就可以明白，這不快樂的憂鬱情緒，眼前的女孩跟它相處得實在太過融洽。

兩人從頭到尾都沒說話。但都相同睜大眼睛，近距離地異常盯著裸露的屍體。

在這段認屍的時間裏，我退到房間右後方的窗戶旁。陽光正烈，從透明的玻璃窗外灑了進來。金黃色的光線，被窗子濃縮成一格正方形，漂亮地把房間暗灰色的瓷磚照得發亮。我瞇起眼睛，看著兩個在光線下顯得濃黑的影子，彷彿在瓷磚上烙下的兩個永恆的印子。

安娜之死
西元一九八〇年・夏季

「兩位有沒有什麼發現？」我清清喉嚨，在過於安靜的空間中開口說話。

她們沒有多說什麼，只是異口同聲說會再跟我聯絡。

當天晚上，我把失蹤檔案帶回家，翻看關於羅亞恩的檔案。檔案上的紀錄很詳盡，代表警方曾經有仔細追蹤過這個案子。

羅亞恩是在十年前的六月初，被母親帶去超市買東西。就在母親踮腳去取上層架子中的盒裝玉米片，轉身回來，手推車上的羅亞恩就已不見蹤影。

警方當時有到超市調出當天的攝影機內容。紀錄上寫著影片非常模糊，隱約拍到一個體型高大壯碩，戴著黑色鴨舌帽的男人，慢步走近手推車旁，然後鏡頭被一個停在附近看商品的胖婦人擋住。婦人只停了大約五秒，走開時男人已離開，手推車上的羅亞恩也不見了。

紀錄上寫明那位胖婦人是住附近的鄰居，有印象自己當時停在商品前考慮價錢，但是因為太專注比較價格，根本沒注意到旁邊手推車中的小孩，還有她身後擋著的男人。男人在影片裏特徵不明，但確定沒有任何前科，所以警方那也沒有相關紀錄。當然也曾有把影片中唯一清晰的影像印成照片公佈在各個地方，但是沒有人來指認，甚至沒有人有印象見過這樣的男人。

或許是太模糊了，男人的帽子遮住了臉上所有特徵，也或許他就是有技巧地避開攝影機，所以拍到他也無濟於事，等同於整個失蹤案沒有任何線索。

羅亞恩失蹤後，她的母親馬上就到警局報案，但是這失蹤案一放就是十年。我想，羅亞安或者她的母親、父親，也有相同再見到羅亞恩，應該是具屍體的心理準備。但或許也不用這麼悲觀，還未見到確切的證據前，沒有人可以說羅亞恩已經死了。

我把檔案闔上，揉揉發酸的眼睛，眼眶泛淚地打了好幾個喝欠。我起身把桌上的燈熄滅後，便上床睡覺了。

隔天一早，我一到警局，身上的外套還未脫掉，理察就已經走到我的辦公桌前。

「喂，你看這個！」他把一本相本擺在我的桌上。這本相本頗大，外觀是棗紅色硬殼精裝，一塵不染地像是全新的。

「這是？」我伸手翻開第一頁，相簿中央是一張嬰兒的照片。就如我們印象中的嬰兒，皺著張肥嘟嘟的臉，五官細小地卡在其中。

「一大早限時快遞來的，有封信夾在裏頭。」理察搖搖頭，把一封摺成長方形的米白色信紙從口袋裏取出，放在相本上。我先把信擱著，打開相本。相本中有很多照片，每張相片底下都有清楚的紀錄：生日派對、全家出遊、觀賞花季或遊動物園……光是一頁頁翻看就明白這家人一定很寵相片裏的小孩，也相當愛拍照，把每個生命中的細節記錄得非常完整。

我迅速地翻到最後一頁，相本中的小孩停在六歲那年。我的心裏大概有底了。

』

這段時光是靜止的。

我常常夢見我走在一條長長的街道上。街道非常安靜，沒有人也沒有聲響，感覺像是節慶狂歡過後，街景與人一起用力瘋狂過後的舒坦。地上還看得見破碎的彩帶與褪去顏色的彩球，散落在瓷磚與街道中間的縫隙中。

我往前走去，就會看見我的母親，臉上還留著未經歷過迅速衰老的青春光澤。她站在街道尾端，在陽光下對我揮著手，要我走到她的身邊。

這個場景我在相同的夢裏已經歷過不下百次，但是我看見那雙在寧靜空間裏搖晃的手，我的心裏仍會泛起一陣激動，一陣與高采烈的開心，動身走向我那年輕的母親。在與母親越來越近的距離中，我卻看見她雀躍的表情隨著我的靠近而開始垮下，從帶著笑的眼睛、上揚的嘴角弧度，一直到鼓起的雙頰，都開始由上往下拉扯。

直到站在她面前，她那笑臉已經變成了哭喪。她說，不是妳，妳不是那個讓我掛心擔憂的那個女兒。不是妳。

不是我。這是我會由這重複的夢境中驚醒的唯一原因。

母親把羅亞恩的失蹤牢牢地背在身上十年，沒有一個時刻是甩下身的。我們從哭泣、憤怒、哀傷、痛苦、憂鬱，到沉默的等待；然後，時光在這裏便徹底地停止了。

母親的模樣也是從那個時候開始老邁，如同這個失蹤在她身體上按了快速鍵，一切皆迅速的無知無覺。當我看見她臉上層疊的皺摺，深深地敘述這段時間的空白，我才明白在那夢境，母親搖著頭，一遍又一遍地說著「不是我」的真正意思。

我想，除非是亞恩的屍體或是人，真正在母親面前出現，否則她的人生，還有我們這個家，就永遠停止在沉默等待的時刻，不會往前移動了。

羅亞安／一九八〇・六・十七

』

我把信看完後摺起來，嘆了一口氣，準備要走過去理察辦公桌那，與他一起討論案情時，理察卻先走過來，手裏還拿著兩杯熱咖啡。

安娜之死
西元一九八〇年・夏季

「這位警察與我一起負責這個案子！」他背對著後面的人，對我使使眼色。我一側身，就看見葛羅莉那張安詳的臉。她禮貌地與我打過招呼，在我的辦公桌前坐了下來。

「我想，那真的是安娜。」葛羅莉開門見山地對我說。

「妳是說那具屍體？」我把桌上的相本抽開，她瞄了一眼，沒有多做表示。

「是的。」她語氣肯定地點點頭，抿了抿嘴巴。

「現在事情是這樣的，目前能夠證明屍體的身分，資料很少。發現的時間太晚，如妳所見，屍體殘缺不全，我們只能從屍體大約的年紀來查明與聯絡。目前年齡相近的失蹤案有六名，但僅有兩位前來；一位是妳，一位是十年前，失蹤人口羅亞恩的姊姊。」我下意識地按了按口袋中的信。

「上次與我一起看屍體的那個女孩？」

「對。我剛剛收到她的信，她沒有確定屍體是她妹妹羅亞恩，但她是這麼熱烈希望著。」我凝視眼前氣質優雅的女士，很老實地把情況告訴她。我無法說謊，我牢記著老警官把失蹤案託付給我時，所形容的她的心碎聲。

「所以現在？」

「所以現在如果妳有任何可以證明的就醫紀錄，或是可供確認屍體的身分證明，我想事情會順利很多。」

「那兇手呢？殺死安娜的兇手呢？」她突然語氣激動地從座位上站起來。

「我們會盡全力，相信我。」我抬頭認真地望著她那雙美得出奇，但飽含憂傷的雙眼，認真的把這句話的實體重量，傳達給她。她對我點點頭，那股激動便迅速被她巧妙地隱藏起來。

「好。問題是安娜身上沒有任何胎記。她出生時，醫生就說她的皮膚如同天使般地光滑燦爛……那，那我回去找出安娜的就醫證明。」葛羅莉沒有坐下，轉身走出警局。

然後，在真正提出屍體身分的證明前，她們兩人像是說好似的，葛羅莉天天來警局，後來甚至警局的每一個人都熟悉地讓她自己，踱步到長廊最底的房間，然後什麼也不做，就這樣呆呆地看著屍體，任憑旁邊透明窗外的陽光，在她身上晒灑與隱褪不同的折射。而我，每天都限時快遞收到一封，再也未現身的羅亞安的信。

無形的沉重一天比一天明顯。

她們兩人之所以會成為理察口中的瘋子，是因為她們非常輕易地把自己最脆弱的一面讓我們看見，然後要我們決定該怎麼辦。

沒有什麼比這個更恐怖的了。

安娜之死

西元一九八〇年・夏季

「我沒辦法不看著羅亞恩。一直以來都是這樣。

我們環繞著她，讓她站在人群中間，然後她會如往常一樣地哼起一首曲子，聽起來輕快地像是義大利的古早民謠。歌曲的起伏明顯，整首歌洋溢著在遙遠的海岸，那種觸及不到的鮮紅熱情。這是從某部她最喜歡的義大利電影中學來的。

她喜歡把大她七歲的我的那件，珍貴又奢侈的紅色洋裝，披掛墜垂在身上，然後紮起她蓬亂的金黃色長髮，慎重地由屋內踏向客廳的大門，一邊喊叫著我們大家的名字，一邊走向門外那塊深棕色的大理石平台上。

「安！妳看我，快看！我要當新娘了！」

她的聲音充滿一種童稚的音質，但又在此時因為興奮，使得那嗓音變得尖銳刺耳，你幾乎可以不用走過去，就可以想像她因開心而漲紅的圓潤雙頰。

「心肝，小心點，不要摔倒了！」我的母親或者父親，永遠比我早到亞恩的身旁，笑著與她一起漲紅著的臉，一同走到屋外種滿罌粟花的庭院，把她抱在懷中轉著圈圈；或者牽著她的手，回身走到客廳的電視機前，讓她真的如新娘般地擺弄著許多姿勢。

我凝望著她，感覺父母的喜愛，全然被亞恩佔滿。有些小孩就是有這種魅

力，你會忌妒或者羨慕她與生俱來，集寵愛於一身的特質，但是，你卻也是被她無可替代的可愛，給深深懾服的其中一人。

我的妹妹亞恩，活著，或者失蹤，或者死去，我們都明白她就是這樣的天使。

羅亞安／一九八〇・六・十八

』

『

我的房間牆上，貼著一張占了牆面四分之一，已泛黃的老牌搖滾樂團「皇后合唱團」的海報。

海報後面的場景，是鑲滿刺眼光芒的圓形舞台。中央四個蓄著落腮鬍的男人，穿著樣式一致的紫色滑面西裝，正仰頭高舉雙手，對著眼前的鏡頭與觀眾，嘴角帶著些許驕傲的微笑。他們大大的眼睛，眼珠顏色同湛藍色的天空。那一抹藍色拋物線，正熱烈地與旁邊刺眼的舞台光芒對吼著。

亞恩曾經把臉貼在海報中央的男人身上，告訴我她要成為一個萬人迷，創造一個只屬於她的搖滾世代。

「我要當萬人迷！」她張著渾圓的眼珠，異常認真地說出這句話。

我盯著她短小的手掌，還緊黏在海報與她的臉上。五隻肥胖的手指，正在牆上來回撥彈一曲無聲的音符時，我幾乎笑倒在地上打滾。

妳知道這是什麼意思嗎？我爬起身，清清喉嚨，假裝鎮定地問她。

那是……那是大家都如妳那般愛我的意思。她閉起眼睛，嘴角上揚的弧度竟與海報中的男人一模一樣。

這十年來，我用盡各種方式，耗盡全身想像得到與想像不到的力氣，始終都無法把那樣的微笑，從我心裏挖出。

羅亞安／一九八〇・六・十九』

我把這些信摺起來收好，放在最底層的抽屜中。

收到第一封信是六月十八日，限時快遞到警局的信箱中。隔天，又收到一封，再一封……這些信承載過多的期待與想像，如一顆飽含憂傷淬鍊的鑽石，發散出太多讓人不敢直視的情緒光折，沉重的讓我拿到信，感覺那些隨著時光流逝，而逐漸平撫失去愛蒂的心痛，又開始從最底部裂出大縫。

這案子從發現到現在已經過了兩個星期。就如其他沉寂到各式時光海域的失蹤案與凶殺案一樣，沒有任何線索與嫌疑犯，也沒有任何可以讓警方打起精神的疑點。整個刑事組就在一片喘不過氣來的窒息感中，勉強讓這兩人：葛羅莉與羅亞安，皆安靜無聲的心痛懷想接力賽，橫插進我們的日常，來過渡這段蒼白的時光。

有時候，我會脫離警官的身分，順從地跟在葛羅莉身後，兩人一起沉默地各站在屍體的兩邊，一起度過長長的時間，一起看著地板上的光影變化。儘管我明白這些家屬的痛心，願意懷抱著自己的心碎，與她們一起沉浸到悲傷的海域中，但是無形的壓力終究還是會有潰堤的一天。

就在過了第二個星期的第一天，警局上早班的同事換班過後，就看見葛羅莉一如往常地走進警局。雖然大家慣性地從座位中抬頭，目送她的身影進入最底的房間，但這還是讓原本就安靜的辦公室裏，更顯得異常沉重。

重案組組長在此時召開了緊急會議，當下把整組組員都叫進了會議室中。他發難地先斥責了我們，從辦事的無能，一路罵到近期未破任何案子的爛績效，然後再憤怒地把手中的杯子摔到地上，吼叫著要其他組員全出去好好反省，只留下我與理察。

安娜之死

西元一九八〇年・夏季

「那具無名屍是怎麼回事？你們究竟有沒有好好調查？」組長試圖讓語氣平靜，但是他脖子上的青筋，還是洩漏了內在的憤怒。

「有。不過目前沒有目擊證人，而且屍體發現的晚，很多線索都被破壞光了！」理察捏著嗓子，小聲地回答組長。此時體型臃腫的他，手裏拿著紙杯裝的熱茶，正卡在狹小的椅子上，不安分地扭動著下半身。

「你呢？怎麼可以讓那兩個家屬，天天用不同的方式來煩我們？」組長轉過來盯著我。我從他已變溫和的口氣中得知，他還記得我請調來S鎮的原因，但是問題的目的也很清楚：這不能變成我的藉口。

「因為那兩個女人是瘋子！」理察以更小的音量在旁邊回答了組長。組長沒有看他，一雙銳利的眼睛仍盯著我。

「我現在正在等葛羅莉提出關於她失蹤的女兒安娜，所有相關的身分確認。這可能是目前唯一的線索。羅亞恩的失蹤案太久了，無法對這案情有幫助。」我說。

組長點點頭，就在他準備踏出會議室時，意味深長地回頭看著我。那眼神只透露一個訊息：那就快。快點、加快腳步、拴緊發條、全力以赴……我完全接收到組長這迫不及待的想法，那只有一個意思：他不想再見到葛羅莉的人與羅亞安的信，不管是什麼，這兩人再也不要以任何形式，出現在他的面前了。

我與理察跟在組長後頭，一走出會議室，就看見另一端的長廊底，葛羅莉正從房間走出。她完成今天的工作了。理察推了推我，我向她打了聲招呼，她臉色凝重地把下巴抬起，示意要我跟她進殮屍房。

「真是個瘋子。徹徹底底的瘋子！」理察按了按我的肩頭，在我耳邊說了這句話後，轉身走開。

我跟在葛羅莉的後面，一起穿越長長的走廊。前面的玻璃窗射進白亮的陽光，我開始回想起第一次看見屍體的當天，也是這樣晴朗無雲的好天氣。金黃色陽光打在翠綠的草原上，那隨著微風吹撫，閃著亮光的綠色……

「警官，這是安娜的就醫證明。」

回過神，葛羅莉已將低溫保存的屍體從冰櫃拉出，翻開覆蓋其上的白布，指著屍體左腿膝蓋後側方的傷痕。

「這傷痕是安娜在八歲時，與他父親去附近的公園玩耍，從樹上跌下來造成的。當時，我人回娘家處理事情，中間隔了一個月沒有回家。等我回來後，我的丈夫也沒跟我提及此事。

傷口是由T市裏最有名的皮膚科大夫治療，縫合得非常仔細，要不是從櫃子下層翻找出這張就醫證明，我想我永遠都不知道安娜曾經受過傷。」

我把證明接過來，對著屍體比照上面所形容的傷勢。沒有錯，長約四、五公分的傷疤，傷及骨膜與韌帶，用人造皮膚縫合受損的真皮組織……這的確是安娜。我抬起埋在屍體與證明中間的臉，對她用力地點了點。葛羅莉先是對我禮貌的微笑，表示明白一切都落幕揭曉了，然後瘦小的身體卻在綻放強光的窗前，劇烈地顫抖起來，接著，雙手捂住臉地放聲痛哭。

接下來，我不知道該怎麼告訴羅亞安。

我要理察打電話給她，簡單說明後就掛上電話，不多接觸也不多說安慰的話。理察搖頭表示他辦不到。

「你自己打吧，我不想再跟她們有接觸。很恐怖，感覺這項任務沉重得簡直要把人壓垮了。」

「那我呢？你沒考慮到我的感覺吧？」我有些憤怒地瞪著他。

理察當時站在我的前面，聽見這句話後低下頭，然後又迅速抬起頭來，睜大他那雙細窄的雙眼。

「有，我有考慮你的感覺。但是我很清楚，你一定比我更能承受。」

他傾身過來拍拍我的肩，我卻突然感覺到憤怒，非常、非常的憤怒。他一定是從哪裏打聽到我調來S鎮的真正原因，平時都不吭聲，然後在這時候卻又奮力把我推回到過去中。我甩下他肥胖的手臂，用力撞推開他。他沒有驚訝我的反應，似乎早就預期我會這樣，腫胖的臉仍維持平靜，漠然地轉身走開。

就在我終於鼓起勇氣，於午餐過後的下午，準備撥電話通知羅亞安時，卻先接到了上午已帶著安娜的屍體離去，葛羅莉的電話。她在電話裏頭表示，在這段時間中，她與羅亞安私下有聯繫過，所以這結果她會負責跟她說。

「謝謝妳，妳這樣做真的很體貼。妳現在還好嗎？」儘管她是大家眼中的瘋子，但是不知為什麼，我總有自己與她擁有某種相同的革命情感。

「……嗯……」電話裏的葛羅莉開始沉默。我隔著電話，突然感覺無聲的話筒中，傳來一絲奇怪的律動聲。

這音頻不是真實顯現在聽覺中，而是很抽象且直接地，連接到我胸膛中的心臟乾乾的跳動聲。撲通、撲通、撲通……隔絕了現實世界，仔細在那跳動上覆蓋了一層薄膜，如同肉色的看不見的隔膜。

我深深吸了一口氣，這是心碎聲，老警官曾經形容過的她的心碎聲。

「還好，這段時間真的很感謝。」她的聲音鎮定，但是我知道她的情緒處在即將崩潰的頂點上。我結巴地講了幾句安慰的話，然後像聽見什麼駭人的恐怖聲響般地，倉卒地掛上電話。

我的身體正發出強烈的顫抖。閉上眼睛，心臟乾乾的跳動聲還響在耳際。

十年前，一九七〇年夏季的那天下午四點整放學，愛蒂與同學走出校門。先停下腳步微笑地與對方揮手說再見，然後右轉走向那座綠色的電話亭。

她停在電話亭前，抬頭望著那扇反射後面，呈現一片黃昏街景的玻璃門，以及正在前方，表情有些不安的自己。她對著門先撥了撥額頭前的頭髮，低下頭調整了書包的肩帶，接著，再費力踮起腳尖，用力拉開電話亭的門，擠身進去。

她在密閉的狹小空間裏先喘了幾口氣，心裏仍想著早上爸爸與媽媽爭執的場面。

他們怎麼了？

是不是不愛對方了？

如果真的是這樣，他們會不會也不愛我了？那真的好可怕啊……愛蒂搖了搖後腦杓的馬尾，發現這不是自己可以想得通的問題，便決心不要再想，試著打電話回家看看。不知道他們是不是在家，是不是已經停止恐怖的爭吵，就像平常一樣，會用甜膩的聲音喊著她的名字，也會如往常一樣親密地叫著對方的小名，隨時給對方一個擁抱與親吻，然後告訴她一切都沒事，那只是一場錯亂於生活中的小衝突罷了。

沒事了，愛蒂，都沒事了唷！趕快回家，爸爸準備帶妳們去街上，那間只有

特殊節日我們會去慶祝大吃的西餐廳。裏面有妳最喜歡吃的兒童套餐，今天點兒童套餐還有附送一隻毛茸茸的小熊玩偶……

結果接電話的是一個陌生的男性聲音。他告訴愛蒂他是幾年不見的舅舅克里夫，正在家裏安慰傷心的媽媽。

克里夫舅舅啊！愛蒂很努力地回想對這個人的印象。

她記起大前年她的生日，舅舅帶了一支比她的玩具熊還要大的紅色棒棒糖來，說是要給愛蒂一個人吃的，誰都不能偷吃。棒棒糖非常漂亮，晶亮的桃紅色漩渦從外轉到內，一圈一圈的從外圍縮小，像是遊樂園裏的射飛鏢遊戲，那個非常想要命中的紅色靶心。結果愛蒂捨不得吃，放在床底下後長了一堆螞蟻，爸爸把棒棒糖丟掉的那晚，愛蒂哭得好傷心。

「小愛蒂妳在哪啊？舅舅去接妳回來，妳爸爸剛打電話回來說今天晚上，大家要一起出去吃晚餐喔！」

愛蒂興奮地告訴舅舅，她現在正站在學校右邊的電話亭中，會在那裏乖乖的等著舅舅，然後大家一起開心地出去吃飯。她會看見爸爸與媽媽跟平常一樣，媽媽把頭靠在爸爸的肩上，親暱地牽著手，好像永遠捨不得放掉一樣。

辦公室後方的電話聲響起。我用力睜開眼睛，聽見理察從外面進來的倉卒腳步，接著拿起話筒壓低聲音說話。我嘆了一口氣，把右手放到自己的左胸膛上。

我無法恨克里夫，因為他始終不知道，他口中神經病的姊姊，我的妻子，我們當初在旅行時相遇，深深被對方吸引，馬上決定把自己交給對方的原因。

其實，我與他，或者我與我的妻子所經歷的童年完全一樣。

母親在生我時難產而死，父親認為是我殺了他的妻子，在往後只有我與他的時光中，如同一隻沒有人性的猛獸般，天天用不同的方式折磨我，直到我逃離那個家，才終結這場長長的噩夢。

所以我始終堅決的認定，自己是孤兒。

克里夫無法明白，他所報復的我們，才是真正的生命共同體。

『母親－葛羅莉』

與

『姐姐－羅亞安』

⑴西元一九八九年・冬季初

致羅亞安小姐：

妳好！很冒昧突然寫信給妳，希望妳接到此信的心情，仍維持一貫的平靜安好。

此刻提筆寫信給妳的我，從未想過幾年多前，在曾參與的「失去親人之心理輔導聚會」中，維持了將近兩個月的密集會面；然而，在不可抗拒的外力下結束聚會，裏面的夥伴們也失聯後，過了漫長的時間流逝，仍在那天巧合相遇。

但是，我們彼此都很清楚，這並不是我們第一次的巧遇。

我不得不對妳坦白：在我隨著年老而逐漸模糊的記憶中，對多年前的場景，仍舊有著奇怪的、異常執拗的清晰印象。不知是否因為聚會場合，總瀰漫著難聞，如同食物餿掉腐蝕的氣味，進而在意識中，產生了喘不過氣來的窒息感？還是我們第二次見到面時，我竟在瞬間，全身起了雞皮疙瘩的驚駭，讓這一切烙印下深刻的痕跡？

我是在超市的公佈欄上看見了這起聚會消息。

聚會的傳單，張貼在數起商品降價的消息下方。一張粗糙的A4影印紙，看起來像是隨意打上幾行字的漫不經心，整體簡陋的無以形容。我對那公佈欄匆匆一瞥，仍被除了標題的「失去親人之心理輔導聚會」之外，下面的幾行簡述，給深深地吸引：

「在您的心裏，是否從未遺忘過逝去的親人？他們的身影彷彿還如初地環繞在身旁嗎？是的，沒有人會要求您遺忘或釋懷，但是您需要更大的力量，幫助您走出這一切！」

很普通的宣傳字句。當時的我，停下約五秒鐘看完這些話，沒有多想，轉身走出超市，騎著腳踏車回到家後，感覺臉上冷颼颼的格外扎刺。我疑惑地舉起右手撫摸臉頰，發覺這一路是空白著腦子，下意識卻不斷流著眼淚，這樣狼狽地回到了家。

我不得不承認，這些話輕易地揭開心底隱藏多年的痛，讓我轉瞬間，又重新陷入自以為已經逐漸好轉的傷痕裏。

我的獨生女安娜，在青春年華的十六歲那年，全身赤裸、面目全非地慘死在空曠的草原中。這件事發生在一九八〇年，也就是我四十五歲那年。安娜先是離家出走，繼而失蹤，在幾乎要放棄搜尋的漫長時日後，被發現慘死在草原上。我在這裏先把這傷痛擱下不提，因為多年前的心理輔導聚會，讓我們對彼此的傷痛都有一定程度的了解。

先來回憶我們兩人的巧合吧。

幾年前，定期在星期三晚上舉行的輔導聚會，我記得是在鎮上的活動中心裏。當時由社區的輔導中心做主，倉卒地把鄰近學區淘汰的課桌椅集中於這，很隨便地清掃後就匆忙地展開聚會。

我第一次參加，是在看見公告後的兩天，也就是同個禮拜的星期三。等待的兩天裏，我心裏確實非常地迫不及待。為什麼會那樣急切呢？我在聚會後回到家，曾靜下心來，好好思索過這個問題。

或許，隨著傷痛的暴露，在潛意識中，也渴望自己被救贖吧。

就在星期三的當天晚上，我做完晚餐，把飯菜工整地擺在桌上，留下一張字條給我先生後，便急切地騎腳踏車到達活動中心。我仍記得那天晚上，在居住的S鎮中，那條馬蘭倫大道上，安靜的可怕，除了呼嘯耳邊的風聲，遠方的細瑣雜音從寂靜的夜裏竄出，聽起來就像海洋低沉的怒吼。

我到達活動中心後，在推門進入之前，在門口做了好幾次大口深呼吸的動作。隨著小盞黃色壁燈以及牆上指示的帶領下，一踏進右邊地下室的空間中，中

安娜之死

(1)西元一九八九年・冬季初

央已經圍成一圈的成員們，同時回過頭看著門口的我。

那是我們第二次的見面。

我記得當天除了我們兩人，還有另外三個人也一樣面色陰鬱地參與聚會。空間裏，架在天花板上的燈光閃爍，空氣裏浮著淺淺的，不容易察覺，但只要有相同經歷的人，仍可以直接望穿的悲傷氣氛。妳的臉頰與輪廓，就在這片黯淡的氛圍中對我發出亮光。

我深深倒吸一口氣，心裏想：是她！那個女孩我認識！我們在很久以前見過面，算是記憶裏，一個非常不愉快的經歷。

不管多麼慘痛悲傷，我想妳也應該忘不了吧。

多年前的當時，警方通知我到警局辨識女兒的屍體時，妳也到了現場。現在想起來，多年前在屍體旁邊的妳，與之後在圍成一圈的團體中，抬起頭來的弧度與仰角，在我的腦海中，如同對照般地一點都沒變。

我們的認識真是相當的不愉快。那過程便是，妳與我都堅信，躺在冰涼、銀白色的檯子上，那具因發現時間過遲，而全身被蟲子、細菌毀損，還有被餓狼、野狗給咬囓得難以辨識，其他部分勉強完整的發黑屍體——是妳失蹤多年的妹妹，也是我失蹤多日的女兒。

我們為了這個堅持，都在對方面前流光了眼淚。

安娜之死

⑴西元一九八九年・冬季初

當時，站在那具令人心碎的屍體前，我們同時都希望，也都不希望那是我們心裏想的那個人；就這樣，在警方緩慢的調查，以及未達成熟，進度異常緩慢的DNA檢定出現前，我們兩人就互相微妙地依賴也痛恨對方。

我想妳應該沒有忘記那段難熬的時光吧。

就在認出對方後的短暫尷尬裏，輔導聚會的負責人從圈子中站起來，臉上堆滿笑容迎接我。這時想要轉身離開已經來不及了……我暗自喘了幾口氣，企圖穩定雜亂的心跳，隨著負責人的帶領，假裝鎮定地坐到圈子中。

我記得除了我們兩人，其他三人分別是菲比、蜜麗安以及凡內莎。

負責人傑森是團體中唯一的男性。三十出頭，細長的雙眼與肥厚出油的鼻翼上，架著一副金框眼鏡。肥胖的矮短身材，不分季節，總是穿著短袖的襯衫，上面繫了條縐褶很多的黑色領帶。他老是一身濃厚的香菸臭味，彷彿就是一根人形煙斗，走近就可以聞到。他介紹自己是攻讀心理學系的實習醫生，主攻的項目為心理創傷領域。這負責人會在聚會中主導談話內容，引領大家對陌生的彼此說出傷痛，進而互相舔舐傷口。

老實說，他給我的第一印象相當不好。不是他不討喜的外表，而是我的直覺，這個人根本沒有痛失親人的經歷。他只是照著書上的學識，想盡辦法用我們的傷痕，來印證他所學到的學術理論。

後來證明我的直覺也對了一半，這之後再跟妳說吧。

總之，我們從仍懷著複雜的心情下相遇，在這兩個月中，也就是七次的聚會裏，沿著輔導計畫的實行，大家逐漸說出心裏的傷痛。但時間畢竟不夠，我記得的印象十分模糊。有些人說到一半便從頭哭泣到結束，也有些人支吾了許久，唉聲嘆氣多過於敘述內容，一切皆說的不清不楚。

就在最後一次的聚會，傑森告訴我們，這兩個多月的輔導情形比他預期的還要快許多，但因為S鎮的鎮長，決心重建這棟老舊的活動中心，短時間無法找到合適的地點聚會，便在與開始一樣倉卒的時間中，結束聚會。

我原本想與妳繼續聯絡，但是聚會到後來，始終沒見妳私下向我示好。儘管我們在聚會中，表面上看來熱絡，也相同是團體裏坦白傷痛最多的兩個人，但我仍無法得知妳對我的真實想法，所以與妳的聯絡便到這裏就被截斷了。

就這樣過了幾年。

而在提筆寫信給妳的一個多月前，我記得那天是初秋十月的午後，打開窗子看見外面的天空，是湛藍一片的晴朗。天空一反多日的陰霾，呈現近日少見且清晰的藍天白雲，當下決心出外走走，感受難得的暖和氣候。

我換好外出服，心情輕鬆地離開家，踏上外頭磚紅色的長街，想要邁開腳步，融合在這片晴朗的天氣裏時，一陣既熟悉又陌生的音樂，從我即將跨越的轉

安娜之死

⑴西元一九八九年・冬季初

角後頭響起。

大批留著垂肩長髮、綁著五顏六色的辮子頭，穿著寬大的牛仔褲，配搭著格子襯衫以及塗鴉T恤的年輕人，約十五到二十位的街頭即興演出樂手，攜帶著喇叭與薩克斯風，間或有些吉他與貝斯，沿著S鎮中央的馬蘭倫大道進行演奏。而圍繞在他們旁邊的人群，緩慢地跟著吹奏步伐，一行人嘻嘻哈哈的，樂聲從轉角清晰地朝我流洩過來。

這音樂在我此生，僅只認真聽過一次，卻希望永遠不要再出現於我生命中，此時卻像被賦予了真實的形體，音符一個個用力地衝擊著我的靈魂。

這是爵士樂，一般人記憶裏輕鬆快樂的爵士樂，但是卻甚少人知道，爵士樂其實來自極濃厚悲苦的源頭。

女兒在十六歲那年，某天從學校回來後，坐在正費心打理晚餐的我後頭，口氣慎重地告訴我，如果有天她死了，喪禮上一定要放艾靈頓公爵、阿姆斯壯，或者是任何人演唱的爵士樂。

「什麼！妳說妳有天怎樣？」其實我馬上就聽清楚她說的話，但是仍掩蓋不住她在年老她二十九歲的母親面前，提起這晦氣字眼的怒氣。我停下正攪拌沙拉醬的雙手，聲調提高的詢問她。

「我死了，如果我死掉的話，喪禮上一定要放爵士樂。」她的聲音充滿著一種奇怪的堅定。

「妳這小女生怎麼回事！好好的說這些幹嘛？」我回過頭，盯著坐在餐廳椅子上的她看。那時廚房右邊的窗子，正透進一條橙黃色的陽光，把她金黃的髮色，以及無瑕的如同天使的臉孔，給籠罩在刺目的光亮中。

「媽，妳不要管嘛，就記住我說的這個小小心願就好了啊！」

她口氣不悅的低下頭，打開攤在桌上的一本小說專注地讀著。我沒有繼續與她對話，心醉神迷地凝視著這個上天賜予我人生中，最美好的事物，足以讓我用全部的一切來換得的——我的孩子。

現在想起來非常諷刺，那時她的心裏一定充滿著無法言喻的悲傷，才會說出這種話；而我，卻在那種時刻，沉浸在擁有這孩子的甜美感覺中。

我想，那一刻，我與女兒的距離，遠得如同沒有邊際的大海般讓我無法想像。

在之後，我著手準備她的喪禮時，想起她曾經說過的這句話，便開始瘋狂尋找這陌生的音樂，也才明白爵士樂的起源。

早年在美國與歐洲各地的黑人族群，長期都處在社會的低層，生活貧苦困頓也飽受歧視。黑人們便認為，從這世界上死去是一種莫大的幸福滿足，所以，喪

安娜之死

⑴西元一九八九年．冬季初

禮上的哀歌，全都是這樣輕鬆愉快的爵士樂。

我明白後，心裏的疑惑痛苦，大得讓我終日以淚洗面——我的女兒安娜，為什麼在那個時候，會堅持這樣的心願？她不顧一切的離家出走時，究竟遭遇了什麼無法想像的痛苦？在她的喪禮上，我忍住心痛，照著她曾要求過的，請來一組小型的爵士樂團，從禮車出發開始到墓園，吹奏出一首接一首的爵士樂曲。

這是我生平第一次認真聆聽，這些既快樂自在，卻又讓我全身發顫的爵士樂。它們不再是輕快的音符，而是在生命中，一個個充滿殘忍、困惑的烙印。

原本藏身在轉角街頭，那支即興演出的爵士樂團，正一一地在我面前經過，我居然就無法動彈地當場蹲在地上，任由臉上的淚水瘋狂滾落。環繞著爵士樂手的民眾，沒有人發現我的存在，他們嘴裏哼唱大聲的歌曲，雙腳如同上了發條般的跳著雜亂舞步，喧囂地橫跨過，幾乎已蹲在牆角地上發抖的我。

這時間沒有維持多久，當他們從我身邊走過，在我聽來如地獄輓歌的爵士樂也越來越模糊的同時，我終於睜開被淚水沾濕的眼眶，看清楚陽光灑在對面石牆上的橘紅色印子，前方正站著一個熟悉的身影。

妳不知道站在那多久了。歪頭看著蹲坐在地上的我，臉上浮著一種奇怪的，但極悲愴的表情。我開始從泥沼的記憶裏，搜尋屬於妳的那塊，終於想起關於妳

我的巧合同時，我突然有種非常詭異的聯想。我對著正走過來，蹲下，扶我起身的妳，像在照鏡子般，看著小我將近兩輪年紀，命運雙生子的感覺。

「葛羅莉，好久不見。」

這是我們幾年後再度相遇，妳對我說的第一句話，也證明了我老朽的腦袋，對妳的記憶沒有出錯。妳靠近我，臉上堆滿善意。

「謝謝妳。」我隨著妳的攙扶，勉強站起身靠著石牆。

後來，我們沒有多說什麼，只是客套幾句問候，倉卒地交換通訊地址，轉身離開對方。

這之中，又過了一段彼此音訊全無的日子。

羅亞安，在妳看到這封信的尾聲，我只想跟妳說聲謝謝，謝謝妳總在可以統稱為我生命裏最脆弱的時刻，意外出現，並且悄悄地給我某種奇異的支撐力量，讓我這老邁，對生命已無所求的老婦人，一點點心靈上的安慰。

把最美好的祝福給妳

葛羅莉／一九八九・十一・五

⑵西元一九九〇年·春季初

致葛羅莉女士：

很驚訝會收到您的來信，也要為我拖這麼晚回信的舉動致歉。

我記得收到信的那天，我正等候著前些日子，離開S鎮前往T市工作的男友電話。那天的天氣很糟，前幾天的氣象預報強烈冷氣團來襲，緊接著的幾天會有一波濕冷的雪季來臨。就在我望向窗外陰沉濃霧的景象後，決定把屋內的暖氣打開，再把客廳的地板掃了一遍。然後進到廚房去泡了壺迷迭香花茶，正當滾燙的水煮開時，就聽見大門的電鈴響起，一封掛號的限時快遞送達此處。

當我簽收後正納悶是誰寄信來時，我久等的電話終於響起。

男友在電話裏簡潔地跟我說了T市工作生活的近況。他在市區一家電器行的樓上，找到了一間不算昂貴的獨立套房。約有十五坪大，正方形的工整空間，裏面設備齊全，連烤麵包機、烤箱與微波爐，以及生活需要的大型家具全部都備

齊；看起來上個房客離去時，慷慨地沒有帶走任何東西。屋內的日常氣息依舊濃厚地像是始終有人在其中穿梭呼吸，屋子沒有被拋下單獨生活。

房東就是底下店家的一對老夫妻，姓威爾本，年紀大約七十多歲，人很親切隨和，還要我的男友如果願意，他們相當歡迎他隨時下樓去與他們一起用餐。男友說完這些生活瑣事後，隨即講起昨天上午向T市市中心裏，一家著名的心理治療中心報到上班的情況。

我的男友是您在信中提及到的，也就是當時「失去親人之心理輔導聚會」的負責人傑森。我們聊了約半小時後掛上電話，從廚房裏拿出我剛泡好的花茶，坐下來邊喝茶邊拆開您的信。

葛羅莉。我邊讀您的信邊在心裏發出連串的感嘆，彷彿時光迅速倒流，倒退到記憶中最鮮明也最波折的地方。

當時的整個情形，除了與您遇見，加上隨後發生的事，現在想來就覺得十分不可思議。S鎮沒有多大，但是裏面的大街小道非常蜿蜒複雜，整體封閉沉悶，我想，兩個有相同悲慘經歷的人（如您信中所形容的命運雙生子），能夠在同樣街道的轉角，以及相同的時間遇見，真的算是種非常困難的巧合。

相信您也從我的聯絡地址得知，我已經從S鎮內的住宅區中，搬到遠離S鎮區塊的南邊地帶。雖然地址的開頭仍是S鎮，但是地點算是在E市的郊區，一塊密集的山坡住宅區中。

先前大學畢業後，我便趁此機會，一個人從家裏搬出；也就是說，我們五年前在「失去親人之心理輔導聚會」的兩個月聚會裏，我都是通車往返這兩個地方。

提起多年前發生過與您難堪地面對屍體的錯認事件後，全家人因此意志消沉了好一陣子。現在想起來，那真是段難熬至極的時光，即使在羅亞恩剛失蹤時，我們陷入了心理學裏，關於面臨重大災難後，所引發的時序漸進程序：恐慌焦躁、胡思亂想、憤怒地相互指責、悲傷痛苦、以及以淚洗面的過程後，都沒有這個錯認希望的突兀降臨來得難熬。

應該說，從羅亞恩失蹤多年後，我們自然地跟隨流逝的時間，緩慢地逐漸平撫最創痛的部分，但是，就在警局打來電話後，我們的心裏，尤其是我的母親，重新翻攪出激烈的複雜心情。

我記得蘇利文警官打電話來時，是一九八〇年的六月十六日上午十點。

當時我人在S鎮的大學裏上歷史課，就看見助教匆忙跑進教室，說是接到我家裏打來的電話，有緊急的要事，要我即刻收拾書包回家。我懷著忐忑的心情搭

公車回家的路上，一種奇異的不安感緊緊擄獲住我，感覺自己很久沒有如此倉皇失措過。

那天的氣溫炎熱，典型的乾燥型夏季氣候，我站在公車司機後方的位置，背脊卻流出了一身冷汗。我用手把T恤的後頭拉了拉，試圖讓車裏的冷氣灌進衣服中，但是新的汗水卻固執地從體內迅速湧出。我抹著大量的汗水，終於隨著公車回到馬蘭倫大道旁邊的候車區，便趕緊跳下車，在烈日下奔跑回家。

是我父親開的門。他高大的身軀在旁邊窗內彎下探頭出來，看見我之後馬上伸手拉我進去。

「安，妳媽瘋了！」父親緊繃的聲音迴盪在安靜得出奇的客廳裏。

「怎麼回事？」

我壓低聲音，緊張地望向後面的房間。悶閉的家中有股奇怪的氣味，濃厚地讓我捂起鼻子。

「今天早上十點，妳媽正在廚房弄午餐，接到電話與掛上後，先是跌坐在餐廳的椅子上發呆，然後瓦斯爐上的燉牛肉因此燒焦，後來整個爐子接著著火……我在外面整理花圃，聞到味道跑進來，就看見妳媽坐在火舌旁邊，一動也不動地凝視著那團烈火！」

「天哪！你是說廚房著火了她都沒有反應？」

「是啊，我後來緊急取下家裏的滅火器滅了火後，正想詢問她，就看見她面無表情地仍盯著那塊焦黑的地方。我拉椅子坐到她的面前，看著她的臉，當時突然有種不寒而慄的感覺。

我感覺她這個時候距離我相當遙遠。她的心與她的人都是。我根本不知道該怎麼做。我們兩人在一片焦黑中，對坐著沉默了很久。大概過了二十分鐘後，她終於從座位上起身，走近爐子，指了指那團剛撲滅的黝黑處，開口對我說：『已經很久了。我的心，一直就像這樣。』」

「到底怎麼回事？」

我背後的汗在體內結成一種冷冽的、讓人極不舒服的惡寒。我把書包放下，坐進沙發中的身體不自覺地打了幾個哆嗦。父親沒有發現，他皺著眉頭，像是長久以來都在思索著極難纏的問題。

「後來我問她那通電話的內容，才知道是警方那似乎找到了亞恩的屍體。」

「亞恩……」

我閉上眼睛，明白這個早已久遠的夢魘，從遙遠的記憶深處暈糊了輪廓，又輾轉地回到原位。

請問我能直接稱呼您為葛羅莉嗎？就如您形容的命運雙生子，我也從這詞句

的意義中，深刻感覺我們兩人的命運，彷彿被一條看不見的隱形線，纏繞著無法掙脫。

現在，就讓我把時間倒退回那場折磨人的失蹤現場吧。在這之前，先來和您說說我的家庭背景。

我的父母親原本同在T市極富盛名的西濱大學中，擔任客座講師。父親教授的是西洋美術史與美學，而母親則是歷史學系中，著名嚴謹且授課精采的女老師。他們兩人就如神仙伴侶般的，各自的家庭皆富裕美好，在念大學時認識彼此，畢業後一起出國深造，經過七年多的戀愛長跑，在眾人的祝福之下結了婚，並且在一年後生下了我。

我從小在洋溢著幸福歡樂的環境中長大，接受最好的教育以及最充足的物質生活。記憶裏，家庭的保護力量在這個家中發揮最大的功能，我接受到的是比疼愛還要再濃稠、緊密的關係。

我一直都以為，我的家庭美滿到接近童話的地步。母親後來才告訴我，就在我七歲那年，她發覺父親有了外遇。

不是一般迷戀青春肉體的戀情，而是更加棘手的愛戀。對方是一位年長他們許多的女教授，兩人大學時共同的語言學老師，之後又在工作領域上擁有上司與下屬的關係。

這位他們暱稱為妮雅夫人的老師，她的丈夫因肺病去世多年，在她接下大學教職之前，遊歷過二十多個國家，精通多國語言，見識豐富且為人風趣。妮雅夫人終年穿著一身白色素雅的襲地洋裝，瘦骨如柴的身形有種特殊的氣質，彷彿不食人間煙火般地絕世獨立著。蒼白的頭髮挽至頭頂上方，臉頰上的風霜深刻地陷到骨骼下層，映襯著雪花石膏般的透亮肌膚，奇異的猶如上天的神諭。

遠望著她，猶如一株詭譎絕美、與歲月交融且不留痕跡的長年植物。

我看過妮雅夫人一張照片。

那張照片放在妮雅夫人唯一一本自傳著作的前頭，而這本書雖掛上她的名字，但實際上是我的父親，為背後出力考察的最大功臣。那張照片由準確的光影交疊出一幅深刻的輪廓，矗立在強光前頭。沿著寬廣平坦的頰骨順流而下，那細緻的弧度彷彿是古埃及中的女神石雕。

妮雅夫人如同貓眼石般透徹的雙眼，正無情肅穆地望向前方。如果說眼睛是一個人的靈魂之窗，我望著這張照片的第一個感覺是：這女人的靈魂是空洞的。

她或許見聞廣闊知識豐富，或許經歷過人世間各種磨難與至極欣喜的時刻，也或許她的一輩子都在命運的顛沛流離中度過，但是這些東西，都完全沒有深嵌進她的靈魂之中，也就是說，她的人生也許就是冷眼旁觀這些變動幻化，而感情

皆無目的，只漠然在一側觀望著。

我的母親告訴我，當時妮雅夫人如神擇般地宣布父親為自傳書的助手時，兩人還歡欣鼓舞地出外慶祝一番。妮雅夫人是他們年輕時代崇高的偶像，他們兩人共同的神，一個精神上全心信仰的心靈導師。儘管那些聽起來讓人醉心癡迷的經歷，沒有深刻鑲入夫人的靈魂中，但是卻對夫人所有的學生發酵，彼此在心底延伸那些故事中曾有過的亮度。

就在自傳進行到三分之一的段落時，某天夜晚，母親到妮雅夫人的住處去找父親。她當時因為隔天要回娘家一趟，而打電話過去始終都在通話中，便搭了計程車來到下城的妮雅夫人家中。母親記得按響門外電鈴，父親便馬上來應門，笑容滿面地在客廳迎接她的唐突到來。

一切都很正常，沒有任何令人狐疑之處。就當母親坐進夫人客廳中央，那張寬闊奢華的深色座椅上，看著父親回復到工作狀態，走到正在講電話的夫人旁邊，整理起那一疊稿子的雙手，正在安靜的空間中微微顫抖著。發顫的振動在凝結的時間中攪著，母親敏銳地感覺不對勁了。

旁邊的妮雅夫人也發覺了這個顫動。她右邊維持緊貼聽筒的動作，嘴裏仍對著話筒叨絮出版事宜，左手伸去輕輕按住父親發顫的手肘。那柔軟的手一按上父

安娜之死

⑵西元一九九〇年．春季初

親的肌膚，父親的顫動瞬間停止，如同雕像般地原地不動；母親卻在此時彷彿穿透這些距離，感覺到一陣異樣灼熱的酥麻。

父親正熱切地愛戀著夫人啊。一切都還未開始，也還未進入到戀情的發展，但是有股隱形的烈火正在中間進行著曖昧的燃燒。

母親知道，如同神般的妮雅夫人，對後續的一切發展清清楚楚。

母親沒有提及這個讓原先世界的崩毀時刻，她保持冷靜地站起身，表明不打擾他們的進度，向兩人道別後，一個人獨自回到家中。當時七歲的我，仍記得這個往事。那天晚上，我在房間裏聽見出門不久便回來的母親，從大門那傳來熟悉的腳步聲，便掙脫臨時保母的懷抱，如往常一樣跑進母親的懷裏時，那懷抱是冷的，冰冷的讓觸及到的皮膚感到扎刺的痛。

還是小孩的我，馬上甩開母親，放聲大哭。我後來明白，當時我號哭的不是皮膚上的痛，而是連結到母親心裏的痛，給一併哭了出來。

而母親面對父親精神的出軌考慮許久，跟許多面臨丈夫外遇的女人一樣，暗自決定再生一個小孩挽救婚姻，這也就是為什麼母親會如此重視羅亞恩的原因。

亞恩等於一出生，便肩負著挽回父母親婚姻的重大使命之外，還有一個讓人格外重視她的原因：她不是個普通的孩子。

葛羅莉，我這麼說或許您會取笑我。沒有錯，在所有父母親與家人眼中，自

己的孩子絕對都是最好、最傑出的，但是亞恩除了長得如天使般，結合父母親外貌上所有的優勢之外，她的個性就像淬鍊出眾多人性中最善解人意的部分，簡直就在這孩子身上看見不可思議的神諭。

如果說，妮雅夫人的經歷，是某種上天給人類最大困境衝突的神諭，那麼，能與她匹敵的另一個神諭之人便是羅亞恩。

命運在這兩人中間開了個奇怪的玩笑。

亞恩從小就有種奇特的能力，她似乎可以透過接觸，來明白人的心底想法與心思。不論是誰，只要心裏懷著歡喜之情，她就會主動靠近要求擁抱，而相反的，心思雜亂且終年憂鬱的人，一碰她就會放聲大哭，彷彿被灼燙的火給碰傷。

我相信每個孩子擁有自身的敏銳感官，但是亞恩的特性，簡直讓她如同玻璃易碎品般，從出生就標明著自己與眾不同的能力，讓逐漸明瞭她的大人們，都小心翼翼地修正內心當下的情緒，讓混濁的心緒恢復清明，再如試驗般地嘗試接近她。

而這個反應，似乎也讓大家，從暫時性的開朗，逐漸變成習慣性的清澈。每個人都愛她，除了她如天使般甜美的笑容之外，亞恩讓大家至少在當下，走出複雜的糾結思緒中。

安娜之死

⑵西元一九九〇年・春季初

我記得妮雅夫人的自傳書出版後，得知母親生下第二胎已有些時日，便在所有親友相聚家中的大型派對上，帶著昂貴的禮盒，以及身後簇擁著眾多如信徒般的學生，一同來家裏探望。

而一歲的亞恩，從聽見妮雅夫人按響的鈴聲，便唐突地在房子內嚎啕大哭。不明所以的妮雅夫人進來屋中，故作鎮定地坐到母親對面後，亞恩卻隨即像是有人緊掐住她的脖子般的無法呼吸，開始發出一連串令人心驚的哮喘聲。卡在胸腹間的恐怖喘息，讓在場的人驚慌失措地同時擁上，等到被冷落的妮雅夫人尷尬地默默離去後，亞恩便又回復到完全沒事，揮動雙手要旁人擁抱的可愛模樣。

或許當時年紀還小的我，已經忘記了許多在場客人的長相，只有一個印象深鑲在當時的場景中間：一段詭譎至極的舞蹈表演。

當時，亞恩大哭而大家擁上前時，我站在人群後頭，妮雅夫人的旁邊，正仰頭看她。她的表情從一聽見哭聲後，身體的血液似乎急速降下，毫無血色的美麗臉龐像是一尊瓷像。她盯著眼前的騷動，我感覺到她的身體正在顫抖，卻努力想要克制，但是越壓抑那顫抖卻越強烈，到後來像是一個好笑的抖動傀儡，在角落裏顫動著全身上下的肌肉。

然而詭異的是，聽覺裏，是亞恩有拍子節奏的爆炸性哭聲，到最後神經質的哮喘，在角落裏如龐大的瀑布向大家衝擊過來，在我身邊的妮雅夫人，那不受控

制的顫抖竟隨著這個韻律鼓動起來。亞恩的哭聲此時就像拉著妮雅傀儡的線絲，一二三、一二三……一切律動得恰到好處，妮雅夫人的手腳與四肢，異常符合著亞恩聲線的節奏，跳起一個工整的僵硬舞步。

我記得我就在旁邊笑出了聲。她聽見刺耳的笑聲時，蒼白的臉瞬間又湧上大量的血色。她低頭看我，四肢仍擺動著醜陋的顫動，眼神卻難堪灼熱的像是火燒一般。

這真是神諭的一刻。

我後來想起這個印象，仍能清晰記得她想要停止卻無法的痛苦尷尬，對自己奇怪的舉止毫無辦法，全顯現在那雙沒有靈魂的雙眼中，便深深相信這兩個人，的確曾被命運連在一起，給妮雅夫人開的一個大玩笑。

妮雅夫人所造成的騷動，讓在場的學生們於此之後，競相傳聞著：這個在他們心中一直如同神般存在的老師，其實內心是相當邪惡複雜的，因為羅亞恩這個能力眾所皆知，而如同神諭的她，對於號哭的時機從未出錯過。

在這之後，妮雅夫人慣性在底下與學生偷情的傳聞，便在之後慢慢傳了開來。而過後的兩年之間，便因許多醜聞的爆發，被學院罷免教授職務，一個人搬離T市，再也沒有人聽說過她的下落。

「這就是宿命論中，所謂的一物剋一物啊！」

安娜之死

⑵西元一九九〇年・春季初

這是母親對此事件的結論；但是無可否認的，亞恩是有其目的出生，也完全做到了全面捍衛父母婚姻的守護者。

除此，如同小天使的羅亞恩個性也相當好，對人微笑時，我想看見她的笑容，心都會因此溶化。我的父母親一直都非常疼愛她。我記得我八歲時，妹妹亞恩一歲，對於她的出生就奪得所有的寵愛簡直無法忍受。不僅我的獨生女地位受到脅迫，她還搶了所有人的目光，卻完全沒有可以挑剔的地方。當時我小小的心思都花在如何奪回一點點的寵愛，所以我也未曾發現，全部家族就只剩我未曾摟抱過她。

我從小就憎恨她，但是她卻留了個特權給我。

我記得在我十歲前，成為一個非常惹人討厭的小孩。或許是某種對亞恩的好性格所產生的反向操作，渴望吸引別人對我的注視，也或許因為家庭優渥、備受寵愛的驕縱之氣，現在的我不得不承認，當年的我真的非常糟糕。除了會冷嘲熱諷家境貧窮、功課落後的同學之外，我還學會了各種捉弄人的把戲與惡作劇。

家人們容忍我，互相以我就是想要引人注意來當作我失控情緒的藉口，但是相對的，在學校，我逐漸變成一個不受歡迎的學生。而受到同學排擠終於崩潰的

那天，我在未放學的中午時間蹺了課回到家中，爸媽都不在家，僅有一個待了一陣子的年輕保母，正在廚房做飯。

我記得我一進門看見乖順的坐在客廳沙發中，三歲大的亞恩，一看見我就笑開了臉，傾身要我擁抱。這是第一次，在前面的時光裏我與她毫無獨處機會。當時的我滿腹的憤怒與悲傷，心裏的混亂難以形容，但是亞恩的微笑直接衝擊著我，我走過去摟住她，才想起自己這身污穢不堪的負面情緒絕對會引起她的號哭，便非常倉卒地放開了她，她卻緊摟著我，力氣大得嚇人地把我緊緊抱著，不但完全沒哭，反而還一逕地笑個不停。

我明白她留了一個特權給憎恨她的姊姊。她願意收起自己的神諭，無條件的愛我。

就從這刻開始，我決心好好對她，因為她是我的妹妹，我終於明白這字句中的深刻意義。

葛羅莉，真是很不好意思，一寫到羅亞恩我的記憶便如潮水般地大量湧出，沒完沒了地寫了那麼多……希望您能給我一點時間，讓我終於有個對象傾吐對亞恩的回憶。

安娜之死

⑵西元一九九〇年・春季初

現在，我想我需要做幾個深呼吸，來進入在記憶裏最恐怖的一段日子。

原本在T市工作與居住的父母，後來因為妮雅夫人的離開，父親便替代她的位置，取得正式專任講師的資格。而當時T市的西濱大學分部，位在S鎮馬蘭倫大道的行政區域中央，小型但設施完備的學校，正缺少兩位專業的教授。

雖然必須離開T市重新適應生活，但是整體算是晉升，也算獲得更專業的挑戰。經過多日的考慮後，在大學第二個學期開始的前一星期，我們舉家搬來S鎮。

S鎮。父親說起這個小鎮，都會用「逝去的龐貝城」來形容S鎮。龐貝城位在義大利南部的坎佩尼亞，該城市建於史前時代維蘇威火山噴出的熔岩流上。西元前八九年，龐貝被劃入羅馬統治之下，因此其制度、建築等，都沿襲羅馬。在西元六三年二月的大地震受到嚴重損害。雖然不久後即進行修復，但在修復其間的西元七九年八月二十四日，維蘇威火山爆發，將歷史久遠的龐貝城埋沒於火山灰之下。

而會給父親這樣印象的S鎮，就是一個彷彿活在瀰漫著死去時光的地方。相信居住於此地的您，也應該會有相同感覺。談到S鎮，大家第一個形容詞便是死氣沉沉，沒有活力。生活在一種毫無彈性的張力底下，各種命案頻傳，從各地來

此居住的各種模樣的居民，沒有統一的歸屬感，紮根在此為家鄉的，全都是些無感之人。

晴天的時候，感官上也像蒙上一層濃密、灰撲撲的陰霾，沒有真正透徹的陽光。

但是母親卻非常喜歡這裏。這跟她身為一位歷史學家有絕對的關係。她曾經跟我說過她對Ｓ鎮的感覺：

「就像活在歷史中，活在每一個已經消失，從古老書本才能見到的古城裏。這裏的氣氛的確荒涼得讓人喪志，但是能看見蒙上霧氣的陽光，在緩慢流動的光線中往前走，身體機能有種被往後拉扯的感覺……每個人的面貌神情，都像古代石雕般的規律變化，充滿堅硬的冷漠，房子建築也一樣的疏離，這些獨特的歷史感都只有Ｓ鎮才有啊。」

我的母親在居住一段時間後，簡直瘋狂地愛上Ｓ鎮。她會一個人在課餘時間，優閒地走過Ｓ鎮的每個街道小巷，欣賞各種貧乏的工廠與房舍建設，還有街道兩旁的景色，回家後便興奮地告訴我們，她今天又發現了什麼與記憶中的哪段歷史吻合，而什麼又在這一片沉寂中，勾起她強烈的興致。

所以，從未適應過Ｓ鎮的我們，也只能勉強自己生活在其中。直到亞恩失蹤的這段時間裏，算是度過一段平靜安和的日子。

安娜之死

⑵西元一九九〇年‧春季初

羅亞恩在她六歲的時候，被我的母親帶著一起到S鎮上的卡羅超商購買家用品。那天的天氣非常晴朗，放眼望去全都是亮澄澄的金黃陽光。

我記得那天一早，準備出門上學的我，被這樣純粹的晴朗給震驚住了。這是生活在S鎮中，從未有過的晴日。我記得那天全家人的心情都非常明朗，從澄澈的窗子望出去，可以看見附近的鄰居們，臉上漲著紅潤的笑顏，一一地把家裏的棉被與衣物拿到庭院中曬。

母親也在徹底洗滌家中的衣物後，帶著羅亞恩去超商購買家用品與一些冷凍食物。

她說起這段回憶，記憶中的亞恩出門前與到達超商後，臉上始終保持一樣的微笑。這讓她剛開始回想起來沒有任何疑問，因為乖巧的亞恩臉上時常都是愉快的模樣；但是，如果在經歷過她失蹤，被心中糾結的愧疚與憤怒折磨時，那些在腦中反覆重演的重要時刻，就會想到其實亞恩維持著輪廓與弧度都那樣的相同，那樣制式的笑，其實是一種詭譎離奇的預兆。

母親說她與亞恩母女兩人，愉快的進入明亮的超商，就在冷凍庫那裏拿了幾瓶家庭號的鮮奶與優酪乳之後，始終微笑的亞恩，便對母親開口說她想要吃包裝盒上面，印有一隻橘紅色、肌肉發達的老虎玉米片。

這玉米片是由一八七五年所成立的芬奇公司出品。這家公司底下出品各式各

樣的早餐玉米片、草莓和巧克力口味的動物餅乾、以及內含塑膠玩具的葡萄巧克力，全都是專門討好愛吃甜食的小朋友所出產的食品。以芬奇公司出品的早餐玉米片包裝，皆是模擬人形的動物群像為主，而這老虎包裝的玉米片，則是所有玉米片口味中，灑上扎實的焦糖糖霜，口味最甜膩、最不耐多吃的一種。

我記得我們家從未吃過。從小不愛吃甜食的亞恩，很難得的竟要求母親購買這個玉米片。而母親當時未多想，除了寵溺亞恩，事後她回想，也是亞恩與她去過超商多次，難得第一次要求購買東西。

就在母親推著手推車，到達眾多早餐玉米片的商品區裏，發現老虎玉米片因銷售不良，被放置到最上方的後頭，讓一堆公雞玉米片給完全擋住。她說當她看見隱約包裝中的橘紅色，便放下握緊的手推車，踮腳去拿取櫃子後方的玉米片時，還依稀聽見亞恩如銀鈴般的笑聲。

僅過了五秒不到的時間，拿到玉米片回過身，手推車裏的亞恩已經不見了。亞恩被抱走的那一刻，或許她的能力消失了。她沒有哭鬧，甚至沒有發出一點驚恐的聲音；也或許神諭般的能力還在，而是那個歹徒充滿著一種詭異的愛憐之情把她抱走的。

想到這裏，接下去皆粗鄙污穢得讓人不敢想像。誰會對這樣小的孩子產生感情？骯髒變態的戀童癖好者嗎？還是其實什麼都沒有，就只是愛上了亞恩如天使的外表，懷著純潔的心把她帶走？

我們無從得知。

亞恩從那刻開始到現在，彷彿在這世界上消失，什麼天使的笑臉與如神諭般的擁抱，一切發生在她與我們之間的情感與記憶，全都隨著時光流逝，幻化成不確實的記憶，如一陣煙般地被吹散消逝在空氣中。

亞恩曾經存在嗎？她曾經有形體、有肉身的走進我們的世界中嗎？不是從頭到尾，只是單薄地如同一張白紙般的記憶而已嗎？

時間越久，我越有這樣的疑惑。現在對您坦白對亞恩印象的我，其實也是懷著某種不確定的情緒，克制顫抖的手盡力地書寫下來的。

當時，我們會對那具屍體莫名的堅持，其實也就只是抱持著小小的奢望，奢望能夠再見到，在記憶中越發稀薄的亞恩最後一面。印證羅亞恩從來就不是一片脆弱的記憶，而是一個完整的生命，走進我們的世界中。

母親在羅亞恩失蹤後，持續神經質的在家裏所有角落，盡可能的維持著亞恩還在的模樣。她獨自睡的房間裏，那張粉紅色的床墊、牆上貼著斑駁的她在幼稚園裏畫的圖畫、餐廳長形桌子數來的第二個位置，總在用餐時間放著她的餐具，

還有便是在各個角落放置數不清的，關於羅亞恩的東西。

看起來一切都沒有改變。家中的一切氣氛，流動過去的時間，被一種悲傷的強大力量給強制停留在那個時間點中。亞恩未曾離開，未曾失蹤，所有的跡象都可以清楚的明瞭：我的父母把生理時鐘，調到那個出著大太陽的晴朗日子中，然後所有的感知能力，與所有的身體代謝流動，都停滯在那個地方。

這不是家，這是一個羅亞恩的紀念館。

這個強制讓時光停留在此的舉動，讓每天的視覺或心裏都相當折磨。不只折磨，我覺得這段時光簡直是荒涼的，我覺得自己無法繼續在時光中往前走，時間在這裏靜止地讓我毫無成長。

那麼五年後呢？我不知道，因為我已經大學畢業，把可以獨立生活當作藉口，搬離開那個讓我喘不過氣來的家。

葛羅莉，在此還是要向當時的混亂情況，對您致上最深的歉意。

多年前的誤指錯認，或許命運便是用這樣奇異的方式，讓我們兩人從這個地方開始交疊在一起。現在的我想起以前，就深深覺得在自己閱讀過的書籍中，寫的許多過往會隨著時光流逝而淡去的事實，並不全然皆是。很多事情的發生，其實都在連接起日後的每個日子，或者每一個瞬間的開啟或結束吧。

命運總是如此的不可思議。

寫到這裏，我在桌前抬頭望著窗外，外面開始下起了雪。昏沉的天色覆蓋住整個街景，只剩下外面街道上的暈黃色路燈，仍舊在昏暗中散發著細小的光圈。一察覺寫完信已經過了三個多小時，右手的關節發酸得讓人忍受不了。多年前，曾經因車禍在手腕的地方受過的傷，如今處在寒冷的天氣裏，竟從骨頭裏開始發出陣陣痛楚。

下封信再來說說我們之後的相遇吧。

我們意外相遇的當天上午，我接到家裏打來的電話，年老的父親近日身體不適，母親希望我回家一趟，所以我才特地回到S鎮中。仔細回想，除去重要節日出席在外面餐廳的聚會之外，我已經快要三年沒有回家了。

除了在這個時間點上與您遇見，真是個命運的巧合之外，當我一個人轉身離開街角，不到半個小時的時間內，竟遇見了前面一開始信中提及的男友，也就是在您記憶中，心理輔導聚會的負責人傑森。

這一切，皆讓我非常驚訝命運的奇妙安排。

敬祝平安美好

羅亞安／一九九〇・二・二十七

⑶西元一九九〇年・春季中旬

致羅亞安小姐：

收到妳的來信。這個時候的季節已經溫暖，收到此信的心情，也如同這個季節般一樣地暖和。

雖然天氣逐漸好轉，所有的天氣預報都說春天的腳步逼近，但是如妳的來信最後所提及的身體上的病痛，關於這項隱私的、惱人的課題，似乎每個人都帶著某種無法說出口的疾病在身上。而我的課題：頭痛，也隨著氣候變化，越加嚴重了起來。

頭痛。這個病狀如影隨形地跟隨了我好多年。

我記得我與我的丈夫法蘭西，在結婚後的第三年，一起到了法國南部的一個小鎮度假。我仍清楚記得當時我與他並肩走在一個森林前的池塘邊，他像個孩子般地用輕鬆的口吻，描述著所有平凡無奇的東西。

「看！一群鴿子停在池塘旁邊！」

「那幾隻蝸牛爬行的速度真慢。」

「妳看妳看，天空有一架噴射機呼嘯飛過！」

所有的東西在陌生的地方，全都賦予了前所未有的新鮮感。我可以深切感染到他在異地的喜悅，但是身體卻完全如另一種物件般地，與我的思緒徹底分離開來。頭痛此時掐緊我的所有一切，我甚至在朗朗晴空之下，看見一些奇怪的異象：發著銀白色光圈的線絲，纏繞在池塘中的任何物體上方，幾乎已經看不清物體本身的模樣。

「那些是什麼？」法蘭西驚訝地詢問著我。

「我頭痛的形狀。」我吞了吞口水，把手壓按在額頭上。「我想我們都別理會它。」

然後呢？我該怎麼繼續寫？

我把筆擱在桌上，在桌前喘了好幾口氣。先是後悔用如此多的字句，寫了這個無關緊要的頭痛毛病。本來想把這張信紙揉掉，重新再用另個開頭把信寫完，但是想想，描寫頭痛或許是個好的開始，一個不著痕跡的開始。

法蘭西從後面的房門口走進來，彎下腰看著我放棄繼續寫的信紙，雙手按在

安娜之死

⑶西元一九九〇年・春季中旬

我的肩頭，熱氣從厚實的掌心中傳來。

我抬頭望進他深邃的眼中。他維持一貫的沉默，然後輕輕地把雙手從我肩膀上移開，坐到房裏後頭的椅子上，再丟給我一個意味深長的微笑。

——妳，決定了嗎？

——決定面對這一切了嗎？

我彷彿看見笑容背後的詢問涵義。我對著他，虛弱地回報一個相同的笑容。我的心裏其實很疑惑。究竟要我面對什麼呢？是自己的悲痛？多年前安娜的離家與死去，跟我的關聯？還是什麼都不要想，就全面地自己吞下、接受？

他沒有看出，我仍有著對長期悲痛的無法理解。法蘭西對著我的笑點點頭，又安靜地踱出門外，並且輕輕地帶上了我書房的門。

我看著深棕色的房門闔上後，轉回原來的桌前，深深吸了一口氣。

我已經忘記自己在幾歲的時候，便開始擁有這個毛病了。

好像在少女時代，或者更久之前。儘管我不記得正確的時間，但是我卻清楚記

得頭痛這病狀加重的時間點，便是在安娜離家出走的那天，以及之後的每一日。

它隱約且十足聰明地，從一個我最傷痛的地方，慢慢地生根茁壯。

看見妳在信中詳細敘述了羅亞恩的模樣，讓我也在讀信的過程中，不斷地想起了我的獨生女安娜的點點滴滴……我們的通信會不會變成另一種，延續先前「失去親人之心理輔導聚會」的作用呢？

我記得在多年前的聚會裏頭，其中一個重點，便是要找到傷痛的訴說管道。或許彼此這樣的通信，對妳，對我，都具有某種療癒的作用。

寫到這裏，我不禁苦笑了起來，並且要先向妳致歉。

原來後來聚會結束後，我想再也不會聽見與看見的人：傑森，這個聚會的輔導負責人，竟然後來成為妳的男友，命運真是如妳所寫的——奇妙得不可思議。

當初會這樣想像傑森，其實是在這短暫的聚會裏頭，他始終堅守一個擔任引導的角色。丟出問題、疑惑，然後等著我們叨回我們用心碎去換來的解答；或者替他拾回，我們捧著最淋漓盡致的心痛，去領悟到繼續活下去的力量。

我幾次專注地看著他的模樣、他的眼神，就能明白這個人沒有遭遇任何痛失親人的經驗，甚至，還比想像中過得快活。（請原諒我如此的想像，請妳下封來信，再好好地向我介紹這個人吧。）

他的眼神清澈地如同大男孩一樣。當傷痛從座位裏的每個人口中，如烏雲一般地出現漂浮在空間裏頭，他眼裏出現的，除了不解與想要理解的直接慾望之外，還有就是混合著見到獵物般的欣喜若狂。

這些、那些的實際人生驗證，不就是死板板的教科書上，學術裏頭的最好例證嗎？

把我們隱藏許久的痛楚，詳細地剖開、切半，然後強迫它們曝曬在日頭下，與各種眼光之中……我當然相信在學術領域裏所研究出來的治療，絕對有它的意義存在，但是我也不得不說，會不會有些傷痛，就是應該好好地永遠隱形起來，不要有見日的一天；它們在晦黯的心底，其實終有一天會自己逐漸癒合？

我不知道。

各種可能會在死者已逝遠去，出現於生者的日常生活中。或許每個人對於自己的傷痛，都有一個與它和平共處的方式，不涵蓋在僵硬且浩瀚的學術中。

我記得在那兩個月，總共七次的聚會裏，印象最深刻的一次：聚會的第四次。不曉得妳是否仍記得裏頭的成員？這場聚會除了我們兩人，其他三人分別是菲比、蜜麗安以及凡內莎。

凡內莎。就是這個小女生。

那天如往常聚會時間一樣的星期三晚上，法蘭西提早回家，我們簡單地吃了他從超市旁的小店舖，買回來的簡易沙拉三明治當晚餐後，我便在他的目送之下，準備一個人騎車到活動中心。

「這次需不需要我陪妳？」

丈夫除了第一次他不曉得，我一個人貿然前去參加以外，之後，每次都會送我到門口，用一種出奇的平靜問我。這次他也一樣地開口詢問，沉靜的眼神流露出濕潤的內疚感。

我搖頭，希望能把他眼中長期的內疚感給消化掉。「不用，我自己去就可以了。」

到達活動中心後，我把腳踏車停在門口旁的石子步道邊，遠遠地就看見凡內莎嬌小瘦弱的個子，從遠方慢慢靠近我。

她穿著一件粉紅色的高領運動衫，底下配了件休閒裙，模樣是我印象中的，不管聽見什麼，似乎都不太有表情與反應的，臉上總不帶任何情緒。她就在一公尺外的地方，出聲對我打著招呼。

聲音纖細、緩慢，如同她給人的感覺相同：一個從來都沒有自信的女孩。

我也對她問了一些家常的吃過飯沒的話，之後，兩人便並肩一起走下活動中心的地下室中。

安娜之死

⑶西元一九九〇年·春季中旬

我知道凡內莎是安娜的同班同學，但是安娜在過去的日子，話題中從未提及過她。或許兩人沒有交情，安娜一直都是個沉默的孩子，所以對於兩人的生疏也沒多大的意外。我是因為後來警官蘇利文在無意間，告知我在追查安娜命案的過程，其中一個詢問者便是這個孩子。

當時，我與凡內莎提早到達聚會，空曠的地下室裏仍浮散著霉味。我們把燈開亮，坐到攏攏一圈的位子中，彼此就陷進一種緊繃的尷尬裏。我察覺眼前的小女生好像有話要說，但是又不敢開口地只低著頭。

於是我下意識地在兩個人的沉默裏，不斷看著手腕上的時間，距離開始的時間還有十五分鐘……十三分鐘……

「葛羅莉，妳今天打算說出來嗎？關於安娜的一切？」凡內莎低著頭，兩隻手平放在靠攏的膝蓋上。

「嗯，」我對她和藹地點點頭，心裏喘了口氣。覺得這時候她終於願意打破沉默，把這繃緊的狀態結束，真是再好不過了！我可能捱不到另一個人出現，這無解的沉靜與彷彿等待什麼的狀態實在讓人太難受了。

「我想我會接續上回說到的地方吧，妳呢？」

「我？」凡內莎抬起頭看我一眼，馬上又低下頭。

「老實說，我不知道要說什麼。」

「妳上回不是說了關於琳達在學校闖的禍，還有一些回憶？妳可以繼續說下去啊！」我鼓勵著她，心裏想或許這孩子，仍有無法說出口的傷痕存在。

凡內莎聽見琳達的名字，臉上閃過一絲苦笑，然後隨即消失。

「是啊，但是我其實什麼都不想說。

葛羅莉，妳有沒有過一種感覺，就是在聚會時，聽見別人心底的傷痛，自己的就會好過得多，我不曉得怎麼形容……」她這時候又閉緊嘴巴，歪著頭，很用力地在想著形容詞。

「我想，就像自己其實不是最孤單的，大家都在各個角落，跟妳一樣在盡力地適應，在盡力地繼續生活？」她說。

「我大概懂，但是，但是這就是妳來此的原因嗎？來尋找與自己一樣的人？」

不知道為什麼，有些微慍的怒氣在心裏產生。所以說，妳這個小孩跟傑森一樣吧，不管什麼目的，就是想要用自己的什麼，來藉著聽別人的傷痛啊。

「不，完全不是這樣的。」

她又搖搖頭，沒感覺到我的怒氣，只是使勁地搖著頭，很認真地否認我說的話。這時，有些聲響從旁邊的樓梯傳了下來。傑森與菲比從樓上傳來一高一低的說話聲，越來越明顯。

安娜之死
⑶西元一九九〇年・春季中旬

我看見她小小的身子，沒有表情的臉蛋，在黯淡的光線中越來越模糊。

「我來這裏，來聚會的最大目的，**就只是想聽您怎麼說安娜的。**」凡內莎在傑森踏下最後一個階梯，朝我們走過來的幾秒鐘裏，湊過來在我身邊，用一反緩慢的快速口吻，對我附耳說道。

我驚訝地望著她，她卻在下一秒，像是完全沒事發生，端正地坐在椅子中央，微笑地對著傑森與菲比打招呼。

就這樣，我從此時到最後一次的聚會中，沒有再跟這女孩講過任何一句話。

我當然可以在之後，或在這場聚會結束後，走過去當著她的面，要她把這句話解釋清楚。因為很古怪的，在這句話一說出口，我把整句話都聽清楚的實際情況是——我既沒有感覺到凡內莎在跟我開玩笑，也絲毫沒有感覺她把安娜的死當成對她的療癒；相反的，我感覺到很奇怪的，她把安娜的死看得跟我一樣的重。

我不了解。或許這一切已超出她的理解範圍，所以，她想要來聽年老的我，身為安娜的母親的我，會如何形容，她形容不出來的沉重？

我想起在這封信的一開頭描述的，在想像中，我如法蘭西面對我無解的頭痛這樣問道：

「這些是什麼？凡內莎，妳心裏的沉重究竟是什麼？為什麼可以如我一般的背負著它們呢？」

我不明白，但是我真的不想再去理解。很難說原因為何，但是我就是硬生生地把自己從這迷霧中抽開。在經過那麼多年後，我發覺我已經什麼都不想明白了。

信寫到這裏，我暫時擱下筆，靜下心來聆聽沉默得出奇的家。

法蘭西或許已經出門，我打開房門，望著書房外面直通客廳的寬廣長廊，以及從窗外篩進來的亮黃光芒，把地板上的橄欖綠地毯，切割成一片片俐落的塊狀。外頭街道上零碎的車聲，與鄰居們不同的說話頻率，還有遠處雜匯的鳥叫蟲鳴，把我拉回生活的細節中。

我先靜悄悄地走出房門，在四十坪大的空曠家中繞了一圈，再到廚房替自己煮了杯熱咖啡。黑色的咖啡杯，裏面承滿剛煮好的沸騰咖啡。

這杯子是多年前，就是在法國南部的鄉下度假，當時那裏有個遠近馳名，專門做陶瓷杯盤的老人，特地為我們倆打造的。店舖就在小鎮底端，緊鄰一家露天咖啡館的旁邊。那位置在下午四點時，會正面迎著灼熱的西邊日曬；而陶瓷店枣紅色的黯淡招牌，則沉穩地隱身在交匯各式吵雜的咖啡時光中。

我聽說老人會依照每個前去的人，給他的感覺與模樣，打造一個專屬那個人的杯子。

於是我們前去，然後與法蘭西好像隱藏了什麼秘密般的孩子，在底下緊牽著對方的手，直挺挺地站在老人的面前，一逕地抿嘴偷笑。

滿頭白髮，身形佝僂的老人穿著一件雪白，沒有圖案的T恤與破損的軍綠色工作褲，滿臉優閒地坐在門口抽著煙斗，沒有沾染到任何熱鬧的喧囂。他聽見我們的來意後，沒有多說客套話，馬上擱下煙斗蹲低身子，就開始在一堆工具前埋首工作。他搖手要我們明天再來，取我們兩人專屬的杯子。

隔天，我與法蘭西在中午吃過道地的法國餐之後，散步至旁邊的咖啡館喝下午茶前，便先停在這陶瓷小舖的門口。

我看見老人已經準備好般地站在門口，旁邊的茶几上則放了一個白色與一個黝黑的杯子。杯子是整體圓弧形狀，杯口與杯耳的流暢線條，如池塘中游水的優雅天鵝。

黑與白的對比非常明顯。兩個杯子的色差，彷彿是專業色彩的色票中，第一頁與最後一頁。

我與法蘭西對看了一眼，兩人不知該如何伸手去取杯子。

「你們是互補的，這位先生與夫人。」

老人流利的法國口音，溫潤漂亮的迴旋進聽覺中。他先是對我們兩人鞠個躬，蒼老的臉帶著溫和的微笑。

「日與月，星辰與草原，也如同壯闊的大地與深邃的海洋。」

他說完後，便彎腰撈起兩個杯子，把黑色的杯子遞給我，白色的則拿給了法蘭西。杯子捧在手心中相當有份量，沉甸甸的，有生命力般地發出了熱氣。隨後，他轉過身，在我面前慈祥地用自己佈滿老繭的大手，連同我手中的杯子一起包覆住我的雙手。

「夫人，妳的心中充滿了悲傷，請妳好好遺忘過去或者未來，這是妳的生命課題。」

我愣愣地望著老人。他是如何得知的？長久以來，不管我如何拚命的勞動身體，或者忘我的享受歡樂，那頑固的疲倦感仍深深地植根在我心中，心裏總是充滿一種連我自己都無法明瞭的，對這人生的強烈排斥與悲傷。

迄今，我只要用這咖啡杯喝咖啡，或者喝任何東西，就會想起老人在那個時間點中，對我說了這麼一句話。

現在，我捧著剛煮好的咖啡，啜了一口，再回到我的書房中。

正方形空間的書房，一進門就能看見與天花板齊高的書櫃，一格格工整的櫃架中，上面擺滿了各種顏色的側邊書皮。書櫃的正中央，我把它空出來放滿許多已裱框的照片。

照片中，不乏全家人出遊的合照、安娜各時期的模樣、多年前仍舊年輕的結婚照；其中，我定眼看見擺置在相片群中的最後頭，一個鑲有銀色、帶有強烈普普風線條的金屬框邊相框，裏頭是一張我與一個老友的合照。

兩人在鏡頭前笑得相當燦爛。她那時帶著牙套，笑起來時，牙齒上的銀色線圈會反光出細小的條狀紋路；我則戴著一頂彩繪的鴨舌帽，身上套著一件印有「來吧！我們來搖滾吧！」的紅色字樣細肩帶上衣，對著鏡頭擠眉弄眼。這張照片的背景在聚集各種繽紛色彩，萬頭攢動的演唱會現場。

亞安，我命運的雙生子，在這裏想跟妳請求，請妳給我點時間與耐性，讓我慢慢地回憶過往。

看見妳在上封信裏，毫無保留地對我敞開妳的真實生活，讓我也開始由心底緩慢地凝聚一種渴望。熱切地渴求回顧我已經蒼老、泛黃的記憶，用發顫的雙手也相同誠實地對妳，對妳回憶除了法蘭西，我從未對別人述說過的前半生。

而現在我要描述的照片中的人，深深地影響我整個人生。

照片這人是我的老友凱蒂，我此生最交心的老友。我們在中學時代認識，一起度過瘋狂的年輕時光。

那個時候的我的模樣，絕對不是妳、或者任何人現在看見的這樣。我性格中潛

在的狂暴因子，與血液裏流動的毫無畏懼，全都發揮在放蕩不羈的青春年少中。

我與凱蒂建立起要好交情，是因為我們一起迷戀當時最紅的搖滾團體。兩人像狂熱、毫無理智的追星族般，一塊從各種管道打聽樂團的出沒地點，然後不斷地蹺課與蹺家，就是為了跟隨在台上看起來十足風光，用大聲吼叫與激狂的吉他音暴，來把年輕時代，所擁有不明且激進的憤世嫉俗，給狂熱流暢出來的樂團。

儘管我們一起迷戀這個樂團，甚至還有五次跟隨樂團，遠到歐洲各地巡迴演唱的瘋狂紀錄，但是凱蒂與我性格最大的不同是，她會想要站在這種狂熱的中央，挺身進最大的漩渦裏，不顧一切地就要置身在標靶中間紅心的位置。

也就是說，她不要只當個平凡無奇的樂迷，不要只是個跟在後頭的某個影子，她要與樂團的任何一個人，不管是誰都好的在一起。

就因為凱蒂這種玉石俱焚的性格，後來她終於願意跟我說出口的時候，每個樂手都老早已經上過了她；並且在這之中，凱蒂還為其中的貝斯手拿過四次小孩，而被鼓手用菸頭，灼燙了滿右手臂以及肩胛骨的菸疤。

那時我與凱蒂都處在二十歲的青春年華中，在一個略為溫暖的秋季末期，那個奇妙下午，我現在對一切還記得一清二楚。

蕭索的道路上堆著滿滿的秋季落葉，我們踏在響滿乾枯、清脆的落葉聲中。

安娜之死

⑶西元一九九〇年・春季中旬

四周安靜無聲，只有我們腳下靴子踩地的尖銳聲，以及頭上樹枝間的小聲鳥鳴。我和她就雙手插在外套口袋中，在這條通往最底處，一間尚未開門的游泳池道路上來回走著。

「現在打算怎麼辦？」

我聽見她一邊把靴子用力踏在一堆枯葉上，一邊把所有發生的經過，全部向我坦白之後，我發覺自己並沒有訝異，心情異常地冷靜。

或許在這之中，我早就嗅到不安分與混亂的過程。

從跟隨樂團巡迴的飯店房間裏，凱蒂不只一次地在我睡著後，偷溜出房間；有時候則是我外出採買東西，她躺在床上說她頭痛的誇張，無法出門，而回來則看見紊亂不已的房間。在那段時間裏，也總是在廁所與房裏的垃圾桶中，看見激情過後的慾望痕跡。

當時，我選擇不問也不說，全面尊重她決定的人生，沒有想到卻是換來這樣的結果。

「現在大約才兩個月，過幾天去把小孩拿掉吧。這是第四次了。」

她停下腳步，坐到路邊，掏出口袋中的菸點上。

「凱蒂，他，詹姆斯他有沒有決定要如何？」

「沒有，他甚至一次都不知道。」

我點點頭，不知道該說什麼。後來，我們都沒有再說話。凱蒂把手中的菸抽完，起身與我繼續走往道路的最底。原本應該要回頭，順著剛剛來回不知已經幾次的街道走著，凱蒂突然說她想要進去看看無人的游泳池。

「現在應該沒有營業吧。」我抬頭望著深鎖的大門說。

「沒關係，我們就爬牆進去！」

她一反先前沉悶的模樣，俏皮地吐著舌頭對我說。我看見她撈起底下的裙襬，動作俐落地踏上旁邊的紅磚花圃，一個翻身就越進去圍牆後頭。

「趕快過來啊！這裏好美，無人的游泳池沒想到那麼漂亮！」我聽見她的呼喊，也學她攀過圍牆。

這個游泳池原本是私人的，後來因為那個富裕的家族沒落，終年用高聳石牆圍起來的別墅與大塊面積的花園，裏頭附設的俱樂部、馬場、游泳池則在幾年後，被另一個搜購的富商，打造成一個很簡單就能入會的俱樂部所擁有。

我與凱蒂在先前的每年夏天，時常來這裏游泳。

說是游泳其實好像也不是這麼回事，我們喜歡囂張地穿著極為暴露的花色比基尼，炫耀身材與年輕的線條般地，花很長的時間躺在泳池邊的白色瓷磚，或木質帆布的躺椅上。米色的遮陽棚在池邊間隔出一個個的座位，我們就躺在那裏喝著冰涼的啤酒，一邊做日光浴，享受每個人對我們驕傲的青春，所行的注目禮。

安娜之死

⑶西元一九九〇年・春季中旬

記憶裏，夏天這游泳池會聚集非常多的年輕人，還有一些帶著幼兒的家庭，把非常寬廣的空間塞滿歡樂，且極度吵雜的氣氛。但是此時，尚未開放的泳池，竟有種空曠得讓人於心不忍的感覺。

彷彿抽掉那些歡樂，游泳池只是一個盛滿藍色液體的容器，沒有任何氣味與聲音。湛藍色的泳池上頭漂浮著一些枯黃的落葉，隨著微風吹來，水面反映著橘黃色的陽光，把底下的藍色切割成多種層次。游泳池在整個蕭索的日子中，只是靜靜地站在原地等著湧進任何氣息。

我看見凱蒂光著腳，站在以往擺置遮陽棚，現在卻空空如也的白色瓷磚上，專注地凝視著無聲的水面，接著，她開始把上身的外套脫掉，然後又褪去下身的長裙，襯衫、絲襪、胸罩、內褲……不到五分鐘的時間裏，她迅速把自己剝光，跳進泳池中。

凱蒂雪白的皮膚，在藍色略帶有橘紅色的水裏，美得像頭滑溜、潔淨的海豚。

我不覺得驚訝，只是笑著看她。她的性格本來就有些瘋癲，在過去熟識的日子中，瘋狂與即興的行為更是多得數不清。我在瓷磚上坐了下來，學她脫下靴子與褲襪，把雙腳放進冰冷的水中。

一種靜謐的感覺，從觸覺裏擴散開來。

凱蒂用標準的姿勢，迅速地在泳池中來回游著。不一會兒，她就在泳池對角

的地方對我喊著：「真是過癮！原來在沒人的泳池中游泳是那麼舒暢！」

我也回應她地大聲叫好。然後她便從泳池的對角游到靠近我的地方。仰頭對我燦爛地笑著。

「好久都沒那麼開心了！」她說。

我低頭看見她的裸體靠著泳池，雙臂浮出水面抓住瓷磚邊緣，表情輕鬆地在底下踢著水。藍色的水波，此時把她的手臂與背後上，所佈滿的大小疤痕，給映照地一清二楚。

肉色的已經剝離上面痕跡，正在復元的傷口，與剛結痂成形，留有醜陋的、黑紫色的硬殼的痂，數量驚人地滿佈在她的身上。

她雪白的裸體再加上這些疤，讓我感覺在水裏的她非常脆弱，好像藉由這些傷口，使我不用與她交談，不用聆聽這些經過，就可以直達她在其中的心痛，與所有掙扎的想像。

她是用自己的肉身，與那些樂手兌換瘋狂的靈魂。

「在馬德里表演的那個夜晚。」

凱蒂瞥見我眼裏的不捨，從水裏爬到我的身邊，學我把雙腳放進池子裏，再舉起雙手伸到後頭，把頭髮擰乾，然後表情平靜地，彷彿在說一件非常久遠，已經逝去的事一樣地開口說。

就是那個演出完的晚上十二點多，詹姆斯跟我說他有事要與經紀人出外談，所以我便一個人在他的房裏，喝啤酒與翻看著雜誌等他。

後來，大約凌晨一點，鼓手貝納敲響房門，說有心事可以跟我聊聊嗎？他是詹姆斯同父異母的弟弟，我一直都把他當自己人，於是我開門讓他進來，我們就坐到房間的地毯上，一邊抽著他帶來的大麻，一邊喝酒聽他說話。

那種大麻菸草我從未聞過。抽下去把菸含下的第一口，清香的如托斯卡尼的朗朗晴空；之後，濃厚的菸緩慢到達肺部，渲染了整個肺的氣味，再從嘴裏吐出，卻又一轉艷陽天，變成某種奇怪的，彷彿眼前可見的暴風雨前夕。那種整片天空的悶澀封閉，大氣層飽含濕氣，讓人渾身不舒服的奇異感官。

我從貝納手中接過一根後，便瞬間把菸抽完，緊接著又抽一根。

那大麻讓人上癮，讓人醉。而這癮除了從嘴裏吐光，想要再見到晴日之外，更是因為之後的陰霾，期待暴風雨的來臨，那種把整顆心揪在一起的極度緊繃，竟如此讓人迷醉得不明就裡。

後來，我聽出貝納結巴的口氣，就知道他在先前已經喝醉了。他說起在他二十歲那年，他的母親，也就是詹姆斯的繼母自殺過世。

什麼預兆都沒有，在一個一切日常得宜的週末午後，於餐廳的桌子上，留了一張小小的字條，上面僅寫著一句話：「**我的痛苦，無法言喻。**」

之後，轉身跳下十二層樓。遺體殘破不堪。

「母親的痛苦是什麼形狀呢？我曾經絞盡腦汁想像著。」

貝納說到這裏，把手中的啤酒罐捏得喀喀作響，順手按熄了手指上的菸。

「是不是就像在暴風雨被預告來臨前，妳望著平靜的水紋，沉默中卻帶有一絲一絲的圓形波紋，從遠方那細膩地連結到這裏……

或者，妳的痛苦生得有手有腳，力氣大得可以任意地折彎妳的心臟，堵封妳的嘴巴，把妳從肩膀的地方拎起，遠遠地丟甩出去，讓妳永遠跟它保持無法靠近的距離……

還是，妳的痛苦就如妳平時待在流理台前，背對著矮小的，始終仰頭望著妳的我，一手扶著已洗淨的蒼白蘿蔔，一手奮力地削著它。『看！』妳在這時總會興奮地叫著。

『蘿蔔越來越消瘦了耶！』那樣的一點一滴磨損妳的內在語言。」

我接過他手裏已經變形的啤酒罐，放到旁邊的地上。

貝納讓我心疼，心疼得不知道該怎麼辦才好。我雙手伸過去握緊他冰冷的手，不斷地在話與話的中間，調整自己的呼吸。

安娜之死

⑶西元一九九〇年・春季中旬

貝納接著說起自己失敗的兩次婚姻，以及與詹姆斯的心結。他說話的口音很溫順軟甜，像在耳邊的私語那樣讓人非常舒服。

我閉上眼睛，覺得自己全身的感官都已經麻痺，我記得自己發覺他正拿著菸，準備灼燙我的手臂時，抬頭睜眼望他。

——妳想不想知道我的處境？

——什麼樣的處境？

——我從父親那裏認識詹姆斯時才十二歲，當時已在地下樂團圈中小有名氣的他，就是我的偶像，我心神嚮往的偶像！而知道這偶像其實是害死我母親的兇手……妳曉得這種痛苦嗎？

我搖頭，臉上卻因為麻痺而帶著一種奇怪的輕笑。

——妳愛他吧？凱蒂？妳愛我的哥哥吧？

貝納的聲音輕甜的像是春天盛開的香氣。我微笑了。

——是的。

——那妳就替他感覺我受的苦吧。

被菸灼燒的感覺其實非常疼痛，像是有千把細小的針，在燒紅的火上烤過後，再一起千針集中刺進一個地方。

我想或許那大麻本來就有麻痺感官的功用，我甚至感覺到這痛讓我異常快樂，並快樂著的直達我後腦杓的其中一點，在那點中向全身發出混亂、顛覆的痛快訊息。我甚至在被灼燙時，發出愉悅的呻吟。

當貝納燒燙完我的手臂時，詹姆斯開了房門走進來，臉上沒有訝異的表情，只是面無表情的蹲下身子，接過貝納的菸，繼續將痕跡延展到我的肩胛骨上。

後來想起這一幕，就明白詹姆斯從頭到尾都在偷窺著。是他叫貝納進來的，因為他知道他自己或者貝納，不管時間過多久，都沒有勇氣面對過往的一切，於是便要我代替他們。

「我想殺了他們兩人！」我憤怒地在泳池邊站了起來，怒吼的聲音震動了泳池外圍，緊緊依附在牆頭樹木叢中的鳥兒。我聽見驚慌失措的鳥聲哀鳴，從旁邊的樹叢中飛遠了開來。

凱蒂沒有被我突如其來的怒吼嚇到，她伸出手把我拉回剛剛坐的地方，雙臂環住我的肩頭，把我摟進她的懷裏，一遍又一遍地撫摸著我起伏激烈的背部，再跟隨著燥亂的髮絲線條，把她們撫平在她的掌心中。

「沒事的，一切都會沒事的……我們都會好好的喔……」凱蒂像在安慰自己

安娜之死

⑶西元一九九〇年・春季中旬

一樣，聲音輕柔地重複著這些話。

聽著這些反覆呢喃的話，我逐漸平撫內心的憤怒，學著她，也一直在口中重複這些話。

那個秋季末期的下午時分，我仍清晰記得，裸著身體的凱蒂，身上雪白的皮膚被夕陽拉出了一種未曾見過的光芒。

未乾竭的水珠輕輕滑過光芒的表層，有的則無聲地陷進那些傷口的凹洞中，她的皮膚便間歇地起了一陣陣雞皮疙瘩，然後水珠隨即消失。我們一邊凝視著安靜無聲的藍色游泳池，一邊臉頰上都掛滿了淚，緊緊地擁抱在無人的秋末泳池邊。

之後，我陪著凱蒂去做了第四次的流產手術，再一起聽見婦產科醫生向她宣布，她從此無法受孕，終身無法成為母親。

在一九五五年到一九六〇年的期間，這個曾被我全心狂愛的樂團，唱片銷售量開始走下坡。

演唱會的次數減少，在公開表演的名單裏，他們的名字也越來越少被聽見。而隨著長期替他們打理所有對外聯繫，以及牽起更多表演管道的重量級經紀人離開，他們這團體似乎便放棄與演藝圈拉扯般地，逐漸地退回到最初，在一些搖滾餐廳中，間歇地接著少許的表演機會，而底下的觀眾則越來越少。

西元一九六二年的冬天，樂團主唱發生性醜聞案，在開庭的前夕，於凌晨三點多時，在一條橋下的空地開槍自殺，整個團便在一個月後，對外宣告解散。

我知道這個訊息，是在晨間日報的演藝版中，最後一頁的底下欄框中寫著的消息。如同訃聞一樣，非常不顯眼的位置，我明白他們已經從絢爛的天空中殞落了。

自從那次事件發生後，我便認分地回到學校裏，想盡辦法銜接起中間斷掉的部分，用功唸書。凱蒂後來也與我一起回到學校，但私下仍舊與詹姆斯在一起，直到詹姆斯吸毒被捕，而貝納也因為精神的不穩定，某天在一家酒館中喝醉，重傷了與他起衝突的人（那可憐的人，被他痛毆到差點連命都沒了），因此被判刑禁閉在郊區的一家精神病院裏治療，凱蒂才真正地脫離這兩人，回到原來的位置中。

我們兩人還是如往常一樣，是彼此最密切的朋友。我記得在貝納被押進精神病院的那天下午，我搭車到郊區找她。她替貝納辦好入院治療的手續後，與我在外邊會合，一起坐在病院門口的水泥花圃上抽菸聊天。

我記得那天出著大太陽，氣候炎熱，她卻裹了件深棕色的羊毛厚織外套，整個人鬆散浮腫的像是生過一場大病，雙手始終交叉在胸前。

「妳還好嗎？」

「不太好。最近很怕冷，這件外套已經套在我身上兩個多月了。我脫不下來。」

她靜靜地把煙吐向另一邊，臉上清空空的沒什麼表情。撥開臉頰旁的亂髮，手指乾枯的像蒼老的樹枝，額頭上的青筋則暴凸了出來。

「我覺得自己已經好老、好老了。」

她抬頭望著天空，澄澈的眼珠子中，印著飄散的藍天白雲。

凱蒂變了。這是一種預感，一種超越現在與未來，正進行變化以及衰老的預感。

她從此變得蒼白怯弱，從前的瘋狂與毫無畏懼在過程中消失無蹤，變得異常的神經質與膽怯。

我才漸漸了解，這兩兄弟耗損的不是她的肉身，而是她的生命力。

然而，這個生命力如落葉，正緩慢凋零掉落的人，不是別人，是與我年輕的時光交錯在一起，也是我唯一放在心上的朋友。

現在回想起來，或許我根深柢固的悲傷，便是從這時候開始茁壯。從我與凱蒂，親手把青春年華的生命力，給提早丟進不屬於我們的複雜世界，自己腐蝕了其實可以完整的人生。

後來沒過多久，凱蒂全家搬離我們一起成長的小鎮。

我們兩人從開始的一個月一封信，到後來連節日的賀卡都不再有。我最後一

次聽見她的消息，是好多年前的一個夏天，信箱裏躺著一張喜帖。信封的地址是一個陌生的地方，喜帖裏印著凱蒂的全名，以及從未聽過名字的新郎。

我把喜帖仔細地收了起來，沒有去參加。

亞安，看見妳信中所寫的，關於妳的家庭，還有回憶亞恩，以及最後所寫的命運的不可思議，讓我想起了如此多，包括了這個從未與法蘭西以外的人，開口述說的過往。讓這些往事，終於有個出口，我想我便可以開始學著放下，然後逐漸遺忘那曾背負過的重量。

在信的最後，還是要再一次地謝謝妳，謝謝妳給我這老人，如此多的時間，還有空間。

把最美好的祝福給妳

葛羅莉／一九九〇・三・二十

⑷西元一九九〇年・春季末

致葛羅莉女士：

收到您的來信。馬上提筆回信的當下，發覺這日益溫暖的季節，應該可以使您的頭痛症狀緩和不少了吧。

真心地希望您的頭痛能夠復元，並且不要再發作了。

很謝謝您在上封信，跟我坦白了這麼多過往的回憶。坦白，真的是拉近彼此距離最好的方式，不害怕難堪與沉重，誠心地告訴對方，這件事對妳的影響，沒有什麼比這更讓人覺得勇敢與感動了。

信一開了頭，準備好好繼續寫下去時，我又接到傑森打來的電話。（上回是電話與信同一時間來到，這次是開始寫信，就接到電話。）

傑森在電話裏頭，以開朗的聲音跟我說，樓下的房東威爾本夫妻檔，昨晚替他們滿月的孫子開了個小型派對。來的都是附近的鄰居，年紀差不多都是過了六

十歲的中老年人，大家非常豪邁地互相乾杯，把杯子裏的德國黑啤酒一口氣喝光，還有大口大口地吃著，威爾本太太做的手工肉派、蘋果派。

「小安，妳不知道那有多好吃！」傑森聲音高亢地叫著：「濃厚的起司加上醃製過的雞肉與蘑菇，甚至還有一點點松露！蘋果派則全都是新鮮的果肉切片，上面撒滿濃厚的肉桂香料，底下是酥脆的起司片，真是……真是人間美味啊！」

接著他又說起，附近每個鄰居，都帶著一家子的人，準時赴約了這個派對聚會。有幾個年紀已經七、八十歲的老人家，把最昂貴正式的西裝與晚禮服，從衣櫃底部取出來穿戴好，模樣嚴謹地前來參加；也有些像是剛睡醒，穿著極家居、隨興地輕鬆參與。

全部的人進入這個空間，就在樓下電器行店面後頭，小小的屋子中，彷彿全是一家人般的熟悉親近。放著大聲震耳的懷舊唱片，手腳亂擺地跳起了舞，臉上都是大咧咧的笑容，充滿熱氣的身體挨著彼此，一起狂歡到天亮。

在這之中，跳累的人會退到旁邊的椅子上休息，在圍繞著放滿糕點的圓桌旁，大家邊吃著不斷供應的點心，喝著啤酒與熱茶，一邊閒話家常。

傑森告訴我，一處在極度歡樂的氣氛中，心裏會產生不願意這短暫如煙火的夜晚，就這麼消失，但知道此時即將是明天的回憶，便更加珍惜。

「你看，那是常在街頭遊蕩的威利老爹！」

威爾本太太此時滿臉通紅地坐在傑森旁邊，津津有味地吃著自己做的起司蛋糕，對他指了指正靠在門邊，一個瘦弱矮小的老頭。

傑森看過他好幾次。不是在街頭轉角的旁邊，茫然地望著天空發呆，就是把背靠在牆上打盹。

「威利老爹前幾年死了老婆。男人好像沒有女人就活不下去，不會自己處理生活上的瑣事，身體沒人照顧就一天比一天糟，生命力也跟著下降，通常都活不久。

威利以前常在店門前的那條街道上閒晃。我曾好幾次讓他進屋子裏洗澡，還有與我們一起吃晚飯。

他告訴我們，生活上的確一天比一天糟糕。老伴過世後，曾經擁有的一切好像瞬間就幻滅了。他已經不知道自己應該為了什麼努力，但是也決定了，這輩子，絕對不要再被女人綁住。什麼女人都不要再出現在他的人生中。

因為被綁住後又重獲自由，是他經歷過最恐怖也最難熬的一件事！」

威爾本太太喳喳嘴，舔了舔手指頭。

「這就是人生！」她對我眨眨眼，我也點頭回應她：這真的就是人生！她笑得好開心，站起來把我拉回屋子中間跳舞。

傑森的聲音聽起來是如此高昂又疲憊，所以我勸他趕緊去睡覺，不要累壞身體，於是我們掛了電話，我把思緒又重新整理好，繼續回到這封信中。

傑森，這個交往多年的男友，或許也只有這樣純粹的人，才能真正地守護我吧。

其實，就如您信上所寫的，他的確是一個沒有遭遇過任何傷害，沒有承受過摯愛的人以不明的方式遠離、死去的人。

傑森出生在一個小康家庭中。家裏有三個兄弟，從小父母就以開明的方式教導他們，似乎就把生命中所感受到的完整，以另種完全的方式傳遞給他們。那充滿了愛，還有各種我無法想像的單純與美好。於是他們三兄弟彼此團結互愛，沒有任何心結或是埋怨，在一片開朗、和樂的氣氛中成長。

直到他上了大學，進入醫學系所就讀，發生了一些事情，使決心再回頭選修心理學課程。第一次接觸到傷痛療癒，以及輔導創傷症候群的這塊領域時，簡直超乎他的想像。

「這些本來就存在於世界中的嗎？」我記得他是如此疑惑，跟我形容第一次接觸傷痛心理學的感想。如同天真的孩童指著天空，問著父母，星辰、月亮、還有太陽……那些是什麼。

那些，觸摸不到的，是真實的存在嗎？還是，只是我們眼中暫時的錯覺？

「我明白生老病死是一種延續的輪替，但是，為什麼會有那麼多的痛苦，還有悲傷，緊緊依附著我們？甚至永遠都甩不掉？」

他不明白，恐怖的是，人的心只有一顆，但是承受與記憶的能力之廣闊，是沒有邊界的。

我記得我第一次在「失去親人之心理輔導聚會」中看見他，也如您形容的，發覺自己似乎是被利用來確認抽象的學術，拿自身的悲痛去驗證死板的名詞，感到非常不能平衡。但是能夠一次又一次地準時出現在聚會中，我覺得撇開傑森，應該就是在聚會裏，可以明確知道自己不是孤獨地懷抱悲痛，在這世界中，仍有與我相同的人，一起奮力地想要從傷痛裏走出來吧。

這種群體的吸引力，是一種莫大的安慰，相對的，也是種自溺的悲哀。

就在半年前，我與您在S鎮街角遇見，互相道別後，我走向轉角後方，一處等候開往E市市區的接駁公車。在等候的時間裏，我突然感覺到，只是前個時刻，短短幾分鐘，看見您蹲在牆角，滿臉淚水的模樣，讓我不禁想起您在聚會中

形容的，關於安娜之死的悲痛。

您的獨生女安娜。我的親妹妹羅亞恩。

然後我就獨自站在候車牌下，安靜地流著眼淚。

活下去真的好辛苦不是嗎？人的心，怎麼能夠承受這麼多的苦痛？還要在每個時間點中，盡力做好自己的角色與工作，帶著根本不想的微笑，繼續面對各種人，各種挑戰與境遇。

當時我的心情，晦暗沉重到無以復加。就在晴空萬里的陽光底下，街車市井喧囂的大道上，我突然決定，我要自殺！我要在此刻結束自己的生命！

一旦有了這個念頭，我便無法克制自己的腳步，衝向街道的正中央，閉上眼睛，把自己交給來往頻繁的車輛，把肉身交給未知的命運。就在我聽見巨大的喇叭聲劃破耳膜，睜開眼，看見不到一公尺的距離，有輛正盡全力急煞的重型卡車朝我衝來。

我大聲尖叫，再度閉上眼睛……然後感覺自己被一雙有力的手臂凌空抱起，再一起與他跌向旁邊的地上。

「羅亞恩，妳在幹什麼！」

是傑森。是他救了我，然後馬上就犯了一個致命的錯：把我在聚會中不斷提及，此生最深的痛楚，給喊著出來。不能怪他。我在心裏對自己說。已經五年沒見了，放不下亞恩的是我，不是他。

但我一聽見這個名字，便崩潰地跌坐在地上放聲大哭。他也同我坐在地上，很尷尬地在旁邊搓著雙手，不知道該怎麼辦。後來我哭著哭著，感覺似乎好多了，便從地上爬起來，準備搭車回家。

「呃……妳要走了？」傑森仍坐在地上，非常不解地抬頭看我。

「對。」我對他點頭，然後踏上開了車門的公車階梯。

他迅速地從地上爬起來，追在公車後頭，在我撇頭注視的窗戶下方大喊大叫。圓滾的肥胖身體抖動得好厲害，嘴型一開一闔的非常滑稽，也非常拚命。我笑了起來，在下一站下車，等著從後頭追上來，氣喘吁吁的他。

這是我們開始交往的初端。

傑森，這個如同您上封信所描述的，您的丈夫法蘭西與您在法國南部，所遇見做陶瓷的老人。他稱呼您們為日與夜，海洋與大地——我與傑森，似乎也是這樣極端的互補組合。

在交往的過程中，我慢慢地知道了他的故事。這也是我第一次遇見，另一種嶄新、亮澄澄到晶瑩剔透的人生。不是他的世界仍完好，沒有發生過任何衝擊，相反的，他只是沒有沉溺其中，而迅速把曾有過的衝擊，轉成另一種力量，一種

對抗命定人生的力量。

就在我們交往之後的第一個耶誕夜，我們在家裏自己下廚。

兩人清晨起床，到傳統市場買了一隻大火雞，從中午就手忙腳亂地把火雞的內臟挖出來，照著食譜在裏頭填了一堆甜椒與香草香料；然後又從魚市場買來各式的海鮮。

傑森很喜歡吃蝦子，只用滾水燙過，再加上從市場小攤買來的酸辣醬，就足以讓他滿足地全部吃光。兩人甚至嘗試做了提拉米蘇與波士頓派，模樣雖然很醜，但那是一個難忘、令人感到幸福的平安夜。

吃飽後，我們坐在客廳，把木材放進壁爐中燃燒，兩人就坐在羊毛氈上喝紅酒聊天——就是這個時候，他對我說起他在醫學院發生過的事。

在這段時間裏，都是他在聽我說，對著我發問，疑惑地指著天空詢問那些看得見，卻始終無法碰觸的事物。

這是他頭一回主動開口說。

時間是傑森進入醫學院就讀約第四年。

那是個天空時常出現老式的噴射機與飛機，在湛藍的天空中，拖出一長串，白色如雲的塊狀煙霧，而大家都還聽著舊式的圓形黑膠唱片的年代。走在校園裏，可以聽見許多人坐在中央的草坪中間，彈著大聲的吉他，傳唱著披頭四那張〈Sgt. Peppers Lonely Heart Club's Band〉的專輯。

一個戰爭過後的優閒時光。全部的年輕人，心中都滿懷著熱血與希望，準備在這個世界上一展長才的最好的年代。

傑森有個高中就同班，一起進入醫學院就讀，在大學時光兩人都住在一起的好友杰姆。杰姆個子嬌小，身上的肌肉結實。他有張正統俊俏的娃娃臉，總是穿著一件沒有任何圖案的白色T恤，底下配條刷破的淺色牛仔褲。行動力相當驚人，平時話很少，看見他說最多話的時候，一定正激烈地跟某人辯論關於醫學上的某些論點。

傑森都叫他「杰姆小子」或是「小子」。

杰姆是個對醫學專業領域相當聰明，甚至不斷越級就讀的天才，但是回到現實中卻像個白痴一樣的傢伙。他發生過許多的趣事，包括把實驗室的模擬人骨搬回家，還把整副骨頭擺在床上，讓傑森半夜起床嚇得要死；或是因為寫論文而不想外出吃飯，就做了一鍋用過期蘋果醬煮的義大利麵，那酸腐氣味飄散在屋子中，一個星期多都散不了。

傑森說，當大家都還在為寫不出論文而拚命，天才的杰姆就已經被教授拉拔

到城市中最大的醫院裏實習，沒多久就晉升為醫生助理，進入正式的手術房見習。

那時候杰姆時常不在，而傑森也為了畢業論文忙得昏天暗地，兩人漸漸變得各忙各的，好幾個月才見到一次，見面時也沒有多少時間聊天。

他記得是在論文即將完成，兩人維持這樣的生活將近兩年的某天晚上，傑森從學校回到家，杰姆突然出現在宿舍中，如以前一樣地對著開門進來的傑森傻笑。癱在沙發上的他看起來十分疲憊，眼神與眉宇間都帶著倦意，但還是撐出笑容。

他瘦了好多，傑森心裏想。杰姆顴骨尖銳地在臉上突出，從袖口露出的手臂比以前更細，臉色蒼白，從前深藍的眼珠變得更加黯淡，連光線都無法反射。

「好久沒看見你了！你今天休假啊？」傑森坐到他的身邊，親暱地捶了他的肩膀。

「嗯，最近這陣子真的好累。」杰姆點頭回應，沒有多說什麼。

傑森很開心看見他，便打電話叫了外賣的中國菜，然後在飯後，兩人開了幾瓶冰透了的比利時啤酒，邊看電視邊喝。

打開電視機，裏面全部的新聞，正在強力播放當時紅極一時的通緝犯：開膛手紅約翰，劫車逃到T市南邊山區的消息。警方正派出全部警力，全力包圍整座山區的森林。

「我知道紅約翰！」我聽見傑森說到這，興奮地插了嘴。傑森點點頭，回應我，就是那個惡名昭彰的殺人犯。

當時有誰不知道開膛手紅約翰！而紅約翰這個綽號，就是由於他一頭醒目、鮮紅如血的紅色頭髮而來。我看過報上的報導與照片。他長得非常高大，一臉猙獰凶狠樣，深棕的眼珠暴凸在眼眶外，我相信他站在我面前瞪著我，我一定就會嚇破膽。

他是在一九六五年末期開始犯案。T市史上最兇殘的連續殺人犯，犯案手法以殘暴出名。先是以暴力重傷自己的親弟弟，兩人雙雙在半夜被送進醫院急救，而他出院後，就逃離家裏開始到處流浪犯案。

他慣於攻擊晚歸的女人，或殺死清晨獨自出來，沿著河邊或街道跑步、騎自行車的女人。也有幾個案例，是在街上搶奪中年男子的包包，然後重擊對方的臉，把他們傷到面目全非。

他喜歡先姦後殺，然後一定會把屍體弄得殘破不堪。從屍體的咽喉處，直線往下方俐落切開，露出裏頭全部的內臟。不僅讓警方找到屍體時，內臟都已腐爛或被野狗咬出，而非常頭痛困擾，也讓家屬在認屍時，皆痛不欲生。

【恐怖的開膛手紅約翰再度犯案！】、【開膛手紅約翰現身T市的街道上！】、【沒有任何人可以對付紅約翰嗎？警方辦案陷入前所未有的膠著。】、【現身真實世界裏的撒旦】。那時候的報紙與電視中，全都是這個殺人犯的談論。

當全部電視皆現場轉播這則新聞，傑森本想轉到電影台，但是杰姆阻止了他。

「我想看。」杰姆目不轉睛地盯著電視。

傑森沒有意見，陪著他繼續看著轉播。電視轉播了警方包圍森林的情況。看起來真的動員全部警力，把幽暗的森林照得如白日般光明，非常奮力地搜尋整座森林。電視中，每個全副武裝的警員，人手牽著一頭壯碩的德國警犬，氣喘吁吁地繞遍雜草密佈的叢林中。

「你覺得這次可以順利逮到紅約翰嗎？」傑森把手中的啤酒喝光，含糊不清地問著杰姆。

杰姆搖搖頭。「我不知道，但是我非常、非常希望可以逮到他。」他的聲音悶悶的，好像含著什麼東西在嘴巴裏。

傑森望了杰姆一眼。他發現杰姆在哭，看似平靜的臉頰上，已經充滿了淚水。

「小子……你，你還好嗎？」傑森很驚訝，卻也不知道發生了什麼事。

於是杰姆用哽咽的聲音，說起了就在幾個月前，當時他被醫院派到急診室值

安娜之死

⑷西元一九九〇年・春季末

夜班已一個多星期。那天的凌晨三點多時，第一台救護車送來一對兄弟。兄弟兩人傷勢嚴重，滿身滿臉的血，昏迷的躺在擔架上。

就在急忙把倆兄弟抬進急診室中，第二台救護車馬上接著送來另一個傷患：T市市長的兒子，在夜裏出了嚴重車禍，第一時間送來醫院。

當時醫院只剩下杰姆一個醫生。他望著兩方人馬，全都期待他馬上進去搶救自己的人。

我該怎麼辦？杰姆心裏非常掙扎。

在市長兒子的後頭，跟來的是大批的家屬，與幾個高層政府單位的官員。他們圍成一圈，對著杰姆搬出許多壓力與脅迫，述說各種正式與非正式的管道，讓他明白事情的嚴重性，幾乎是強迫要求他第一順位的搶救。

杰姆望著來勢洶洶的氣焰，以及每個張牙舞爪的臉，處在非常難以拒絕的尷尬中。而那對兄弟，後頭僅跟來一位老邁的婦人。她在政府官員說完所有脅迫後，只怯弱地站在他們的後頭，低聲哀傷地表示，躺在擔架上的這兩人，都是她的兒子，求醫生救救他們。

杰姆沒有考慮太久，決定順從自己的良心，拋下市長兒子，全力搶救那對兄弟。等到兄弟倆確定脫離危險，再回到市長兒子那邊搶救。

一個晚上，幾個小時的時間，兩兄弟獲得剛好的第一時間處理，之後的恢復將比預期迅速，而市長的兒子卻面臨幾乎腦死的狀況。

這個夜晚的搶救消息，傳得非常迅速。就在第二天傍晚，杰姆便收到醫院高層的通知，要求他暫時離開目前的工作。醫學院的教授們極力保住他，也沒有辦法改變這個情況。

杰姆始終不認為自己的決定錯誤。論送來的順序，搶救那對兄弟，本來就是應該的，而講到自己的良心道義，這個決定也完全無誤。

直到之後，他看見報紙上對市長兒子的介紹，才知道這個年輕人（年紀跟傑森、杰姆差不多）從以前就長期待在國外，當相關救助非洲與貧困地區的機構志工，在落後地區住了非常久，幫助的人無可數計。直到最近回來家鄉，在與朋友聚餐後的回家路上，不幸發生重大車禍。

我有做錯嗎？這個人曾經幫助過如此多人，卻因為我的選擇，現在只能躺在醫院當一個無法行動的植物人……我的選擇是不是錯的呢？如果他現在還是健康的，或者，當時我選擇了他，是不是有更多人可以受到他的幫助？

杰姆開始在心裏產生疑惑，與淡淡的愧疚。

就在這件事發生後的第二個月，杰姆有天晚上出外用餐，在餐廳的電視機中看見新聞記者播報，已經在T市犯下第三宗殺人案的開膛手紅約翰，目前下落不明。

在畫面中，記者來到紅約翰的家中訪問他年邁的母親，對於兒子連續殺人有何感想。杰姆赫然發現那天夜裏，那個蒼老可憐的老婦人，就大大地特寫在畫面中。

「我不曉得約翰會變成這樣……好像變成另外一個人……」老婦人在鏡頭前哭得淅瀝嘩啦。

「兩個月前，我的兩個兒子發生爭執。我不曉得爭執的始末，總之，在那次鬥毆中，他們互相把對方傷得很重。後來，他們一起被送到急診室。當時的醫生決定先救他們，第一時間選擇了他們……」婦人把臉頰上的眼淚擦掉，眼眶裏的眼淚又流了出來。

「我很感謝這位醫生，真的。但是現在，我不得不說，我錯了，醫生也錯了。

約翰的弟弟，也就是我的小兒子後來告訴我，他與約翰當時在爭辯關於善惡的問題，才引發鬥毆，而約翰那次被傷得很重……也就是說，如果他在那次爭執中死掉，我想，他的靈魂會順從地認為弟弟是對的，但是他卻被救了，還復元的很好，這使他相信，冥冥之中，世界是站在他這邊的；重傷的復元使他堅信，這是一個之後可以恣意傷害人，而不遭天譴的預言。」

杰姆看到這裏，震驚的說不出話來，久久無法回神。

「他前後已經傷害九個人了。」杰姆頹喪地把啤酒罐捏扁，甩到地上。

傑森很震驚。他明白這件事的嚴重性，已經深深地影響杰姆了。

在人生這條長河中，會有很多事情在中間出現、發生。有些就像河面上的水波，安靜顯現，再安靜消失；有些則如投進河面中的石頭，深深地掉落到底部，從此堅硬地躺在河床上，永遠不會移動。

他從此再也回不去了。杰姆與傑森心裏都明白，當那天夜晚，這個選擇降落在杰姆的面前，不管選哪邊，他的人生就是會不一樣，人生已經改道，從此不再單純如昔。

我聽到這裏，也感到相當地震撼。深深被命運背後的無情，以及殘酷，給震撼得非常心寒。

開膛手紅約翰在一九七二年年初被捕。在那場最後激烈的追捕過程中，被警方以三槍正中要害，死在T市郊區的街道上。然而，T市市長的兒子，於一九七二年，也就是紅約翰被槍殺後的第三個月醒來。以旺盛的生命力，成功的抵擋了死神召喚，醒來之後的他積極復建，到了一九七二年的年末，已經一切無礙的出了院，不久後又飛回他熟悉的非洲地區，繼續幫助人群。

傑森告訴我，杰姆這件事對他的影響很大。所以在他已經可以從醫學院順利拿到畢業證書時，又在醫學院中留了下來，選修了心理學與創傷輔導的課程。

他告訴我，他決定不要面對選擇命運的當下，不讓任何選擇降落到他身上，他寧願退到後頭，退到所有選擇的背後，盡力幫助在傷害後無法復元，且走不出悲痛的人。

比如說：紅約翰的母親，或者，所有被紅約翰殺死的被害人家屬。

儘管他不明白人的心，怎麼能背負著沉重的包袱往前走，但是他明白，讓這些人找回活下去的力量，沒有什麼比這件事更重要了。

葛羅莉，這就是在傑森眼中，為什麼沒有傷痛的陰影，他卻決定在眾多不明的傷痛中出現，想要把自己置身其中，企圖伸出手來幫助我們。這個「失去親人之心理輔導聚會」是他的第一步，希冀讓我們能更加明白自己面對的，是什麼形狀的悲傷；能夠用什麼方式，來走出真正的陰霾。

傑森曾經告訴我，或許他沒有進入悲傷與痛苦的核心中，但是他明白一件事：

不管那失去的悲傷多大，人一定要學會遺忘。

不是忘記我們魂牽夢縈的親人，而是學會放掉中間的細節。那些糾纏我們的心的悲痛，只記住她們美好的模樣，曾經深深印在我們靈魂與生活中，那些美麗的記憶，會讓我們如同在某個形式上，與她們，一同活著。

寫到這裏，我望著窗外，發覺天色居然已經昏黃。接到信的時間是下午，這一寫竟然就過了五個多小時，我想我就在此停筆，期待您下一封來信。

我想誠懇地跟您說，能夠與您的生命，再度交會，我衷心覺得感激與感恩。

敬祝平安美好

羅亞安／一九九〇・四・二十七

⑸西元一九九〇年・夏季初

致羅亞安小姐：

在信的開頭，要先謝謝妳的體貼，問候我關於頭痛的事。最近進入夏季，我想我這顆因為天氣多變，而不時鬧脾氣的頭，應該會因為固定的炎熱，而暫時穩定一些吧。

看了妳的信好幾遍，反覆地用力讀著，甚至在信紙中的許多字句旁邊，畫下重點提示的記號。妳寫的沒有錯，很多字句都讓我佩服，妳這樣一個年紀輕輕的小女生，居然可以把事情，或者說是人生，看得如此清明透徹，真是讓我欣賞極了。

在一遍遍讀信的過程中，我想我更深刻地體會到，有時候，人必須要遭遇一些無法想像的悲痛，才能夠讓心靈急速的昇華吧。當然，這樣是矛盾的，因為究竟有誰，會願意拿失去親人的痛苦，來交換自身靈性的提升呢？

沒有人會願意吧，而這個權利，我想上帝就是交付到這些意外遭受打擊的人的手中，算是另一種補償吧。至少我是這樣安慰自己的。

在妳的信中，我明白了有關傑森的事情。我沒有想到那個好像把一個男孩的靈魂，塞進中年人身體的傑森，居然曾經遭遇過（或說是參與過）這樣的經歷。在他對悲傷充滿好奇、探究的背後，原來有這樣高尚的信念支撐著——真是非常高貴的理想，我很感動。深深覺得能夠認識妳，進而了解這件事而深感驕傲。也要為之前誤會他而向妳致歉。

他的好友杰姆，這個杰姆小子，我曾經試著想像自己眼前擺著重大選擇，而且在某種程度上，算是擁有決定別人人生抉擇時，會掉落到何種自責與痛苦的深淵中……真是難為這個孩子了。

我看完了信，真的深深地為此感嘆，並且在心裏為他祈禱了好幾次，希望他還擁有走出這個深淵的勇氣。

我記得妳在信中提及，好幾年前的開膛手紅約翰的兇殺案。這個新聞當時鬧得非常大。T市有史以來最兇殘的殺人魔，每當我看著新聞播報，明明是在S鎮上居住，卻著實嚇得心驚膽跳。這也讓我想起了一個有關的回憶。

那個時候，我的丈夫法蘭西在工作上，結識了一對夫妻。這對夫妻就住在T市市中心的高級大樓中，兩人結婚十年，膝下無子，是一對非常會享受生活的夫妻。我們彼此沒有多親近，算起來，只有我們曾經到對方家中作客幾次的紀錄。記憶中是挺隨和的一對夫妻，好相處，說起話來可以有很多共同的話題。

在這幾次的聚餐中，男人們在飯後，優閒地拿著玻璃杯裝盛的白蘭地，走到房子外頭的庭院，抽著雪茄，一邊啜飲著高級的白蘭地，一邊談著工作上的事。而女人們，我與那位太太，則一起收拾桌上的碗盤與剩下的菜餚，準備接下來的甜點。

雖然大概只有三次的作客，但是這些時光，想起來就很靜謐，好像在記憶中，蒙上一層淡淡的，粉紅色色澤的甜美回憶。

我記得他們家的餐廳非常寬廣，長形厚重的木質餐桌中間，總用玻璃器皿擺滿了許多水果，顏色漂亮新鮮。而一進入餐廳，就會聞到一種烤布丁的甜軟香氣。在餐廳一旁牆上的掛勾上，掛著幾個竹編的籃子，裏頭放滿了新鮮的鮮花，還有乾燥的薰衣草及迷迭香。

這些香氣與豐盈的顏色，佔滿了我對他們的記憶，使我想起這對夫妻，這個記憶就是充滿甜香的溫暖。一個如同終年處在春天的家。

那位丈夫馬修，外貌與法蘭西相似，高大魁梧，兩人站在一起可連成一道堅實的牆。鼻樑上帶著副黑框眼鏡，喜歡穿淺色條紋襯衫，身上則有著厚實的雪茄味。

而那位太太，珍妮，真的是個可人兒。年紀已經過了三十五，身材仍舊保持的很好，精緻的臉蛋帶著燦爛笑容，穿著一身緊身的淺色洋裝，像隻曼妙的蝴蝶，輕盈地在屋子裏打轉。我們從聊著如何燉煮許多食材，到遊歷各國的經驗，都是我們百談不膩的話題。

我喜歡跟他們相處，這算是在那個時候，會讓我很期待的事情之一。

每次知道要去他們家作客的前夕，在超市採買選購帶去的水果、紅酒，或者頂級的厚盎司牛排，都會開心地在嘴裏哼著歌。我喜歡跟珍妮聊天，完全沒有壓力，隨便開啟一個話題就可以聊上半天。

除此，她喜歡笑，不管聽見什麼都先用笑來代替回答。她這個習慣讓人放鬆，不管想到什麼都可以說出來，不會害怕提及什麼而把聊天的節奏打亂。

在第三次作客後，我開始想要跟珍妮分享很多過去，決定下次到他們家作客，要帶我與法蘭西先前到法國度假所拍的照片給她看，而開始著手整理大量繁雜的照片。在這一星期期間，我傍晚都關在書房內整理，某天法蘭西下班後，看見

安娜之死

⑸西元一九九〇年・夏季初

我坐在書房的書桌前，一面哼著歌，一面把許多照片攤在桌上時，便詢問我正在做什麼。

「上回到他們家作客，珍妮說很想看我們同去法國的照片，她說下回放長假，也要跟馬修去！」

我開心地轉過頭回答法蘭西，卻看見站在門口的他一臉蒼白。

「怎麼了？」我很疑惑，站起身走到他的身邊。

「帶什麼照片？不用麻煩了！」他的口氣非常粗魯，讓我很驚訝。

我呆呆地望著他，他說完後向前跨步，把桌上的照片全都甩到地上。我沒有過去撿拾照片，只是呆立在一旁，看著那些五顏六色的照片繽紛地撒落。接著，法蘭西重重地跌坐到地上，把頭埋進雙手的手掌中。

「珍妮死了，她在前天晚上外出買東西時，被紅約翰殺死了！殘破的屍體在今天早上被人發現。」

我非常震驚地呆滯了好幾秒鐘，然後也跌坐到法蘭西的身旁，與他一起大聲哭泣。

我們哭了非常久一段時間，等到我的眼睛流不出眼淚的時候，就與法蘭西在書房的地板上沉沉睡去。

在這個疲憊的睡眠中，我夢見珍妮。夢境很模糊，她穿著她最喜歡的粉色洋裝，站在我記憶猶深的法國農場旁。

夢裏頭都是刺眼的黃色陽光，她向陽的臉上仍舊是燦爛的笑。我想靠近她，但是我的腿卻動彈不得，然後在我前方的她，臉上漂亮的笑容開始變形，從嘴角那裏裂開一個大縫，彷彿被鋒利的刀刃劃破，湧出大量的鮮紅色的血。

我在夢裏大喊著她的名字，她沒有回答，悶悶地發出一連串痛苦的呻吟。我從夢中嚇醒，又繼續坐在地板上哭泣。我以為這是發生意外後，最難熬的時刻，但是不是，這只是開頭。

接著，就是長長的，更恐怖的時刻。

一開始，法蘭西希望馬修住來我們家，至少身邊還有人的氣息，暫時不要回到悲痛空無的家，也有我或者他可以照顧心碎的馬修。

事發後，馬修變得非常恍神，吃什麼東西全都吐了出來，也無法入睡，整夜都張著空洞的眼睛，望著漆黑的前方。之後，他開始說些奇怪的話，話語十分破碎，有時候只是一些無意義的尾音，還有一些亂拼湊的字句。

馬修會在半夜走到主臥室，在門邊外頭尖叫著，或是一大早一絲不掛地走到房子外頭，對著路上的人傻笑。

安娜之死

⑸西元一九九〇年・夏季初

我明白馬修瘋了，他完全無法接受珍妮的死訊，精神上已經面臨崩潰與瘋狂的邊緣。我們當然都恨透了開膛手紅約翰，但是除了在心裏不下萬次的詛咒他，眼前更迫切的，是全心照顧已然失心瘋的馬修。

在這過程中，法蘭西的工作無法停擺，便由我全天候的守護他。我不得不坦白說，過程非常折磨人。我時常做飯做到一半，或者手上有正進行到一半的事，看見他搖晃著身軀走出門外，便急忙地撇下滾燙的湯，或者逼迫停頓任何事情，奔出去拉他回來。他通常不會理會我，我拉扯的力量也敵不過他，只能懷著忐忑的心情，一路在後頭跟著他。

後來，馬修的父母接獲通知，老遠搭飛機過來這把他接走。

我仍記得馬修離開的模樣。

那時候，他看見自己的父母已經不記得他們是誰，臉上露出傻傻的微笑，身體鬆散地隨我們拉扶起，如一個疲乏的玩偶。我看見他站在門口，被明朗的陽光給照得通透，瘦弱的模樣慘不忍睹，在珍妮死後的兩個月中，他已經枯槁地如同去掉半條命了。

他的父母看見他都哭了。我與法蘭西也哭了。四個人在他的背後默默流著眼淚。這個可憐的人，不知道他往後會如何。

前陣子法蘭西有跟我提過馬修的近況。他定時會去精神病院探望他。馬修在那裏靜養，體重有恢復一些，但是人還是很痴呆，已經不會再對著人笑，只是長年坐在角落的床上，縮著身體，縮著一張破碎的臉。

他畢竟沒有熬過失去親人的苦痛。

傷痛的復元，真的是非常、非常艱難的一件事。好比一死，好比痛苦的死過一回。

寫到這裏，我不禁想起自己的經歷。在我的獨生女安娜死後，我是怎麼艱辛地熬過來的。

安娜。安娜。

西元一九八〇年的五月一日，安娜離家出走，音訊全無。

我記得在那陣子，安娜的表現還算正常。她本來就是個不太說話的孩子，在青春期來到後，更是沉默的猜不透她的心思。

我曾因此買了些書，想要研究關於少年進入青春期的行為表現。書裏頭寫的研究都讓我非常吃驚。有些青少年會把焦躁的情緒發洩在暴力上，傷害自己或同儕。有的會無意識的暴飲暴食，成績一落千丈或突飛猛進……各形各狀的古怪行為。我想來想去，安娜只是變得更加沉默，更不喜歡開口說話而已，不算太嚴重，所以沒有對此過於擔心。

除此，在這些日子中，她對我與法蘭西的態度也變得更加冷漠、疏離。

我曾經試著問她學校的生活，還有她是否有煩心的事，但是她什麼也不肯說，只是淡淡地說一切都很普通、正常。而我與她的導師私下聯絡過，導師給我的答案，也如我看見的，安娜在學校很沉默，算是個用功沉靜，不需要讓人擔心的小孩。

安娜之死
⑸西元一九九〇年・夏季初

在她離家出走的前夕，我記得當時我正在廚房裏做飯，在我身後的她口氣慎重地告訴我，如果有天她死了，喪禮上一定要放艾靈頓公爵、阿姆斯壯，或者是任何人演唱的爵士樂。

我聽了當然很生氣，但是她也不願意解釋這個沒來由的要求。現在想起來，其實這是她打算離開的預兆。

我繼續低頭做飯，把做好的晚餐一一放到桌上，不久，法蘭西也下班回家，我們一家三口坐在餐桌上吃飯。一切都很日常的晚間時刻，直到吃完飯，安娜沒有慣性地走回二樓的房間做功課，她說她要與我一起把洗碗槽的碗盤洗乾淨。

「今天怎麼那麼體貼！」我誇獎她，她只是聳聳肩，說她現在不想讀書。然後我們母女兩就並肩站在洗碗槽那。

在那個短短的洗碗時間，我仍記得安娜沉穩的呼吸，就在我的旁邊，安靜的起伏。這過程中，我們沒有對話，只是有默契的一個人沖洗，一個人擦拭。

我的頭開始痛起來了。很劇烈的痛。

我被這突如其來的痛楚給打斷了思緒，背脊開始瘋狂地冒出冷汗。我顫抖地放下筆，與移開正在寫給羅亞安的信紙，在書桌上趴了下來。

我想起先前法蘭西用沉默試探我的。

——妳，決定了嗎？

——決心面對這一切了嗎？

我突然明白，法蘭西要跟我說的，不是在詢問我面對失去安娜的悲痛復元，而是別的，他是在指別的事；一個更重大的秘密，更巨大的罪惡感、內咎感……或者其他更深層、更毀滅的東西。

我怎麼覺得有種似曾相識的感覺？是不是我曾經丟棄、遺忘過什麼？我怎麼

安娜之死

⑸西元一九九〇年・夏季初

一點都想不起來？

閉上眼睛，漆黑的腦子裏出現許多類似流星狀的星點，在記憶的邊緣呼嘯而過。這些記憶的形狀非常模糊，不僅模糊，我覺得這更像是個記憶的黑洞。洞裏頭黑漆漆的，只有幾個亮點間歇地在其中閃爍。我好像漸漸地快要想起什麼，但是再用力往裏頭打撈挖掘，卻又看不清楚模樣。

我的頭真的快要裂開了。我艱難地在桌上喘著氣，雙手用力地按著眉毛旁的太陽穴。

信上寫到我與安娜站在廚房洗碗，然後呢……我記得我們一起把碗盤擺好，她在遞給我最後一個瓷盤時，觸碰到我的雙手。

我記得安娜的手很冷，冰冷的讓人訝異。

我擔心地詢問她是不是不舒服時，那孩子突然很反常地把我的雙手握緊，然後跟我說：

「媽，其實妳不明白，我什麼都知道。只要經過觸碰或是擁抱，我就可以了解所有的秘密。」

「什麼意思？」

我很驚訝她說了這麼一段話。話的內容我倒是還記得清楚，但是根本就聽不懂。

「意思就是，我原諒妳與爸爸了，我終於可以原諒你們了。」

安娜淡淡地，沒什麼表情地對我說完，便把我的雙手放開，慢條斯理地將白色瓷盤放到櫃子中，轉身走回二樓。

然後，在隔天早晨，我到她的房間準備叫她起床，就發現安娜已經離開這個家，遠離我的生命了。

我無法把這段往事寫下來讓羅亞安知道，我做不到。

我扶著自己的額頭，用力地在桌上撐起，把寫到一半的信紙重新擺好，但是不曉得為什麼，這個安娜離家的前夕，這個極度關鍵的時刻，我明明記得，竟不願意寫下來。

不是不願意，我的整顆心，與整個人的意志力，都在極力強迫我不許做這件事。

怎麼回事？我究竟怎麼了？

這個往事如同墜毀的流星般，用力地摩擦我的記憶，我的頭又開始急劇地痛了起來。我吞了吞口水，站起身離開書房，走到浴室裏頭，把鏡子後方的藥瓶拿出來，吞下了幾顆。接著，我扶著牆壁，一步步緩慢地走到客廳，在沙發上坐了下來，喘了好幾口氣。不久，彷彿被狠力敲打的頭痛，終於舒緩了一些。我揉著頭，似乎好多了。我發覺當我不再抗拒身體內所湧出的莫名疑惑，順從不把記起的回憶寫出來的這個意志，莫名的緊繃感便緩緩從身體內解除。很奇怪的生理反應，我完全不明白，身體前後的連貫似乎出了錯誤，喪失了某種自主性，但是我卻一點也無法多想，因為我真的什麼也想不起來。

於是在頭痛好一些後，我又回到書房繼續把信寫完。

安娜就是在那天之後，第二天早晨消失蹤影。

她把床鋪上的棉被摺得很整齊，房間裏的東西也整理得有條不紊。她只帶走一些日常用品，以及她最喜歡的幾本書。

後來，我甚至坐在這個房間中，感覺她好像連在其中生活的溫度也都一併帶走、抹淨，沒有留下任何東西給我。

在這段時間中，我到處詢問所有的人，沒有人見到安娜，也沒有人知道她的下落。就如妳曾寫給我的，安娜也彷彿在這世界上消失，什麼天使的笑臉與沉默的模樣，一切發生在她與我們之間的情感與記憶，全都隨著這個離家而褪色，幻化成不確實的記憶，如一陣煙般地被吹散消逝在空氣中。

我很痛苦，知道她失蹤後，天天以淚洗面。我曾經認真祈禱過，也曾經狠狠詛咒過，但是這沒有任何幫助。

亞安，坦白跟妳說一件事，這件事我到現在為止，都沒有跟任何人提過。

我在那天早晨，走到她的房間，看見她已經消失在這個家，我並沒有想像中來得悲傷與震驚。事實上，我好像在之前就有一些奇怪的預感，一些她將從我人生中離去的悲傷預感。我即將被安娜狠心地推回去，成為那個初始孤獨的，沒有生育孩子的孤老婦人的境地中。

然後，我坐在她的床上，伸手撫摸著她摺好的棉被，平躺下來，把頭放在她的枕頭上。我突然感覺到安娜會死，她在失蹤過後的幾天以內，便不會繼續存在在這個世界上。

我不知道是我對自己的自責，還是在重大打擊下，所發展的眾多複雜的情緒裏，仍有對安娜離家的不諒解，所產生的激烈想法。但是這想法卻如此清晰，清晰到我彷彿在那幾天中，便已經做好最壞的心理準備。

我到現在為止，想起當時心裏頭已經幾乎確定安娜的逝去，我的整個人還是痛苦的喘不過氣來。其實也只是這樣寫，寫著自己做好心理準備……這些話都是無意義的，因為我的心裏，就是破了一個大洞，如深淵般的大洞，疼得我無法忽視它。甚至，我還會刻意在所有關於安娜的回憶裏，在意識中繞道而行，不去想，逼自己千萬不能去想。

但是，真實的情況是，我在記憶中避開的道路，盡一切的可能避開安娜，那個如深淵的洞就越來越深。

直到蘇利文警官打電話給我。

我聽見他的聲音在電話中響起，還沒有開口說明，我就知道那一定是安娜，我早就有的預感，成為一具冰冷屍體的安娜。

我記得掛上電話後，從客廳的沙發中站起身，準備到房間換上外出服到警局，還是沒有要求自己做到的鎮靜。我仍舊感受到超乎想像的悲痛，痛得我渾身都像被火燒著般地，整個人瞬間就跪倒在房間地板上，大聲地號哭。

寫到這，我的眼淚又瘋狂湧了出來。

亞安，請不要為我擔心，現在的我已經開始學會放手，放下這個多年來的沉重；在此，我還是要跟妳說，傑森當時決定幫助承受失去親人的人好好活著，這個決定是對的，傑森對妳說的話也完全正確，沒有什麼比好好活著更重要了。

「只要記住她們美好的模樣，曾經深深印在我們靈魂與生活中。那些美麗的記憶，會讓我們如同在某個形式上，與她們，一同活著。」

就是這句話，讓我重新擁有力量。

我非常感謝上天讓我們相遇，讓我們擁有之後的友情與緣分，因為妳寫給我的這些話，深深地觸動到我深層的悲哀，讀著妳寫給我的信，一遍又一遍地，在不知不覺中，已經緩慢但是有力地，把我傾倒、頹敗的世界給修復了起來。

我真的很感激妳。真的，沒有什麼可以代替妳帶給我的安慰來得重要，與真摯。

謝謝。

把最美好的祝福給妳

葛羅莉／一九九〇・六・十一

『警官－蘇利文』（二）

西元一九九一年・春季

當以前的夥伴理察敲響我家大門時，我正坐在沙發上，對著播出的棒球賽事打盹。

他進來後，順手遞給我一杯在街角的傑利快餐店買的咖啡。我接過咖啡喝了一口，這苦澀的味道數十年如一日。每次喝傑利煮的咖啡，就會想起以前當警察的日子。隨著提早退休，除非理察來找我，總會順手外帶一杯過來之外，我自己已經不會再特別走過去喝了。

我永遠記得以前，且從不否認與掩飾——自己有多厭倦這份工作。

每天早晨，在鬧鐘響起的前五分鐘，我絕對會先清醒，按下即將大響的鬧鐘開關，下床，以兩分鐘的速度清洗完畢，套上筆挺的黑色制服，手裏轉著堅硬的黑色警帽，開車到街角的傑利快餐店中，點一份全套的英式早點。

傑利快餐店裏的英式早餐很豐富，內容有兩條煎得焦爛的德國香腸、兩顆只熟一面的太陽蛋、半杯蘋果切丁、泥狀的馬鈴薯與生菜沙拉，以及兩片裹了花生

醬的焦黃色吐司。這會是我整天最豐盛的一餐，其他時間的中晚餐，只能看當天的運氣來決定可以吃到什麼。

「警官，時間又到了喔。」站在吧台裏的傑利，對我捉狎地眨眨眼。

「你不說話沒人當你是啞巴！」我沒好氣地回他。

這個時間裏，整間傑利快餐店只有我一個客人。有時候我懷疑，傑利根本沒看穿我厭煩的情緒，他只想打發時間，才會說出這些嘲弄的話，為的是在沒客人時可以找些樂子。我無奈地瞪他一眼，坐到吧台的中央，喝了一口剛送來的黑咖啡。苦澀的咖啡鑽進喉頭間，而燙口的熱度，讓我狼狽地把手裏的咖啡濺了出去。

「你看你，沒有人逼你一定要繼續幹警察啊！像我，開個快餐店多自由啊，不用面對那麼多社會敗類，也不用被上面逼的喘不過氣來。所以說，人生要做自己喜歡做的事才是人生啊！」

傑利用抹布擦掉我潑出去的咖啡，又重複了每天早晨對我必來一遍的人生道理。

我沒回答他，囫圇吞棗地把他剛送來的英式早餐吃掉，胃裏馬上翻起緊繃的不適感。我沉著臉，裝出一派優閒的模樣，把空的餐盤推向吧台。

「要去上班了？」傑利抬頭詢問著我。

安娜之死
西元一九九一年・春季

「嗯，祝我好運吧。」我向他點點頭，把錢放下，拿起一旁的警帽，走出店外開車。

我把帽子丟到副駕駛座中，車先轉到馬蘭倫大道上，沿著街道直行，在第二個紅綠燈轉彎，便到了S鎮的警局門口。

在進門之前，慣性都要先深吸一口氣。沒有想到，我這動作竟維持了二十五年，直到真正退休的那天早上，回到警局交出我的警徽與配槍，我仍像個白痴一樣地在門口做了好幾個深呼吸。

理察坐到我身旁，動手把奶球與糖包一股腦地加進熱咖啡中，然後拿起來喝一口，再指了指電視。我順從地把茶几上的遙控器抓來關上電視。他很討厭在說話時，有其他的聲音干擾。他這個習慣也是在我退休後，定期來找我，兩人終於相處得有些默契，像真正的朋友之後，我才發現原來先前與他那麼不熟。

他非常有環保意識，熱愛地球上所有綠色的植物，且重視個人的隱私與細節，決不吃任何過分加工的食品。

還有他極度煩惱的——到目前為止都還是單身。

我在一年前，也就是一九九〇年的夏季退休的。

那時候，我以為我會隱居在S鎮上，沒有任何親戚、只有一兩個還聯絡的朋友，連狗都沒考慮要養，一個人享受後半輩子的孤獨時光。但是理察大約是在我退休後的第一個月，我記得是星期四的早晨，如今天一樣的，帶了傑利煮的咖啡，過來敲響我的門。

他星期四固定排休，所以這天變成我們兩個老男人的聚會時間。有時候我會在家裏開伙，簡單炸些薯條與雞塊，煮些義大利麵與牛肉湯，兩人配著酒邊吃邊聊；有時候兩人則看一整天的電視，晚上出去酒館中小酌一番。或者天氣晴朗時，我們會開車到潭亞河邊釣魚。

理察總會帶來局裏最新的消息，或者許多命案的調查結果。只要他一說起局裏目前正膠著的案件，我就很仔細的聽。

老實說，不是我真的多關心，但是處在事件的推進者與旁觀者的心情，真的有非常大的差異。

當我第一次聽見理察說起命案，我發覺這一切居然從此跟我毫無關係；我既不用再挨家挨戶地調查，也不用再勉強自己，面對各種痛心或者完全漠不關心（這好像讓我更難接受）的家屬，我的心就變得異常輕鬆，那些可惡的殺人狂也變得異常的平易近人。命案變成一個個好聽、懸疑的故事，跟隔壁的老婦人一樣，隨手抓來的茶餘飯後。

安娜之死
西元一九九一年・春季

「你知道里歐案開庭的結果嗎？」

「不知道。」我搖頭，但是卻全神貫注地想繼續聽下去。

這案子跟其他的案子對我而言，擁有非常不同的意義。

首先，這案子是我們一起接手辦理的；再來便是，這案子其實是讓我提早退休的唯一關鍵。

「里歐簡直開了本鎮的首例！在陪審團沒有任何異議下，一級謀殺罪成立，再過兩個星期馬上實行。」

「真的？」

我驚呼，揮動的雙手差點把桌上的咖啡打翻。理察似乎早就知道我會這樣，沒說什麼，只是動手把咖啡移到別處。之後，我藉著要煮義大利麵來當兩人的午餐，便打開電視讓理察看，一個人躲進廚房裏，平撫還甚為激動的心情。

我清楚記得，里歐這案子是在一九八七年六月中旬時發生的。

那天一早，早班的警察都剛到座位中，整個警局飄散著濃濃的咖啡香氣時，刺耳的電話響起，剛好是值班的理察接到。

電話那頭是一個尖銳的女高音，說是前一天晚上，在郊區那座草原中聽到一些聲響。

「晚上聽到聲響？請問妳為什麼拖到早上才報案呢？」理察口氣平和的問她。

「因為我不確定。但是整晚失眠後，想到很多命案都在那發生，便覺得很可怕！而且那聲音，那聲音好像環繞在耳邊無法消失，所以我才決定報警。」女人以激動的口吻說著。

理察答應她十分鐘後到她家了解狀況，然後把正在打著呵欠，在位置中發呆的我，一起拖了過去。

女人的家在草原邊，也就是跨過鎮上邊境的塗鴉高牆後，在右手邊的角落，一些用磚頭拼搭而成的矮房舍裏。陰暗的房舍群看起來像是臨時搭建的，但是住在S鎮久了就會明白，這些房舍豎立的時間，或許比鎮裏許多社區都還久遠。外觀全被荒草與雜樹包圍，就連晴空朗朗的白日，也無法驅散那裏的廢棄感。

那整排房舍住的都是前面工廠裏的工人與他們的家眷，還有幾間屋子，老早被工廠幾個單位買來，當作是外籍員工的宿舍。

女人的年紀不大，大約三十出頭，頭上的紅棕鬈髮髮質看起來很差，乾燥的枯萎感在陽光下更明顯。體型矮小但看起來十分精壯，一看就知道常常勞動體力。她滿臉倦容地替我們開了門，回過頭咳了幾聲，踩著拖鞋請我們進到擺設簡陋的客廳，倒了兩杯水放在桌上。

安娜之死

西元一九九一年・春季

我環顧房子。這裏的環境很差，房子全部的空間打通，沒有任何隔間的區別。面積只有十五坪大。一張塑膠桌子與幾張椅子就是客廳，右邊角落放了一張骯髒的彈簧床，而左邊則堆放了簡易的廚具。看起來這個家集中了窮困與低劣的生活品質。

等我跟理察自我介紹完畢，女人便急切地說起她昨晚的經過。

昨晚大概十點半的時候，我接到丈夫的電話。他在草原另一頭的鐵工廠上班，說要加班到半夜，所以打電話來希望我煮些簡單的麵食，替他送過去當消夜。

於是我掛上電話，馬上就到廚房煮了麵，放進保溫的提罐中。準備出門時發現正下著雨，滴滴答答的雨勢有些大，於是隨手拿了大門旁邊的紅色雨傘，撐傘走出家門。

當我踏上草原中間的那條泥地，發覺這條路已經在雨中變得泥濘不堪。我深怕滑倒，很專注地低頭跨過水漥，往前方的工廠邁進。

這是我第一次深夜走在這條路上。這條路在白天時看起來還好，淺灰色筆直的路上，兩邊配著綠色廣闊的草地，總有些人走路，或騎腳踏車經過，看起來還挺優閒的；但是一到了晚上，只剩下前面工廠黯淡的光線，泥地上僅剩這個光

源，兩邊的草原則隱沒在黑暗中，這條路變得像是一條唯一發著微光，懸在空中的細線，一不注意便跌落到兩邊的黑色深淵中。

從家裏走到前方的工廠要十五分鐘。我一邊走，一邊感受到身在黑暗的恐懼，於是我為了克服這種緊繃感，便開始小聲地唱起了歌。

我記得當時，我腦中只出現義大利民謠——散塔露琪亞，所以我就獨自低著頭，默默地哼唱了這首歌。

「黃昏遠海天邊，薄霧茫茫如煙，微星疏疏幾點，忽隱又忽現……」

我忘了後面的歌詞，所以一直重複這幾句，不斷地用微微顫抖的身子，細細哼著。就在我走到一半，大約已經重複了十次一樣的歌詞時，就在第十一次從前頭唱著，唱到忽隱又忽現時，我聽見右邊黑暗的草原裏，發出奇怪的窸窣聲。聲音很微弱，但是卻好像響在耳邊一樣。也許是真的太安靜了，聽覺中習慣只有自己的聲音，其他聲音便顯得非常格格不入。

我的心頭緊縮了起來，腳步拚命地往前踏，根本不敢回過頭去看。嘴巴隨著緊張，便急迫慣性地重複這首歌。

直到我僵硬地唱到我忘記的地方，草原裏傳來很小聲的：「海浪蕩漾迴旋，入夜靜靜欲眠，何處歌喉悠遠，聲聲逐風轉……」

一開始聽見的當時，我以為我記起歌詞了，甚至開始跟隨草原深處傳出的歌聲，繼續唱了起來。但是接下來我又不會唱了，於是我便聽見：「夜已昏，欲何待，快回到船上來……」清清楚楚的歌聲，從兩邊濃郁的深黑之境傳了出來，把我包圍在其中。

我停下腳步，恐懼但又好奇地往草地看去。

那裏還是一片漆黑，什麼都沒有，只有一整個敲不開的黑色。但是我卻感覺，此時有個人蹲在草地裏頭，就這麼隱身在黑暗中，眼睛盯著站在明亮處的我，附和著我的歌聲……我毛骨悚然，全身上下瘋狂起了雞皮疙瘩，幾乎是把傘用力丟下，拔腿就跑。

我記得很清楚，這時歌聲又唱了起來。好像一下在我的身後，一下在我旁邊，距離很近，非常、非常地靠近，一遍又一遍如我剛剛那樣，重複地唱著：「夜已昏，欲何待，快回到船上來……夜已昏，欲何待……」

「妳確定當時整條泥地上，只有妳一個人？」理察皺眉，抽起一根菸。

「我確定。我記得聽見歌聲時，緊張地前後左右張望，我只看見我一個人，其他什麼都沒有。」

女人還是一副很緊張的模樣。我低頭看見她褐色的皮膚上，已經又起了雞皮疙瘩。

「好，太太，我們待會就去泥地與草原的中央看看！」

我站起身，理察也隨著我站了起來。「妳記住，一個人在家時，要記得把門鎖好。」

她點點頭，我們與她道別後便走上前面的泥地。

現在正是陽光普照的白日，泥地與草原在金黃的光線下顯得活躍。一陣微風吹來，旁邊的理察拍拍我，順著他手指的地方，遠遠地就看見她在敘述中，驚慌時丟落的紅雨傘，歪斜地躺在綠色之中。

我與理察踏入長即膝蓋的雜草中，發覺距離比我想像中的遠。看起來明顯的紅色雨傘，竟是在距離泥地三十多公尺的綠色之中。或許是昨晚的風雨，把它從泥地帶離到那，正飄搖地順著剛吹來的風勢，散晃著紅色傘面的邊緣。

我和理察在炙熱的陽光下，一邊用腿部的力量，把雜草撥開好繼續前進，一邊把身上的外套脫掉，掛在肩頭上。

「好熱！我們是要替她撿傘回來嗎？」理察不耐地抱怨了起來，持續用手抹了好幾把汗水狂流的臉。

「幫她撿回來也好……理察，你知道這不是最大的目的！」

我沒好氣地回他，用力繼續在雜亂的草叢中往前跨步。

就在快要到達紅傘的位置時，我發現這裏的草地有些不太一樣。

安娜之死

西元一九九一年・春季

距離雨傘約兩公尺處，有個大約直徑一．五公尺，非常工整的圓形面積。上面的雜草明顯稀疏很多，應該是有人在這裏定期砍除。上面被削平的痕跡相當明顯，像是用俐落的剪刀或刀子截去，維持一定的矮短程度。如果是整片野生的草地，應該不會特別空出一塊，或是被哪種野獸、動物啃蝕過，也不該是那麼乾淨俐落。

而從遠方或是泥地上，放眼瞭望這片無際的草原，根本不會發現這個圓形。四邊都被仍舊及膝的綠草覆沒，風一吹來，周邊的草全往這裏靠攏，更是一種天然的掩蓋屏障。我想，除非是低空掠過的直升機，上面的駕駛員很仔細在經過這裏時，專注地用毫無近視的眼睛觀察，才有可能看見這個圓形。

但是S鎮的警局沒有那麼先進的設備，別的城市也從未正眼注視過這個荒涼的小鎮，所以我確定，從未有人發現過這裏。我把外套丟到一邊，蹲下來，仔細盯著這個異狀。理察走過來後，也馬上照著我的動作蹲下。

我感受到我們灼熱的溫度，還有些悶熱的鼻息，默默地在兩人身上喘著。

我與他對看了一眼，很有默契地分別往圓形的兩邊走去，尋找更多的線索。僅有幾秒的時間，我發現圓形的右邊邊緣上，有一個隱身在草叢中的門把，是已生鏽的粗鐵鑄成，我馬上發出小聲短促的口哨聲，理察迅速地走到我的身邊。

「打電話回警局要求支援，然後我先下去探探！」

我壓低聲音，看見他警覺地點點頭，走到旁邊，拿起無線電通話時，我試著把雙手伸進那個門把中，毫無困難地就把覆蓋著短草，白銀做的鐵門給拉了起來。

我深吸了一口氣，這裏是個地窖，就隱藏在充滿各種傳聞的詭異草原中。這個人很聰明也很狡猾，但是隨著這個想像而來的，會在那麼隱密的地方，花無比力氣建造一個地窖，這個人私下進行的，一定是我們想像不到的重大犯罪，或變態罪行。

我搖手要理察過來，兩人望向洞穴後對望著。我想此時，我們兩人臉上，都塞滿了面對未知事物，所自然而生的恐懼與興奮。我看見他又抹了一次出汗的臉，然後拿起腰上的手電筒，往底下照去。

底下是一條蜿蜒而下的穴洞，如整條小型的黑色隧道，壁面用些許水泥塗抹，顯得略為平整。裏面安靜無聲，有一點微弱的黃光從最底處反射著，流出來的空氣沁涼得讓人直打哆嗦。

然後手電筒接著照出，在這個開口旁邊，有一個鑲造在牆上的鐵製橫條階梯。我比了個手勢，理察點點頭，然後在我的雙腳踏上階梯時，他突然抓住我的手：

「喂，老夥伴！答應我不要自己冒險，你萬一怎麼樣，我不曉得該怎麼辦！我這輩子除了你，再也不想跟別人搭檔了！」

他背著光，眼珠子跳動得好厲害。

我對他堅定地點點頭。這是我第一次感覺到理察對我的重視，也代表我們想得一樣——這隱密的下方，將有著讓人無法想像的事物。

我往下爬著，一開始還能看見理察緊繃的圓臉，但是沒多久，隨著階梯的向下蜿蜒，頭頂上的光線逐漸變暗，身體也感覺越來越冰冷。嗅覺不斷吸進泥土原始的氣息，還有混合些，我無法形容的淡淡臭味。

一脫離窄小的洞口，底下的空間越顯寬敞，我屏住呼吸，大約爬了二十多個階梯，就踩到堅硬的地面。我謹慎的踏上地面後，先下意識地摸出腰際的配槍，緊握在手上，然後轉身過去，便馬上被眼前的畫面給震撼住，腦袋一片空白。

我記得我緊緊握著槍，心臟急速跳得連耳膜都痛了。胃部發出絞痛，身上的汗瘋狂地從體內湧出。

洞穴裏頭簡直是另一個世界。

在階梯到底後，我回過身的世界，是一個往前方敞開，延伸出去的長廊空間。

空間最底則又出現一個往左邊方向的轉彎。高度約有一九〇公分，長度則無

法真正看見盡頭（轉彎後或許又是一個長廊）。牆上出現幾盞古老的昏黃掛燈，開始可以藉著光線，瞇起眼睛辨識環境。四周瀰漫著悶沉的空氣，始終都有一種我無法形容的臭味，淡淡地飄散在其中。

這是個真正挖掘地底下層疊的泥土，所打造如穴居時代的簡陋建造。走廊兩邊全是冰冷的黃土，混合著大小不一的砂礫。昏暗的燈光與寒冷的濕氣，讓我想到許多中古世紀的地牢，已經死絕所有生命力的狹隘空間。

我雙手緊握著槍，一步步緩慢且機警地往前方走去。往前走去時，我開始感覺自己進入一個奇異的異次元空間。

長廊的兩旁，原本全是黯淡的黃泥土，隨著腳步的深入，逐漸看見長廊的兩側，被有間距地挖出一個個面積約兩坪大的正方形空間。裏頭有完整的照明設備，一條長形鑲在上方的日光燈，角落置著簡陋的盥洗設備。每個空間都大小標準的如工整的房間。

這些空間真正的作用，不是房間，似乎是一個個用黃泥混合水泥蓋製而成，簡陋的小型博物館。在空間的前面，則用一片厚質透明的壓克力板，在前面隔開，裏頭擺放的就是供遊客觀賞的珍奇異獸。

這裏頭放的不是野獸，而是一個個活生生的人。

安娜之死
西元一九九一年・春季

第一個空間裏，光源充足地照出裏頭坐著一個女生。年紀很輕，目測只有十六、七歲。雜亂的棕色長髮垂在肩頭上，裸露的肌膚已毫無光澤。她穿著一件細肩帶粉紅洋裝，衣服顏色晦暗骯髒。她相當削瘦，臉部幾乎只剩突出的五官，凸起的顴骨沒有半點肉。她用雙臂環抱著大腿的姿勢，使她整個人看來只剩下一把骨頭。

她坐在角落，呆滯地望著前面。我驚訝地站在那壓克力板前方，試圖拍打出聲音要她注意，但是我看見她的眼睛對上我的，好像沒有看見任何東西，茫然地轉了轉頭，又低下去。

我發現她只能聽見聲音，但是看不見，就像警局裏玻璃與鏡子兩種綜合的功能，外頭可以看見裏面作筆錄的過程，但是嫌犯看不見外頭正有多少眼睛盯著，抬頭只能如照鏡子般看見自己。

第二個空間在第一個空間對面，裏頭是一個穿著一樣的服裝，也是棕色長髮的年輕女孩。她沒有第一個女孩的茫然，也沒有早已適應環境般地，進而覆滅自己從裏頭逃出的希望。

她的臉上寫滿了驚恐，還有那種潛在本能的求生慾望，不停地往壓克力上拍打。我看見印在壓克力上的手掌都已發腫。她的嘴巴持續開得大大的，看起來在叫罵著許多字眼，臉孔上的五官扭曲。隨後蹲下來哭泣，又站起來不停拍打四

周，非常焦慮地抖動著全身。

我的心裏湧起了一股惡心感。

這是一間間的禁閉室，也是這個如禽獸般綁匪的博物館。

第三與第四個空間，則都如第一個空間一樣，這兩個年輕女孩茫然地坐在角落，一個歪著頭像是睡著了；另一個則仰著頭，嘴巴微開，半閉起黯淡的眼睛，看起來已經神志不清。

我環顧四周的泥牆，沒有任何可以進去的地方，便下定決心地把槍握緊，走到走廊的盡頭，探頭確定右邊是死路後，便把身子緊靠在左邊即將轉彎的泥牆上。

在這裏，我先做了好幾個深呼吸，然後在嘴裏與心裏，迅速地默念了上帝與耶穌的名字。祈禱的大意是，希望祂們能讓我平安度過，我保證之後一定好好做禮拜。接著，我按壓住已經如氣喘的劇烈呼吸，把身體轉過去，同時抬手把槍舉高。

走廊轉過去，眼前的畫面讓我呆立了許久。

我看見的，是一個脫離穴居年代的房間，深鑿黃土所打造的，一個用水泥細心抹平牆壁，雪白的正方形空間。

彷彿瞬間從古老的時光裏遁逃，迅速回到現代的時間點中。我晃了晃頭，非常不適應這兩種劇烈的差距。我站在房間門口觀望許久，感覺很困惑。

這個現代化的房門開著，裏頭光線充足，天花板的日光燈與桌上檯燈皆亮著。裏頭擺設的是一個如同大學生住的套房，有一張單人床以及一張書桌，桌上雜亂地擺了幾本書與筆記本，地板上則鋪了質地高級的白色羊毛地毯，兩邊牆上掛了幾幅明星的海報。

我小心翼翼地進入房間後，隨即發現有個約四十出頭的男子，身體蜷縮地倒臥在房間門後的地板上。

我下來地窖後，腦中一直幻想打造這裏的人。他一定是個樣貌畸形古怪，身型也魁梧的如鐘樓怪人那般；總之，我甚至確定自己會看見一個如禽獸般醜陋的人。但躺在地上的這個人，他的模樣居然是個普通至極的業務員，身型瘦長，五官端正。他穿著正式、嶄新的白色長袖襯衫，上頭還打好工整的黑色領帶，底下套著合身的西裝褲。

這禽獸居然相貌堂堂……我往地上吐了口口水，把槍放回腰際，走近他的身邊蹲下。他緊閉著雙眼，表情痛苦。看上去，應該是在不久前發起嚴重的癲癇而後休克，口吐白沫地昏倒在地上。

我確定這房間沒有其他人後，便替他做了簡單的急救程序，準備等待支援後把他救出。我想等他醒來後，就可以解開這裏的謎團了。

當我聽見理察的聲音，還有夾雜著許多散亂的腳步聲之前，我瞄見房間桌上，除了一堆雜亂的文具、書本之外，拉開的抽屜裏，擺了一本類似日記的白色本子。

我拿起來隨手翻開，裏頭每一頁的內容，詳細地記錄下一個個女孩子的名字與狀態。

《一九八五．四．五／妮可：

她今天的狀況不好，在吃早餐前居然嘔吐了一地。我非常生氣她弄髒我的白色襯衫，於是做勢要痛打使她嘔吐的肚子，還有那張發臭的嘴巴。

於是她便像其他賤人一樣地，跪在地上哀求著我。老實說，我討厭別人哀求我，因為那使她們不像女人，像一條狗。

人怎麼可以像一條狗呢？

狗不是靈長類的動物，是分屬在哺乳類的，牠們天生比人低等許多，也沒有敏感的感受能力，更不會思考也沒有靈魂。要是人像了狗，就沒有任何價值。所以我通常面對哀求我的女人，都會湧出鄙視的心情，然後就更想痛揍她們。》

《一九八五．八．二十四／莎莉：

我記得昨天我用乙醚迷昏她，把她抓來這裏時，還美得像一朵茉莉花，全身都是那種昂貴香水的氣味，於是我決定把她的衣服留下來，放在床頭邊每天聞。

但是我今天早上送早餐進去給她時，很仔細地看她，發覺她長得很醜，兩邊五官根本沒有對稱。

要知道，一個女人五官長得沒有對稱，簡直是背叛所有美學中的黃金比例，也跟所有的藝術家作對，所以這種人根本沒有繼續活下去的理由。

所以她一哭，我就非常沒有耐心的用腳踢她，還有抓起她的棕色長髮，把她的頭撞向牆壁。但她繼續號哭，那聲音難聽的讓我想吐，於是我放下她捂起自己的耳朵，希望不要再聽見這種恐怖的聲音。

她根本不了解我的苦心。我本來想說讓她的臉用力撞磨牆壁，或許五官就會對稱一些，我在之後的日子裏，也比較可以忍受她。

但事實證明，這樣做只是讓她的臉看起來更醜陋，也更不對稱。

我希望之後她能夠安靜一些，否則我真的想提早把她殺了。》

殺了。或許不只這些被囚禁的女生，還有一些不在場的，都已經成了一具具的屍體。

這人是個道道地地的瘋子。

我隨意看了幾篇，發覺都是這人的瘋言瘋語。但是這本日記相當重要，這禽獸如果不認罪，便成為絕對的破案關鍵與十足的證據。

當我翻到中間幾頁時，有個名字赫然出現。我心頭一緊，把日記捧到眼前：

《一九八七．一．三／亞恩：

這女生是頭發瘋的野獸。我從未看過這麼兇的女生，她把我襯衫上的口袋撕得破爛，還用頭把我門牙撞斷一顆。

我嘴巴裏鮮血直冒，痛到神志都不清了。本來我非常想要把她直接掐死，至少讓我消一消這口氣，還有報復這斷牙的痛。但是，我轉個念頭，這樣充滿鬥志的女生簡直少見。

她從不哭，被我用棒球棍打昏抱走，在地窖中甦醒後，發覺被我囚禁，也沒有露出害怕的眼神。她只是從頭到尾用那雙大眼睛瞪著我，發著怒火，一言不發地沉默瞪著我，所以我決定把她留下來，當作一個特殊的案例對待。

我希望她不要讓我失望，不要像其他女人一樣最後都變成一條狗，一條低等的哺乳類動物。》

亞恩。羅亞恩。我想都沒想，就直接把這本日記藏到衣服中。

安娜之死
西元一九九一年・春季

了。

「老兄，你沒事吧，我擔心死了！」理察走到我身邊，熟悉的圓臉慘白極了。

「沒事，我運氣好，他的運氣也好，再晚些時候他應該就死了。那兇手剛剛癲癇發作，就被我救活了！時間巧合的讓我虛驚一場。」

我拍拍他的肩，把剩下救出女孩的部分交給其他刑事組員，與理察一起回到上頭，開車回到警局中。

隔天，男人的狀況復元，由我與理察負責做審問與筆錄的工作。

男人說自己叫里歐後，便滔滔不絕地坦白整個經過。他真是個怪人，很乾脆的認罪，似乎在向我們炫耀他天衣無縫的犯罪手法，態度非常的驕傲自大。

他告訴我們，他從十年前就開始著手打造地窖的計畫，並且花了多少時間，多少方式收集這些女孩子，把她們像動物一樣的飼養起來。日復一日地隔著透明壓克力板，觀察她們的生活。

他甚至告訴我們，他住在S鎮上的住宅區中。父母健在，兩人與鎮上的企業聯盟，合開了一家生意興隆的超商，是虔誠的天主教徒。而他是個家境良好，飽受疼愛的獨生子。他每天假裝出門上班，便到地窖裏來幹這些事。

「我做這些事情沒有任何理由，只是我喜歡她們，我好喜歡年輕女生，尤其是十六歲的少女更是喜歡的不得了！她們好香啊，而且充滿彈性的皮膚讓我著

迷！

有些人收集棒球卡，有些人喜歡買名牌，我只是嗜好跟別人不太一樣而已。」他滿臉的無所謂，紅潤的氣色在燈光顯得非常惡心。

我用力拍了拍桌子。

「不是嗜好的問題。她們是人，活生生的人，不是東西！」

我一直強忍著心中的怒氣，腦袋裏都還深深刻著在地窖中，每個女孩的可憐模樣。

她們在恐怖的空間與時間之中，真的如同一隻隻的小動物，任人宰割。除了瘋子，沒有人會這樣對待另一個人。

而我想，我真正的怒火在於，我的潛在意識一直希望聽見這個男人說，他有多破碎的童年，以及終年置身在層出不窮的各種暴力中。從未有過正常的親密關係，讓他的心靈扭曲、身心殘破，使他從一個人變成一隻禽獸……

我渴望聽見這些生命中的破綻與缺口，好真正說服我，世界與命運的運轉，是那樣的公正與未有差錯。

但是沒有，什麼都沒有。

那男人從頭到尾都是個幸福的傢伙，沒有家暴，沒有傷害，也有正常與女孩交往的經過，甚至從前還是個保送理工學院的資優生。

安娜之死
西元一九九一年・春季

我的怒氣一直像把火般地熊熊燃燒。

理察低著頭，認真地把他說的話全寫了下來。整間審問室非常安靜，白亮的燈光凝聚在上頭。我聽見理察混濁的呼吸聲，與振筆書寫的聲音交錯在一起。

就在筆錄做到最後，里歐突然皺起眉頭，嘴脣上揚地帶著笑意，上身前傾到桌子上，非常感興趣的模樣看著我們：

「我很好奇，你們是怎麼發現洞穴的？」

「那把在洞口附近的紅雨傘。」理察沒有抬頭，很簡單地回覆他。

「喔……是這樣啊，我還一直納悶你們怎麼找到我的！唉，就是我活該貪玩，把她的紅傘撿回來還忘記在外頭。」

他搖搖頭，仍舊一派輕鬆。

「話雖如此，嘖嘖，其實我真該把那賤人給殺了，但可惜她沒有那麼年輕貌美，值得我動手。」

我的憤怒情緒在霎時間完全崩潰了。

我迅速起身，身體跨過桌面，撲到他的面前狠狠揍了他的鼻子、眼睛、下巴、還有胸腔與肚子……我奮力地把全身的力量，全都集中在拳頭上。

「怎麼樣？我覺得一切都好值得啊！我只是賠上一條命而已，這些美麗的女孩，賠上的，是終身都抹滅不掉，深深刻劃在靈魂還有身體上的陰影啊！」里歐

滿口滿臉的血，在被我痛揍時，完全沒有疼痛的模樣，一邊挨揍還一邊笑著大喊。

我把他從椅子上拖下來，拚命地用全身的力量痛揍他。

「我只是，只是賠上我一條爛命而已啊！」他把頭抬高，對著天花板大喊。

我痛苦的閉上眼睛，拳頭還牢牢握著全身的力量，眼淚瘋狂地順著眼眶與臉頰狂流了下來。

克里夫，妻子的弟弟克里夫……你只是賠上你的一條命，卻讓我終身，根本無法從失去愛蒂，失去我的妻子的陰影裏走出來……那種鑲嵌進生命的永恆的痛，我注定永遠都無法走出來啊。

究竟，究竟有沒有人可以告訴我，世界上的公理正義何在？上帝又在哪裏？

理察呆在一邊，完全忘了把我拉開。

這是他第一次看見我崩潰，也是第一次忘記在執勤的本能上，應該要把正陷入歇斯底里的人，徹底拉離開現場。當我被外面衝進來的警員們制止時，里歐已經被我揍到瀕死的狀態。

而里歐後來就在醫院中，整整躺上了一年。

在這之中，我的長官很頭痛我犯下這個極度嚴重、痛揍犯人的錯。他知道我簡直是警界英雄一樣地，破了S鎮長久以來，如謎團般的各種失蹤與命案，但是卻又不得不為此錯誤，必須折衷地有個懲處方式，好對警局的風紀組有個交代。

於是他私下告訴我，等里歐的案子結束後，他希望我就自己提出提早退休的申請書，但是他會極力讓我保住一樣，甚至加碼的退休金。

我馬上就答應了長官這個提案。老實說，在這份工作裏，我也真的，真的非常疲憊了。

就在里歐案進入緊湊的調查，密集偵訊所有被害人本身與家屬的時間裏，我抱著偷藏的里歐日記，決心私下回過頭，去面對七年前，那個讓我記憶猶深，印象中執著的恐怖，在某種程度與領域上，也相對是個瘋子的羅亞安。

雖然這讓我壓力很大，但是我仍舊沒有忘記，羅亞安與葛羅莉，是我見過最悲傷，也最執著的兩個家屬。

一九八七年的七月初，我查到了羅亞安的新住址與電話。她在幾年前搬離了馬蘭倫大道附近的住宅區，一個人住到E市的山坡住宅區中。我在電話中說明來意，並且維持鎮靜的口吻，告訴她事件的整個經過。於是我們約在S鎮上的一家餐廳見面，我決心把自己私藏，那本變態的里歐日記拿給她看。

她有權利知道真相。我坐在餐廳靠窗的位子中，把日記放在桌上等她來到時，心裏反覆地想著七年前，對羅亞安的模糊印象。

或許，事情還深陷在謎團裏，那麼心裏就無法真正的放下；然而，真相不論多麼殘酷，在某種意義上，對失去的人卻是一個最直接的解救。

我始終如此確信著。

《一九八七．一．六／亞恩：

她來這裏三天了。她什麼都不做，甚至不穿我替她準備的粉紅洋裝。我發覺這對我的吸引力很大。

女孩通常明白自己被關到地窖中，做什麼反抗都沒用時，皆會變得異常柔弱，非常的好控制與順從。

當女孩子變得好操縱時，站在地窖外面的欣賞就相對變得無趣。她們已經從懷抱逃出的希望，降低成等待我的光臨，給她們食物或者必需品。好像從未見過一個女孩，牢牢地抓緊可能獲救或逃出的機會，生命力維持一樣的旺盛。

她們很容易放棄，然後隨時都可以降低自己的原則，與增加接受各種糟糕境遇的程度。所以最後才會都變成一條狗。

其實亞恩長得很普通，不能跟漂亮的如同芭比娃娃的妮可相比。妮可長得很甜美，當我第一次在百貨公司看見她的時候，她就是露出如明星般燦爛的笑容，對著旁邊高大的男人微笑。

我那時心裏很忌妒，希望這個笑容只留給我一個人觀賞。

但是妮可來到這裏，就從未露過一樣的笑容了。

我曾經逼她笑，但是她的笑真的好醜，完全不像當初第一次見到的那樣。我非常生氣，對著她咆哮，要她給我笑上一整天，但是還是沒有見到一樣的笑容。

我在圖書館遇見亞恩時，她正抱著厚厚的書認真讀著。我馬上對她著迷，覺得她一定是個聰明的女孩，不像其他愚笨的女孩，只會哭泣，還有像隻狗一樣地哀求我。

於是我趁著她走到暗巷時，拿球棒敲暈她，把她帶回來這裏。之後，我在她的地窖中放了很多書，但是我發現她一本都不看，只是沉默的坐在裏頭，這讓我很不高興。》

《一九八七・一・二十／亞恩：

今天我到每個地窖中，放下一盆盆的食物後，接到電話知道我媽有事要我幫忙，所以我出了地窖回去，到超商忙了好幾個鐘頭。

回來後，發現亞恩居然把我準備給她的食物，統統撒在牆上與地上。我一下來，就聞到整個地窖充滿了馬鈴薯與奶汁發酸的臭味。

我非常憤怒，決定好好教訓她，所以我進去裏頭之前，想了各種可以讓她乖一點的懲罰。但是在這過程裏，她還是如第一次一樣的奮力攻擊我，把我的頭髮連同頭皮扯下一大塊，頓時我的臉上全都是血，痛到我都快暈了過去。

後來我與她對峙了好久，都沒辦法真正好好教訓她。

她身上的衣服被我撕爛，身體也被我揍到都是瘀青與血漬，雪白的胸部在打鬥時，一直晃動著波浪般的韻律。但是我也一樣狼狽，感覺全身都被支解開來，關節的地方發出站不穩的警訊，一直處在快要暈眩過去的強烈疼痛中。

我低頭看看自己的慘狀，突然覺得很好笑。我們像在擂台上競賽的拳擊選手，互相猛烈的攻擊對方。但這裏是我一手打造的地窖啊，我想都沒想過有這一天，會被自己抓來的女孩給整成這樣。

亞恩看見我大笑時，收起防禦的姿態，很冷靜地站在我對面，說了一句我聽不懂的話。

「這句話是什麼意思？」我問她。

「西班牙文。意思是喪盡天良的變態。」她大力往我臉上吐了口口水。我又開始笑了起來。我覺得過癮極了。》

《一九八七・二・十一／亞恩：

我開始對這女孩產生了不一樣的感覺。

我發現我變得非常想要討好她。不管我們的角色是不是顛倒了過來，這種想法居然越來越強烈，強烈到我不得不真的這麼去做。

我到T市的百貨公司裏買了很多東西給她：漂亮鑲有蕾絲的洋裝、裙子、我完全看不懂的文學小說、大型絨毛娃娃、一支銀色口琴、塞尚與夏卡爾的畫冊、好幾瓶名牌香水和化妝品……甚至在經過寵物店時，還興起想買一隻小狗陪她的念頭。

但是我把東西一口氣送進去後，不到一個小時，書本與畫冊被撕得亂七八糟，衣服則綁死在絨毛娃娃身上，還有香水與化妝品全被倒在地上，溢得整個地窖都是那種濃臭的粉味。

而那把口琴，她握在手上，在我一進去地窖時，拿來大力砸我的頭。

「妳一定要這樣嗎？」我痛得抱頭蹲在地上，對她大喊。

她低聲說了一句我聽不懂的話。

「妳在說什麼？」我對著她大吼。

「下流低等的敗類。」

我笑了。對她說，妳說錯了，女人才是下流低等的敗類，要不，最後都會變成下流低等的敗類。

她沒有回答，只是走過來把口琴撿起，往身上的衣服擦了擦，然後吹了起來。

她吹的曲子很好聽，我很陶醉的閉上眼睛，沒想到她又馬上拿口琴砸我的頭。我真是不敢相信！蹲在地上感覺頭都快要爆炸了！我真的快要抓狂了，我沒收了她的口琴，大力地甩上地窖的門，決心兩天不給她飯吃。》

「獲救的女孩中，有亞恩嗎？」羅亞安闔上日記，口吻激動地問我。

「沒有。但是有人知道她在哪裏。」

「在哪？」

「除了活著的四個人，其他死掉的七個人，都埋在後面的泥土中。

重案組組員已經挖出屍體。有六具屍體早已成了白骨，而其中一具，則被安放在一個完整的棺材中。

我看過日記，知道里歐對亞恩有奇怪的迷戀，所以我想，棺木中的應該是亞恩。」

羅亞安很鎮靜地點點頭。

她看上去比七年前還要成熟了一些，儘管在我的印象裏，她是一個內在早熟到與外表差異極大的女生，但是現在，已經削瘦了原本娃娃臉的線條，穿著及膝的整套洋裝，舉手投足都是一個成熟女人的模樣。雙眸還留有以前的聰慧，甚至增加了更多。

我們決定在這用餐，等到下午警局的人較少時，再回去確認屍體。

「我知道自己當時多激進，現在想起來就覺得太瘋狂了。一天一封寫滿對亞恩思念的信，簡直就是個瘋子！」她漲紅著臉，然後伸手撫摸著灼燙的臉頰。

「除了您，我見到警局其他人都會覺得不好意思。」

「這的確是個好主意。」我同意這個提議。我想警局裏的人，尤其是理察，老是稱她與葛羅莉是兩個女瘋子，我想還是不要照面的好。

在餐廳中，我們兩人如老朋友一樣的聊起這幾年。

她告訴我，已經搬離位居S鎮中的家，原因是因為她明白，她的父母將永遠停留在喪失亞恩的悲痛暴風圈中間，不會有走出來的一天。

她詳細敘述了離開那天，外面下著傾盆大雨，父母坐在客廳的沙發中，很冷靜地看她進出頻繁地搬出所有，在這個家的一切痕跡。他們的表情是如此漠然，像是無言且無感地訴說，就留下他們兩人，在這時間之流的外面吧。

她的眼睛始終望向遠方，光線籠罩著她的全身，而說話的口氣則時而高昂，時而黯淡。

於是我也開始嘗試，第一次開口跟別人說起，關於多年前，失去我的妻子，還有女兒愛蒂的回憶與情感。

我在心中遲鈍且艱難地選擇詞彙，真正符合心境的形容詞，把這像是好幾十年前，但又如同昨天才發生般的悲劇，一一從深處拾起，在手中確認地掂了掂它們的重量，再謹慎地遞給羅亞安。

我一邊說著，一邊從旁邊的窗外，看著餐廳外頭的天氣。金黃色的陽光灑滿了整個柏油道路。雪白的光影，俐落地把馬蘭倫大道切割成兩半。

然後，很奇怪的，我開始覺得有些輕鬆。心裏有些情緒似乎已經逐漸遠離，沒有想像中的那樣糟糕，或者沉重。

時間有它的意義嗎？

安娜之死

西元一九九一年・春季

在回憶過去這短暫、可計數的時間裏，我非常驚訝地往自己的內部尋去，發覺再也找不到一樣重量的東西，橫隔在我與繼續生活下去的中間。瑣碎的日常，像是一幅精緻但卻又破碎的拼圖，我在這之中，只要集中精神把這一幅拼圖完成，就可以順利脫離原本的重量。這好像是兩個不同的世界。逝者已走遠，而活著的人，則繼續在不斷前進的時光裏拼湊拼圖。

我沒有想過這公不公平，我只是覺得，時間的作用讓我覺得不可思議極了。即使，即使我根本從未打算要把這重量拋離開生命之外。

她聽完後便告訴我，多年前第一次看見我，就直覺我是一個有相同經歷的人，一個深刻經歷過失去親人的痛苦之人。但是，我們都一樣，都完全不知道該怎麼辦，只能蹲在原地，默默地等待上頭的烏雲飄遠。

後來我開車載她，一同回到警局裏認屍。

我把羅亞安帶到後頭的停屍間中，讓她慢慢確認是否為亞恩的屍體。然後一個人回到辦公室，把剛出爐的偵訊報告看了一遍。

在重案組組員的報告裏頭，清楚地寫明了四個被關在地窖裏頭，還活著的女孩的身分。她們都是十六到二十歲的年輕女孩，身高大約都在一六五～一七〇公

分的標準身材，擁有一頭漂亮的棕色長髮，眼睛的顏色為湛藍與深綠色。有三人還在唸高中，只有一位之前休學，在餐廳工作，下班時被里歐盯上，抓到地窖中。

她們都還在住院觀察。除了都有嚴重的營養不良，以及個別身體上的傷害（一個膝蓋受到嚴重的外力撞擊、一個臉上的皮膚遭到磨損，可能之後必須轉往整形外科治療、一個胃部出血與患上長期的胃潰瘍、一個則是被里歐折磨到，全身都是大小不一的傷口），除此，還有一堆身體上的毛病。

她們最嚴重的不只如此，而是全部精神狀態皆不穩定。一個好像完全不再開口說話，另一個一直在高聲尖叫，其他兩人則是不斷地哭泣。液態的眼淚流不出來後，臉上的表情還是扭在一起，如同無淚的控訴。

看到這裏，我把報告闔了起來，心頭涼了一半。

雖然這情況想像得到，但我仍憤恨讓這禽獸說對了，她們賠上的，是終身拋之不去的陰影。

「不是。」羅亞安走到我身邊，輕聲地對我說。

「不是什麼？」我轉頭面對她，沒會意過來。她的臉色蒼白，但是平靜的讓人詫異。

安娜之死

西元一九九一年・春季

「她不是亞恩。」羅亞安對著我，又再肯定地說了一次。

「妳確定？」

我歪著頭，馬上開始思考了起來。那麼只是同名嗎？但是叫亞恩的人會有多少呢？除了失蹤檔案之外，我們還能從什麼地方下手？

她再度點點頭。我們陷入一片沉默中。

我看過棺材裏的屍體，儘管不是羅亞恩，但是我確定她就是日記中的「亞恩」。棺木非常精緻，用上等木材再漆上光澤的黑漆打造，棺木上頭與兩旁，雕著複雜的花卉圖案。打開看見的亞恩，應該過世沒有多久，屍體完整，沒有腐爛的跡象。身上套著一件樣式簡約的雪白禮服，一樣棕色的垂肩長髮。

而棺木旁邊，放進了日記上曾經提過的口琴。不知道後來發生了什麼事，里歐仍舊殺了他在日記上記載，最有特殊感覺的亞恩。

「可不可以要求您……」亞安突然開口：「求您不要通知我的父母？」

「當然可以，妳都確定不是了。但是，為什麼突然那麼要求？」

「因為第一次的安娜，是錯認屍體。而這次同名的亞恩，雖然我確定不是，但是……但是她仍舊是具屍體不是嗎？我不想再讓他們，讓他們重新燃起可以再見到亞恩一面的希望了。」羅亞安閉上眼睛，急促的喘氣聲充滿了整間辦公室。

我拍拍她的肩，跟她說我了解。而她的要求，我也會盡力地往她所希望的方

向去做。

這是我事隔多年，第二次再見到羅亞安的經過。

很奇妙的緣分開端，我們就從這時候開始，變成關係密切的朋友。在我退休的日子中，她偶爾會打電話來和我聊天，有時候，我們也會約到附近的餐廳一起吃飯，或者下午一塊到露天的咖啡館，品嚐附有手工餅乾的下午茶。

見面時，她會跟我說她的生活細節，包括她交往穩定，正在當心理醫生的男友傑森。

我們相聚的時間總是很快樂。

到了見面的那天，我會起個大早，站在浴室的鏡子前，細心的梳洗打扮。把日漸灰白的頭髮，隱藏到稀疏的棕髮下方，然後把西裝外套，與白色襯衫燙得筆挺；再仔細地讓黑色的西裝褲上，有一條工整的摺線。還有，絕對不會忘記剪修我臉上過於雜亂的鬍子。

當然，有時候需要，我還會花一筆小錢，到南西咖啡館旁邊，那家已經很久沒踏入的茱蒂理髮院，安靜在那坐上半個小時，修剪我太長的頭髮。

我對羅亞安沒有別的想法，只是能夠再度親近年輕人讓我充滿活力。

安娜之死
西元一九九一年・春季

我喜歡年輕的她，眉飛色舞、臉頰紅潤地向我描述一件小事。排了老久的隊，買到什麼東西而興奮了好幾天；或者表情悲傷地跟我說，她跟男友吵架的原因。不管是什麼，我都很願意聽，這讓日漸蒼老的我，能感覺到真正的生活溫度。

日子還正活生生地在流動啊，沒有因為我的老邁，而就轉動緩慢，甚至停滯在原地。

我也沒有想到，我與羅亞安愉快的會面，年紀落差甚遠，這一老一少的奇妙緣分；在每個晴朗氣候中，品嚐好吃的圓形餅乾與濃醇咖啡的時光裏，竟然延續到後來，間接地開啟了她這輩子最想知道的謎團：羅亞恩真正的下落。

『綠怪人－哈特曼』

⑴西元一九八〇年・夏季

我記得曾看過書上提及，一個人在瀕死時，腦中會出現非常多的畫面；就像繽紛的走馬燈，也像剪輯人生最精采片段的電影，或是大型的、塞滿各種器材種類的遊樂園。悲傷、快樂、愉悅、幸福、憤怒、困擾、難堪……所有的回憶會在這時候蜂擁而上。

「怎麼樣？臨死前，你腦子裏出現什麼？」

一個禿頭、長滿鬍渣的胖子，睜大被臉上橫肉塞緊的眼睛，完全看穿我的心意似的，低沉地在我耳邊吼問著，死亡前腦子在想什麼。

我直愣愣地看著槍上那孔點三八口徑的黑洞，正筆直地對準我的雙眼中間，像一個長形的黑球體。冷汗不斷從身體流出來，我在此刻像一個破洞的水球，從裏往外流淌出冰冷的液體。我閉上眼睛，強迫自己不要盯著那個黑洞，但是閉起眼睛的世界，就是一片荒蕪的全黑。空洞洞的、敲不開的黑。

如果我可以繼續活著，我想我會去找出那本書的作者，告訴他瀕死的最後一刻，根本他媽的不是狗屁走馬燈，而是一片黑，一片絕對老實的黑色，或許就跟死後的世界一樣黑。

再過了好幾秒，或許好幾分鐘，我在黑暗中仍能感覺那支該死的槍，還在我的面前。胖子似乎非常欣賞我瀕死前不斷顫抖的身體，還有扭曲的表情。他不再說話，只是饒有興味地盯著我看。

而我，仍緊閉雙眼，不受控制的眼皮則在上面亂顫個不停。

在閉上眼的黑暗裏，逐漸浮出我母親的臉，那個住在康乃狄克州，封閉鄉下的老母親。她喜歡叫我蜜糖，好像我永遠長不大，還是個在她膝邊撒嬌的小孩。

我記得最後一次見到她時，場面極為難看。我們坐在房子外的庭院餐桌上，她擺了整桌的食物：各種生菜三明治、蜜烤豬腳、醃製的牛肉切片以及一盤盤的水果。戶外的蒼蠅與蜜蜂，在食物上方盤旋著，嗡嗡作響地吵個不停。

母親不斷地要我塞下這些食物，然後她一邊為好久沒回去的我，叨絮地報告家裏每個成員的近況。

我的兩個哥哥貝利與強尼，正在知名的大學攻讀博士，兩個姊姊莎拉與貝希卡：則一個嫁給律師，最近懷上第一胎便辭掉了會計師的工作，正在家安心修養。她的老公還貼心地幫她請了一個西班牙籍的保母；另一個姊姊貝希卡，則是剛拿到藝術碩士的學位，她目前正在紐約準備她個人的影像展。

「你姊姊說，這次展出要把小時候的照片，就是那幾張你們五個站在這棵榆樹下，手勾著手的親密模樣，一起放在展場的正中央。

貝希卡說你小時候總喜歡曬得很黑，個性皮得不得了，去釣魚時都會把釣竿夾在石頭縫隙中，然後一個人到附近的河裏游泳和偷尿尿。她每天晚上在睡前，都會用梳子好好地梳順你的頭髮，再親你的臉頰好幾下……」

「不要說了！」我把吃到一半的肝醬三明治推開，不耐煩地在盤旋的蒼蠅中間揮了揮手。

老母親根本沒聽見我的話。「強尼之前打電話來說，最近認識一個女生，攻讀博士班的同學，是個好人家的女孩，過陣子要一起來康乃狄克州看我……」

「就叫妳不要再說了！」我站起身，大聲咆哮著對面的母親。

她終於聽見了，所以順從的閉上嘴巴。

在那幾秒鐘的尷尬裏，我們對看著，母親或許不知道此刻要擺出什麼表情，於是，便在我的面前，把那張蒼老的臉撐起來，用力地微笑著。這個笑容卻在此刻，完全把我心底積壓許久的憤怒，給一股腦地勾了上來。

我跨過桌子，用力拉起她的衣領，把軟綿地如同破布的她按在榆樹上大吼：

「求求妳不要說了！不要再說了！妳讓我好討厭我自己妳知道嗎！哥哥姊姊們一路讀最好的學校，什麼知識、學問全都塞滿他們聰明的腦袋中！而我，妳始終不讓我念書，只叫我在家裏自學還有幫忙家務，搬東西、幹粗活……愚蠢與無知是妳唯一希望我學到的，這樣我就一輩子離不開妳，離不開這個該死的小城！這是妳期望的吧，妳就是希望把我綁在妳身邊吧！

我恨妳！我恨聰明的哥哥姊姊們，我他媽的恨透你們了！」

老母親的臉，原本還有種不知所措的驚慌，隱藏在粗糙皮膚下的皺紋，一時間卻全浮在臉上。我看見她睜大眼睛，然後很迅速地，嘩啦嘩啦的大量淚水開始蜂擁冒出。

「不，蜜糖寶貝，你誤會了……你不知道我多怕你生病的皮膚，去學校會遭到欺負與歧視。你不知道我有多害怕這個上天給你的考驗，會如影隨形地跟著你一輩子，所以我才決定這麼做……都是因為，因為我多麼害怕你會受到傷害……」

我頹然地把壓按在母親身上的雙手放開，然後頭也不回地離開那棟平房，與正蹲在榆樹下痛哭的老母親，一個人走了五個多小時到達城鎮邊際的火車站。

那時天色已晚，附近的路燈全亮起昏黃的照明。四周安靜出奇，只有間歇的蟲鳴在暗處喧囂不已。我在車站中的長椅上窩了兩小時，終於等到最後一班火

安娜之死

⑴西元一九八〇年・夏季

車，再坐了六個多小時的火車回到S鎮上。

這期間我滴水未進，也沒開口說一句話。頭痛得要命，老母親最後說的那些話，像鑿刻石雕般狠狠地鑿進我的腦袋。那些話又串聯著許多回憶，我的頭越想越痛，好像被槍支開花了的破洞腦殼，從裏頭汩汩流出我空洞貧乏的人生畫面。

我閉上眼睛，聽見火車轟隆、轟隆的聲響，還有遠方許多說話的雜匯聲。

那些說話聲越來越清楚，已經全然地蓋過火車前進的聲音。我把緊閉過久的眼睛張開，除了視覺暫留的奇異色彩，便看見一個長形的、黑色的洞，堵在我的臉前。

「喂，肥奇！貨已經送到了，你放了他吧！」

「什麼？貨已經到了？」

「剛剛老蓋瑞打電話給我，跟我說貨沒有問題。不僅安全送達，而且品質還好的不得了，要跟你談下次合作的細節！」

「哈哈哈……」我先聽見一串粗厚的笑聲，再看見黑色的洞從我臉前移開，隨著那個禿頭胖子移動到後頭去。我仍跪在只懸掛著一盞昏暗燈泡的地下室中間，濕冷的水泥地板上。潮濕的腥臭味在槍從我面前移開，危機宣告解除後，才慢慢地湧進我的嗅覺中。我用手抹了抹一頭汗水的臉與脖子，然後把手摀到鼻子

上。

我很討厭這個味道，這味道讓我作嘔。以前我的大哥貝利，最喜歡趁母親不在時，把我塞進房子最後的房間壁櫥中。就是這個味道，不管在狹窄的壁櫥中待多久，會在出來的許多天後，仍緊緊黏在皮膚裏頭，好像整個臭味已經與你融為一體，刷也刷不掉。

小時候養的一隻黑白混種的小貓，就是死在這個衣櫃中，好久才被發現，使得那恐怖的腥臭味永遠無法消散。

「很臭是吧，我們到樓上去吧。」

眼前模糊的人影對我說，並且動手扶著我閉眼太久，站起來有些暈眩的身體。我頭昏腦脹地爬上樓，外面是一條非常狹小的小巷，僅有最前與最底的兩盞路燈，能見度非常低。門口的對面是一家中國餐館放置大型垃圾桶的地方，食物的餿味瀰漫四周，有幾條野貓聚在附近的地上，正津津有味地吞食撒落在地上的剩菜。

「你叫什麼名字？」

眼前的男人遞給我一根菸。我終於看清楚他的模樣。大約四十出頭的年紀，長得非常高大壯碩，全身繃滿了強而有力的肌肉。深棕色的頭髮茂密，臉上戴著一副黑框眼鏡，穿著一件深灰色的休閒西裝外套，裏面配著一件緊繃的、印有綠

安娜之死

⑴西元一九八〇年・夏季

洲樂團團名的白色T恤。

臉上的五官配置看起來斯文溫和，又融合了某種精練的運動教練特質。很像一個有為的律師或建築師，休閒時間又去參加大聯盟棒球或籃球的運動員。

「哈特曼。」我接過他的菸，他湊過來幫我把菸點起。抽了一口之後，很簡潔地報告了自己的名字。

「我是法蘭西，肥奇的私人助理兼會計師。你怎麼會來幫肥奇工作？」

「因緣際會吧，原因有點複雜，一時也說不清楚。」

我很享受地抽著菸，享受著尼古丁進入過於緊繃的身體裏。感覺全身的經絡、關節，慢慢地在體內舒緩開，再把煙一口口地往地上那些野貓的方向吐去。野貓們沒有受影響，仍大口地吃著剩菜。

「話不要那麼少嘛！我很有興趣聽啊，反正我保證肥奇已經不會再煩你了。」

法蘭西也學著我吐煙，然後把外套脫掉，很輕鬆地掛在自己的肩上。我看了看他，想想畢竟這個人剛剛才把我從槍口下救出，跟他說說也無妨。於是，我們兩人便一起把手中的菸抽完，走出巷子，到外邊的露天酒吧那喝酒。他堅持要請我喝酒，於是我便不客氣地點了一杯接一杯的威士忌。在接下來的時間裏，就剩下我在說話。

這是我這輩子第一次說那麼多話。

我發現法蘭西是個很好的傾聽者，或許他也適合擔任酒保之類的工作。正專注凝聽我說話的他，表情相當嚴肅，中間一點詼諧或釋懷的笑都沒有露出，僅只是盯著我的雙眼，身體有些傾斜地側耳聽著。

說到最後，我甚至覺得自己似乎在向神父告解一樣，在那個狹小的告解室裏，一股腦地把自己所有污穢的往事、回憶，全都掏出來給眼前這個人。而這卻是我們剛認識不到一小時的夜晚。

我後來明白，法蘭西天生就是個出眾的傾聽者，再加上口風甚緊的習性，所以最得大佬肥奇的信賴。

遇見肥奇是多年前的夏天，在S鎮那條潭亞河支流的岸邊。

這遭遇想起來，真是件相當離奇的往事。那時候的我，正處在一個非常悲慘的狀況，身無分文，口袋裏能掏出來的只有一隻筆、一本骯髒的小筆記本、幾個銅板、身上穿著的一件灰色線衫、還有裏面僅剩三根的萬寶路香菸，並且，沒有任何所謂有屋簷的住所。深夜無人的清冷公園、永遠亮著燈且吵雜不已的火車站、中央廣場的座椅、或者巷道內的階梯上，都是我閉眼倚靠過夜的地方。

當時我二十歲，剛好離家整整兩年。

安娜之死

⑴西元一九八〇年・夏季

自從我十八歲那年，決然逃離康乃狄克州的老家，就開始持續過著一種貧苦且艱辛的流浪生活。原本打算一路上打零工賺生活費，但是卻發現一切並沒有那麼簡單。獨自流浪讓我明白了先前在老母親保護下的我，其實只是暫時隱藏在世界的角落。除非我永遠待在那裏，不要伸出頭來呼吸與看這個世界；所有最基本的生存問題，皆在出走後出現，也讓我終於明白，我跟其他人有多麼的不一樣。

我生下來就患有先天性的皮膚潰爛。我的老母親告訴過我，小時候她曾背著我看過城裏所有的醫生，他們對此怪病皆束手無策。判斷傷口是從真皮組織內層，最脆弱的部分開始崩解擴散，吃抹任何的藥只會讓潰爛更加嚴重。

套句我老媽媽對此一貫的說法：這是上帝給我的考驗。

從小，我的外觀看起來，就像終年披了整套全身糜爛的外衣，四處發炎的膿包與整片的紅腫是基本底色。情況不好時，在那整片的紅腫上方，則會長出一粒粒如硬幣般大小的水痘，望上去相當難看，也掩蓋了我其實身強力壯的年輕本錢。

我記得在出走的兩個月後，已經花光了身上所有的錢，第一份工作便想要去當地農莊替收成的莊家工作。

那時的季節，剛好是玉米與大麥的收成季，在每個鎮上入口或鎮公所的公佈欄上，皆會張貼哪戶人家需要大量短期的收成人員。

到達鎮上時約是中午十一點整。那裏早有一群看起來跟我相同年紀的年輕人。他們長期徘徊在各個鄉鎮公佈欄附近尋找打工，從外邊擁來或本地的年輕勞工。大部分是沒讀過書的混混流氓、不知道自己前途在哪裏的茫然流浪漢，還有做過牢有前科紀錄，無法找到正常工作的年輕人。

我們一群大約十個人在當場便聊了開來。我記得蹲在角落抽菸，身上套了件深藍色的單寧工作服，一見到大家就站起來大聲問好，滿臉皆是淺色雀斑的年輕男孩。他說自己住在前方不遠的小鎮裏，前來此地尋找工作機會。

就在大家抽完菸，一起動身前往農莊應徵的路上，男孩告訴我，自己不喜歡唸書，有閱讀上的障礙，很多單字都不認識，所以無法找到較好的工作。每年的收成季節，就是他打工的好時機。他的媽媽要求他一定要拿錢回家，至少有個證明自己是個有用的人的機會。

男孩說話帶有濃厚的南部腔，聽起來相當順耳親切。他很好相處，這是我對他的第一個印象，有禮貌且隨和，看起來脾氣也很好的樣子。在這段前往農莊的路程裏，我一邊與他聊天，一邊覺得或許在這段流浪打工的期間，他將會成為我第一個朋友。

我們按照地址大約走了十多分鐘，前面是一棟兩層白色的水泥房子，後面則是一塊約一千公畝的農地。望過去黃橙橙的一片，隨著微風的吹撫搖晃，視覺上非常舒服。而已經站在門口等著挑選勞力的老婦人，大約五十多歲，穿著淺橘色鬆垮的碎花洋裝，頭上綁著同色系的頭巾。望過去一臉的和善、臃腫的身形與滿臉笑意的紅臉，很容易讓人聯想起自己的老母親。

「在收成的時間裏，我們提供三餐食宿，工錢則是當天現領。我想你們十人現在進來農莊裏用餐後，就馬上可以上工了！」老媽媽用渾厚的嗓音向我們開懷地喊道。

這時候其他人便爆出一陣歡呼，我也跟著舉手叫好。這等於是免費吃一餐，又馬上有工作可以做。我想，至少在短期內，不用再跟強烈的飢餓感搏鬥了。

我開心地望著眼前的老婦人，此刻她在我眼中，像是聖母瑪利亞般的神聖美好。或許這是個好的開始，我心裏暗自想著。離開老家，離開疼愛我的老母親，其實沒那麼恐怖困難，一切會在這裏好起來的。前所未有的信心在我心中萌芽。

「你，就是你！皮膚怎麼那麼噁心？會不會傳染？」老婦人這時看著我，手指尖銳地指著。她的眉頭皺起來，一臉嫌惡樣。

「不……我這是天生的，不會有礙的！」

我慌了，用力對著婦人搖手。這美夢不會一下就碎了吧。於是我急忙走向前解釋，全部的人則在同一時間退了開來，保持一定的距離望著我。這時候每個人

都不想跟我有關係，剛剛那種同命運感的親切與熟悉，瞬間化為烏有。我瞥見連那個男孩也退得老遠，把臉轉向另一邊。

「我們不要這樣的人，你離開吧。」老婦人搖搖頭，雙手插著腰。

「求您不要這樣，我已經好幾天沒吃飯了！我的身體很好，我可以做比大家多一倍的工作，只拿一份薪水的！」我口氣卑下地哀求著，希望她能看見我潰爛皮膚的底下，其實擁有的是與大家相同的工作能力。

「這樣吧，」老婦人似乎一眼望穿我根本不想離開的心意，還是她每年收成總會碰見這樣的無賴，所以有千百種方式可以對付像我這樣的人。

「你們誰可以趕跑他，今天的工錢加倍！」她尖著嗓子，對著其他九個人大喊。

這句話一出來，我看見站得最遠的男孩，率先彎腰撿起石頭，往我這裏用力丟過來。那顆石頭準確地砸中我的胸口，爆裂的疼痛在身上突兀地炸開，我的知覺才突然有了現實感，疼痛讓我終於拔腿轉身跑開。

往前奔跑，耳邊仍聽見帶有濃厚南部口音的髒話。

這是我第一次找工作的經驗，而這個經驗，卻彷彿是往後不祥命運的開端。

就這樣從十八歲離家，到之後遇見肥奇的時間裏，我已經無法回想當時是怎麼熬過來的，也或者能活到現在真是個奇蹟。

那段在各種混亂、骯髒的地方度日，撿垃圾桶裏的食物吃，想辦法結識餐館裏的服務生與廚師，低聲下氣地討好他們，希望他們給我菜飯的時光，是一段一段破碎的、不願意再回想的記憶。

它們有時候會動搖到我的生存意志，有時候什麼都沒有，只是讓我的身體滿溢著各種疲憊與病痛，而意識裏則充滿了，對整個世界與生命的無法理解。

有時候我會想起我媽說的，關於上帝考驗的這件事。老實說，我始終不懂這考驗背後的意義是什麼？是比一般人要難以生存下去嗎？還是我注定要待在世界的角落邊緣，忍受著所有的寂寞與痛苦？

這是我第一次把獨立的肉體，丟到世界裏一起轉動，結果情況卻是如此悲慘不堪。

而第一次遇見肥奇的前三個小時，我正經歷著人生中最古怪的一件事。

當我到達S鎮時，剛好是正午太陽高照的時間。至於我為什麼會選擇來S鎮的原因，其實是後來學到的生存法則。應該說這段時間裏，我明白了大城市對我這樣拖著破爛皮膚的怪人，是異常殘忍的。在街道的路人越是穿著華麗整齊，我的模樣就相對的被放大，而遭遇也就越悽慘，還不如隱藏在落魄的鄉下，或者名

不見經傳的小鎮中，我的怪樣子才能在其中活著。

我記得當時又熱又渴，所以一看見在陽光下閃著晶瑩光芒的潭亞河，馬上就脫光身上的衣服，跳下去游泳。

河水非常沁涼，河底的石頭又是好踩的鵝卵石，不是凹凸的扎腳岩石，所以我就泡著水游了很久。爬上岸時，體能已經殆盡地發出疲倦的酸軟感，於是我便躺在岸邊曬太陽。

這裏的風景美得像詩篇一樣。我彷彿置身在明信片中的風光裏，有清澈見底的河流，以及翠綠的像是夢中才會出現的森林。我終於放鬆一路以來的焦慮，心情非常優閒地享受著這片美好的景致。

我把雙臂枕在頭後躺下，沒多久便睡著了。不知睡了多久，耳畔邊持續響著規律的河水聲。醒來時臉上還留有陽光的灼熱痕跡，但是我倉卒地捂著臉，迅速抓起旁邊的衣服，連套上都來不及就奔跑到河旁的大樹後頭。吵醒我的是一陣槍聲，響徹雲霄的槍聲，如巨型爆炸的鞭炮，把整個安靜的空間給塞得滿滿。

大約過了十秒鐘，我看見兩個壯漢朝這裏奔來。

他們非常高大的身形遠超過我記憶中，所有屬於高大類型的任何人。我想那陣槍聲應該是他們發出來的。他們剛在潭亞河的前頭，便朝著對方猛開槍，但很巧的是，他們追趕對方到達這裏，站在我剛優閒地躺著的地上，兩人的槍已經都沒有子彈了。

「喂，我算過了，你的槍沒子彈了！」其中一個舉著槍，撇頭往地上吐了口口水說。

「你的也是。」另一個冷笑著，但是仍沒放下舉槍的手。

我小心翼翼地讓自己不要發出聲音，屏住呼吸地專注看著兩個人。他們氣喘如牛，鼻與口皆噴出短促的呼吸，雙方距離不到三步遠。兩個壯漢約有二〇〇公分以上，穿著一樣的藍色格子襯衫，底下套著一樣的深色牛仔褲。

或許他們兩人因為身形一樣高大、穿著完全相同的關係，整個畫面看起來非常古怪，好像兩個相同的人，正把手上的槍對著自己。

我瞇起眼睛，試圖讓視線穿過刺眼的陽光與有限的距離，仔細看清楚這兩人的長相。兩人的年紀大約四十出頭，都是一副濃眉大眼的凶惡樣。眼神銳利有神，褐色且粗糙的皮膚、深咖啡色的頭髮紮成馬尾、濃密的鬍子留在人中與下巴兩個位置……

我的天！我在樹後頭倒吸一口氣，他們兩人長得一模一樣！是對雙胞胎！

他們就這樣對峙著不到一分鐘，同時抛下手上的槍，往對方的身上撲去。

安娜之死

⑴西元一九八〇年・夏季

這是我看過最慘烈的打鬥。像是兩隻兇猛且訓練有素的大型鬥獸，從身體底層湧出最原始、最暴力的戰鬥本能。兩人的動作完全一致，每次出拳的重擊幾乎都是要置對方於死地的狂暴，一個個拳頭都像是一枚鐵鎚重砸在對方身上，肉體吃進重擊的悶響與不時發出的哀嚎聲，貫穿了整個寧靜的河域。在潭亞河兩邊的森林裏頭，不時有一陣驚慌的鳥群，撤離飛開的鳴聲，腥羶的血味與莫名的暴力感掩蓋了四周。

我在後頭看得心驚膽跳，心跳異常急促，鼻與口也如他們一樣噴出急促的喘氣。我不曉得我現在該怎麼做？我不敢走出去，也完全沒有能力制止他們。我想那如巨人般的碩大身形，重力一拳揮打在我的臉上，臉上的五官一定馬上移位。

眼前的兩個人都慣性出左勾拳，互相猛擊著對方的肋骨與腎臟的地方，完全不用腳力，只是你來我往的互相猛揮重拳，然後被撲倒或被用肘與膝掠倒的一方，承受著另一方猛揍自己的臉還有身體。我眼前的畫面像是放大聚焦在我眼前一般：被擊中的瞬間，一方所承受的猛烈撞擊，隨著肌肉被震彈開的衝力，嚴重扭曲臉上的五官與雙頰，然後鮮血從傷口與嘴巴中飛濺出來。

在這段相當壓縮的時間裏，即使被痛毆的一方，也沒有任何閃躲的動作，兩人毫不在乎自己的傷口，與相當程度的爆裂痛楚，只是異常專注在攻擊對方這件事情上。

安娜之死

⑴西元一九八〇年・夏季

這兩人有什麼深仇大恨啊？我混亂的腦袋裏出現了這樣的疑惑。

不到二十分鐘，眼前的兩人皆已滿臉的鮮血，身上也處處濺滿血跡。藍色的格子襯衫全被血染成濕淋一片，喘息與哀嚎聲沒有間歇過，出拳的力道與速度也開始變得緩慢笨重。我看見其中一個人，突然迅速向前撞擊，壓上已倒下的另一方，右手俐落地掏出牛仔褲後頭插著的刀子，相當乾脆地刺進他的胸口中。

沒有哀鳴聲。我看見被插中的那個人，頹然地鬆開緊握的拳頭，攤平自己身上的每處關節，像一隻被放乾鮮血的牛隻。

這一刻，眼前慘烈的打鬥場面突然停止，一切歸於平靜。前方的河水仍響著清澈的流動聲，而遠方也逐漸傳回清晰的鳥鳴。

殺死另一方的壯漢，十分疲憊地跌坐到地上，艱難地把身上的血襯衫脫了下來。他做每個動作看起來都相當困難，我想，受傷的痛楚終於順利地傳達到他的感覺中。脫下衣服的他，緩慢地起身走到河邊，沖洗了自己的臉與上半身，然後再打著光裸的赤膊退回去癱在石子上。

「小子！出來吧，你看夠了沒！」

他突然把臉轉到旁邊，對著後頭喊了一聲。

我原本已經隨著暴力的完結而平撫的心跳，在瞬間又加快了起來。我緊張地吞了吞口水，底下的雙腿開始發出顫抖……他知道……他其實知道我從頭到尾都躲著在觀看他們打鬥？

「出來！難不成要我過去抓你？」他放大音量地吼著。

我嚇得根本不敢遲疑，加快腳步從大樹後頭走出，走到他的身邊。

「我，我不是故意躲在，躲在後面的！」

我靠近他時，一直想試圖解釋自己的處境，但是坐在地上的壯漢大手一揮，要我閉上嘴巴。

近距離地看這個人，才知道他身上的傷簡直是佈滿了全身。光著的身子處處都是鮮紅大開的傷處與瘀青、從鼻樑斷裂處不斷流出鮮血、前排牙齒有幾顆帶血地散在地上、兩個眼窩被攻擊到睜不開、五官沒有一處完整、胸膛上更是充滿了各式猛力撞擊的痕跡。他微仰著頭看我，雙眼像是看見強光般地吃力擠開。

他費力凝視我的眼神，這時似乎才從野獸變回人形般地恢復平靜。

我發現這個人把自己抽離戰鬥狀態，與剛剛我躲在後頭看的模樣相當不同。他的眼神溫和，扭曲的臉頰與細微的動作，則帶著一種說不上來的魯鈍與輕率，但是整個人又有些沉鬱的氣質。此時，陽光灑在他深咖啡色的頭髮上，閃耀著一種奇特的光芒。

「我想我快要不行了……你不要說話，先聽我說。我要說出隱藏好多年的秘密，沒有人知道，而我……我真的不想帶著這個秘密死去。」

我順從的點點頭。儘管整個情況詭異的不像話，但是我眼前只能選擇在他的旁邊坐了下來。他困難地把雙腿伸直，用沙啞的聲音，斷續且費力地說起這個秘密。

安娜之死

⑴西元一九八〇年・夏季

我是雷蒙，大家都喊我雷。我記得我母親喜歡叫我小雷。每次她在眾人面前喊我，我都會臉紅，因為這綽號實在與我從小就高大的身形頗不相稱的。

現在要說的這個秘密，發生在我十五歲那年。我記得在我老家，就是在E市南邊的偏遠地區，那整排社區平房旁的一塊空地上，有一棟廢棄的、大人總警戒小孩不能靠近的屋子。

大家都稱呼那是鬼屋，一棟住藏著各種想像鬼魅的神秘之地。

那其實是一棟建築到一半，建商與買方談不攏價碼而廢置在那的半成品。這棟被遺棄的屋子，與我們作孩童時，所認知的「真正的屋子」或「家」相去甚遠。時間久了，房子的各個角落，總會有幾個流浪漢把那當成避難居所，所以大人才會故意把那裏蒙上詭異的色彩，要我們心生恐懼地不去靠近。

事情就是發生在那棟鬼屋中。

某天我們一群小孩蹺了課，跑進了那棟屋子中，說要去探險、去考驗膽量。記憶裏，一進到建築物的裏面，終年未照射到陽光的內部，真的寒涼的讓人從骨子裏害怕了起來。但是沒有人願意認輸，大家都逞強地挺起胸膛，毫不畏縮地踏進屋內。

當時，我們一群人沿著裏頭的樓梯，爬到屋子的四樓。在這空曠屋子的中央，有一個用窄木板搭建起來的木橋，中間則是一個大洞，直徑約有一公尺。我想是工程建設到這邊便停擺所留下的。

「來！我們輪流過去，走最慢的就是輸家！」

其中一個帶頭的高個子迪克，是我們的孩子王，當他喊出這句話時，我們一群將近七、八個小孩，便煞有其事地乖乖排隊，一個接一個地走過去。那條窄木板細長單薄，看起來很不牢固。但我想我害怕的不僅是眼前不牢靠的板子，而其實是我從未透露過的——我有極嚴重的懼高症。

我記得大家都順利走過去後，只剩下我一個人在對面那頭。他們開始胡亂地對我叫囂起來。

「雷，大塊頭雷！你不會怕了吧！哈哈哈，原來大塊頭怕高！」

「趕快過來啊！雙腳不要像娘們一樣抖個不停啊！」

我硬著頭皮，但是踩在木板上的腳就是不自覺地發抖。

安娜之死

⑴西元一九八〇年・夏季

在我的記憶裏，從空曠的窟洞望下去四層樓高的距離，與地面離得相當遙遠，像是踩踏在三百公尺高的半空中，周圍空蕩蕩的什麼都沒有。一邊低頭想要控制雙腳的顫抖，就會直接往下看見那恐怖的高度。

一開始，我憋著氣一股腦地走到木板中央，但是等到必須繼續時，從內心湧出本能的懼高症，開始源源不絕地從體內散出。我站在木板中央，全身打起了嚴重的顫慄。

我想嘔吐，暈眩的腦袋與眼前的視覺，開始轉起許多奇異的色彩。我感覺自己內在的五臟六腑全移了位，心臟在喉頭間怦怦跳著，手裏捧著絞痛的胃，腳底下的力氣也軟綿地像是隨時會癱掉。

在對面的他們也看出了我的恐懼，便開始慌亂了起來。他們改口喊著：「加油，你可以的，不要害怕啊！」的打氣話，但是沒有用，因為我正處在我從未明白，自己的懼高症其實是如此嚴重，嚴重到我根本無力控制。

就在我緩慢地，一點一點地往他們的方向移動，突然間，那個被孩子們簇擁、站在洞窟對面的迪克，不知怎麼地，心裏就產生了壞心眼，在我終於要到達對面時，惡作劇般地大力往地上踏了一下，我用盡全力才聚集的勇氣與求生意志，瞬間全部潰散，重心不穩地就往底下的地板摔去。

跌落的我不知昏迷多久。據我母親說，是裏頭的流浪漢替我叫了救護車，而

極嚴重的傷勢讓我無法久待家鄉落後的醫院中。當天夜晚，徹夜轉往城市裏設備完善的大醫院就診。

這期間，我大概在醫院裏躺了一個多月。肋骨斷裂、雙腳的膝蓋與骨頭嚴重受損、一邊腎臟受傷、還有說不完的毛病。

在復元的時間裏，我的父母相當憤怒，不希望我與這裏所有的朋友繼續往來，便在我還在休養的期間，決定在一個夜晚，悄悄地舉家搬離。

而在我三十五歲那年，因為投資的生意失敗，從朋友那裏間接得到消息，在S鎮上，有人願意無條件收購我慘敗的生意與欠拖的債務，但唯一的條件是，成為他的左右手。

在這些年裏，我一次都沒有回來這：從前的家鄉E市與緊鄰的S鎮。這些地區成為我最大的夢魘。

沒有人知道，我在多年前摔下去的時刻，腦中的感知力在那幾秒裏，莫名的放大好幾倍。或許是身體集中所有的恐懼而產生的奇怪機制，那揮舞在空中的雙手，心裏頭對往下跌落的極大懼怕，跌落到地面瞬間，像是所有骨頭與肌膚都粉碎的奇痛感，簡直是烙印在我心底最內層，忘也忘不了。

我從未想過要如何遺忘，就這麼懷抱著從前的秘密恐懼活到現在。

安娜之死

⑴西元一九八〇年・夏季

在一個冬季下雪的夜晚，我第一次見到要收購我衰敗生意的人，也就是知名的商人大佬肥奇。我穿著厚重大衣，嘴裏呼著白霧，縮著身子與陌生的介紹人，一起進到S鎮的一家酒館中。

肥奇一群人早已坐在裏頭的貴賓室裏，後頭一字排開，約有五個穿著整齊黑色西裝的保鑣，但每個看上去都比我矮小了一截。

肥奇看見我非常熱情，要我與他面對面坐著，不停地與我乾了桌上昂貴的香檳，但是之後閒扯的話題，都與我失敗的生意無關：最近熱烈的棒球賽事，還有鎮上發生的新聞。只要我一提及生意內容，他便很狡猾地把話題岔開，說是有個相關人士還未到場，不用急著談這件事。

沒有多久我有些尿意，於是走出貴賓室，進到酒館吧台右邊的狹小廁所內。而就在這裏，我永遠忘不了這奇幻的不像真實的一刻。我記得我站在尿斗前尿完後，轉頭對著牆上的鏡子照了一下。在昏暗的燈光與髒污的鏡子前，撥了撥我的頭髮，還有粗魯地摩擦過我喝酒後略紅、長滿鬍渣的臉頰。

回頭準備出廁所時，我的雙腳已經站在廁所門口，居然還有站在鏡子前照鏡子的錯覺；因為在此刻，眼前出現一個與我一模一樣的壯漢。

我倒吸了一口氣，感覺非常震驚。

或許眼睛與鼻子的大小高度沒那麼相似，但相同的身高、頭髮顏色、臉上鬍

渣的位置、慣性穿棉布襯衫的打扮，簡直是翻版的另一個我的模子。

對面的他倒是看起來一點都不驚訝，非常輕鬆地喊了聲「嗨！小雷，好久不見！」就走到後面尿斗逕自上他的廁所。

我疑惑的先是在門口站了一會，不懂這瞬間發生了什麼事，但是回過神走回貴賓室裏，已經有些喝醉的肥奇看見我，又一側身看見我後頭的人，開心地站起身，告訴我與身後這另一個我，將來我們便是他最得力的保鑣，他甚至已為我們想好稱號：雷蒙兄弟。

後頭站著直挺挺的，就是那個與我相似的人。我轉過頭去，眼前這人微笑地跟我握手自我介紹：「好久不見，我現在也叫雷蒙喔！」時，許多混亂的情緒從心底湧出，什麼事情也無法想起與記憶，眼前相似的臉孔，微笑的模樣在面前放大，再放大。

我的心裏塞滿了許多疑問，同時也被一種詭異的氣氛給籠罩住了。

之後，肥奇根本不讓我們有說話的機會，兀自轉頭對著大家大喊，我們兩人，兩個無人能比擬的高大壯漢，從此將取代所有保鑣的位置；而那些長年與他為敵，散亂的聯盟與幫派，再也沒有人可以動他肥奇一根寒毛。

後來我因為債務，不得不順從所有的安排，進入肥奇的事業中。在當他左右手的時間裏，我才知道，那個人是迪克，童年在鎮上帶頭的孩子王，讓我懷抱著

安娜之死

⑴西元一九八〇年・夏季

終身無法釋懷的恐懼的迪克——我這輩子最痛恨的人。

我開始被迫與這個詭異的、我的仇人迪克相處。

就在這段時間中，他告訴我十五歲那年，從鬼屋四樓跌落下去的空白時間裏，所發生的事。

當時，他們一群小孩眼睜睜地看我摔落，四肢攤平地倒在下方後，全嚇壞的一哄而散，他也拔腿從鬼屋裏奔回家中，然後把自己關在房間一個禮拜，腦袋裏塞滿一幕幕的，全都是我失足的畫面重演。

「這些年來，我一直都在打聽你的消息。當時我以為你死了，摔死在那棟廢棄的鬼屋裏。而事情發生不久，你們全家又突然全消失在鎮上，沒有人有你們確切的消息。

有許多傳聞說是你的父母，因為你的死去而悲傷到無法繼續待在家鄉；更多的傳聞則說，你因為摔落的傷勢變成終身殘廢，你的父母為了醫治你，決心搬到大城市中居住。

大家都相信這些小道消息，有幾個小孩甚至草草地在鬼屋後方的空地，替你起了一個空墳，煞有其事地寫著你的名字、你生卒的詳細年月份，與簡陋的墓誌銘。

一開始，大家時常在空墳旁聚會，對著墳墓說話還有哭泣，在墳旁放些新鮮的玫瑰與百合花束，但是時間久了，大家也就很自然地忘掉這件事，任由空墳荒廢，逐漸被野草淹沒，繼續過著自己的生活。」

「只有我，只有我永遠無法遺忘這件事！」

迪克有次喝醉，滿臉通紅地在我面前哭得淅瀝嘩啦。

「我告訴自己除非哪天見到你的屍體，或者你的人，否則我永遠不會死心。我甚至告訴自己，我把雷蒙害死了，是我狠狠害死了他，所以我給自己易名，讓之後認識我的人都叫我雷蒙，你的名字。

我決心讓自己的下半輩子，替你斷掉的人生接續下去！」

我沉默地望著眼前與我一樣高壯的大漢，酒一杯接一杯的猛灌，在我面前像個孩子似地，一把鼻涕一把眼淚地叨絮這些轉變，以及他多年來，對我的糾結心情。在這個對話發生的幾個小時裏，我桌上的酒仍完整擺在桌上，我碰都不碰的，保持清醒的神智聽完他所有的話。

他說話的聲音高昂尖細，速度一旦加快或情緒激動，便像是舞台劇底下匯聚的各種喧囂，吵雜地讓人想摀上耳朵。話裏的涵義被如此雜亂的音頻干擾，讓人聽不懂很多字句，而既然聽不懂或不願意聽，我就忽略它。

安娜之死

⑴西元一九八〇年・夏季

但是，更多時間的我，心情處在一種事不關己的異常冷漠中。

「然後有一天，」迪克用袖口擦掉臉上的淚水，繼續說。

「我記得是在三十歲那年的春季，據一個與我相當要好，知道這件事前因後果的朋友說，好像在幾天前出差到另個大城市裏，看見與我異常雷同的人。相似的身高與壯碩的外貌，就在街道上優閒走著，然後轉進一家影片出租中心裏，仔細地選著架上放置的熱門影片。

我的直覺就是你，真正的雷蒙出現了。

我心底最深的遺憾，終於出現在我的世界裏了……我想，不知是怎麼回事，事情的先後順序是如何……或許，是我想要彌補的心思太過沉重與龐大，完全塞滿了日後生活，所以，究竟是我之後花了許多時間跟蹤你，然後決心變得與你一模一樣呢？

還是之前就讓過於急迫的心意，把我們兩人的外觀，從未交錯的世界中取出，鑲嵌打造到同個模子裏呢？

我第一次見到你，是在三十歲那年的夏初，也就是朋友跟我說過的兩個月後。

我打聽出你的住家與行蹤，千里迢迢地接近你的世界，看見你的第一眼，完

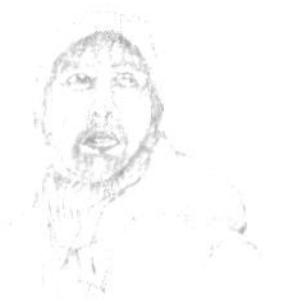

全被恐怖的相似感給深深地震撼了。

我就是雷蒙啊，雷蒙就是我啊……我遠遠地跟在你的後面，被一種奇異的快樂輕鬆感給擄獲住了！我終於成功了，我長久背負在身上的重擔，從見到相似的你之後，終於全然地給放了下來。我想要替代你活下去的堅決，彷彿在此刻，前面的時光都被驗證成一種可行的，且絕對正確的人生。

一直到前陣子，注意到你的生意失敗，正在找人收拾爛攤子時，我才挺身而出，把你介紹給大佬肥奇，希望能夠從中幫助你，並且能與你再靠近一些！」

迪克終於說完了整個經過，他抹了抹臉，我們兩人沉默了下來。

這期間他喝了許多酒，滿臉通紅的哭了又笑，笑完又哭。我坐在他的對面，整個過程皆處在一種焦躁不安，但又異常平靜的兩種極端中。這兩種情緒在內心底，清楚地被這些話給切割得相當乾脆，兩種不同根生的東西，默默地從裏面長出怪異的形貌，然後不受干擾地，沿著思緒緩慢地爬滿整個感官中。

但是更多的，是我從未有過的陌生情緒。那是一種從心裏源源不絕湧出的憎惡，異常的憎惡憤恨，其中又有許多奇怪的，或許是本能性的憐憫與同情，在心底攪和在一起。

安娜之死

⑴西元一九八〇年・夏季

——我很想問你我一直以來的疑惑。

我們沉默了過久的時間，於是我終於決定開口。自己的聲音此刻聽起來乾澀不已。

——是什麼？

迪克聽見我開口，臉上閃過可笑的殷勤。

——十五歲那年，我們一起身在鬼屋時。你為什麼，為什麼在我就要走過那木板時，突然在面前踏個重步讓我跌落？

——喔，是這個啊！

迪克臉上的殷勤消失，隨即換上一種古怪略帶有點調皮的笑。他眨眨眼，伸手取走我未動的酒，喝上一大口，抹了抹嘴巴。

——那沒有什麼，小雷，真的！你沒看見你當時害怕到扭曲的表情，那真的很可笑啊，可笑到我真的很想逗弄你，隨便什麼都好的玩你一下啊！

——就這樣？

迪克很認真地看著我點點頭。那種好久以前，我熟悉的他那種惡意的輕笑，頓時又回到他的臉上。

——就這樣。

我默默地作了個深呼吸，頭頂上一盞盞的燈光在眼前變得忽明忽滅。

那瞬間，所有混亂情緒全一股腦地湧向了那極端的憎恨裏頭，從內心底部湧出最不堪、黑漉漉、濕淋淋的極度痛恨。那些心底的不明物體，就是集中我這個人，從未看見以及從未感覺到的，能夠用盡全力所擠出來的所有憤恨。

我在心裏發誓，一定要親手，親手殺死眼前這個巨大的怪物。

壯漢在我面前一口氣說了很多話。

這期間，他用受損嚴重的肺部，很艱難地喘著氣，像是一個破了洞的手風琴，發出嗚咽的漏風聲。他的厚實胸膛中，那塞在裏頭的每個內臟，正在苟延殘喘地配合他最後一口氣。他原本紮緊的頭髮已散亂開來，在潭亞河畔起風的下午，深咖啡色的髮絲隨風飄散。那張如同破爛抹布的臉與身體，卻平靜到不可思議。

所有的腫脹與鮮紅大開的傷口，在此時卻與這片美好的風景，協調到有股奇異的魔幻之美。

我瞇著眼睛，望向這片濃綠的林子與湛藍的河水。他是這片森林河畔所孕育出來的大型野獸，我有這種錯覺，原始的氣味與重傷的身體，才讓他如此順從地與整個風景融為一體。

安娜之死

⑴西元一九八〇年・夏季

在這之中，我很仔細地傾聽他說的每個字，也可以深深感覺到，他僅剩下最後一口氣了，而他正用這最後一口氣，跟我這個陌生人，訴說他此生最大的秘密。我突然覺得很感動；或許，在這個稍縱即逝的時間裏，我是他此生最後信賴的陌生人。

「喂，你有沒有在聽？」雷蒙突然高亢地對我喊。

原本我們兩人，一起因為他的秘密告個段落，而同時安靜地在腦中咀嚼著。我們維持坐在潭亞河岸邊，望著河流方向的身體，突然因為雷蒙的這個問句，一起把身體轉向對方。

此時，陽光把我們籠罩在一起。

我發覺雷蒙瘀青腫脹的眼睛，正費力地睜開來看我。那雙眼睛躲過陽光的刺目，眨也不眨地凝視著我。他似乎從頭到尾都沒有仔細看過我，臉上出現一個極為詫異的表情。

「小子，你怎麼長成這樣？你的皮膚怎麼潰爛成這副德性？」

雷蒙挑眉且皺著臉，審視般地把我從頭到腳看了一遍。他銳利的視線如刀刻般地用力劃過我的臉、我的五官、我的皮膚……我甚至可以感覺到刺骨的痛。

我沉著臉沒有回答。剛剛持平在兩人中間的和諧感，瞬間消失殆盡。

我感受到他相當不滿意，我這個身為他此生最後掏出秘密的傾聽者，居然是如此醜陋怪異的人。而從他殘喘的身體裏，所湧出尖銳惡意的語調與眼光，彷彿都在說明一件事：我不配成為這個傾聽者。

「有沒有人告訴你？你長得很像一隻被剝了皮的猴子！

哈哈哈，你一定想像不到自己有多醜多怪，像我年輕時曾經在林子探險，親手剝皮煮來烤的猴子！」

雷蒙把眼神縮回，唐突地放聲大笑，身體則因著笑而倒在地上。

他用殘缺的肺部大力地喘著氣，一聲一聲漏掉氣體的風琴，突兀地在風中響起一種詭異的調子。身後的林子則老實地傳來響亮的回聲，頓時間，整個河域都充滿了這種類似挑釁、鄙視的聲音。

我捂上耳朵，聽覺仍停留著一聲接著一聲的笑聲……瞬間，我的血液衝上腦子，胃部產生一陣嚴重的緊縮，嘴裏的味道盡是一片苦澀。我撇過頭去把口水吐掉，那瘋癲的笑聲仍廻盪在整座河域裏；像一首破碎的歌曲，而剛剛的一切，像一段惱人、且滑稽到讓人難堪的戲劇。

我變得無法思考，眼前的景色從旁邊散出模糊的霧氣。身體的感覺變得沉重，所有的不適，開始從身體的各個地方向我襲擊而來。我晃著腦袋，企圖想把所有不適從身體中甩開。不適感從剛剛雷蒙的眼神裏，變成一種具體的重量，強

安娜之死

⑴西元一九八〇年・夏季

而有力的推進，鋸齒狀的外觀急速朝這裏逼近。這輪廓如此清晰，使我不得不把它想成是一種具有生命的形體，不得不去注視。

沒有多久的時間，腦袋裏僅剩下他剛說的秘密，最後結尾的那句話：我一定要親手殺掉，親手殺掉這個巨型的怪物……。

我搖頭晃腦地站起身，走到那仍瘋狂大笑的壯漢後頭，想都沒想地迅速蹲下，操起地上的一塊石頭，大力地往那笑聲砸去，用力砸、用力打，就像我在流浪的時間裏，在腦中想像過無數次，如何殺死那些取笑我的人。

這是上帝在考驗你，讓你比其他人活得更為艱辛。你的這一生就會比別人看見與發現得更多，也會擁有想像不到的毅力。

老母親的微笑在眼前出現。在這蒼老、皺摺，如同指引我回家的地圖紋路裏，卡著一張充滿淚水、且終年眼皮腫脹不堪的臉龐。

孩子，請你不要怪我，請你相信我比任何人都還要害怕你受傷，恐懼你在成長的路上，遭遇到我無法保護你的欺侮與屈辱，讓我連闔眼安睡的一天都無法……孩子，不管我將來能否陪伴在你的身邊，請你一定要記得，你的生命將會因這些痛楚與悲悽，而昇華得更有意義……

等我回過神，雷蒙已經被我用石子敲破了腦袋，鮮紅的血與混濁的體液，瘋狂地噴濺在我的臉上。我看見他轟然倒下的身體，剛好與在一旁死去多時的迪克，兩個龐然的身體一起倒在潭亞河岸上。

我頹喪地跌坐下來，沾血的石頭則從我發燙的手心中，滾落到河水裏。所有的意識終於隨著壯漢的死亡，緩慢地回到我腫脹的腦袋中。

我在心裏默念著自己的名字，以及我的老母親與哥哥姊姊的名字，用力回憶自己的家鄉，一遍又一遍，彷彿默念著這些，可以使我突然發狂的情緒，恐怖的剎間衝動，慢慢地舒緩，然後回到原來的位置上。

我站到河水的中央，彎下來把臉洗淨，再抬起頭，用自己充血的眼睛，望向這片始終謐靜的河域。

我的老母親呵，您有沒有想過，或許終其一生我什麼都沒有發現。因為生成這樣所經歷到的一切，其實就只是在告訴我，我從頭到尾都只是個可悲的人。

我的這一生，從出生走到死亡，其實就只是個，錯誤而已。

我在河的中央站了很久，再從河中走回雷蒙與迪克的屍體旁，靜靜地坐下來時，心裏竟感覺到前所未有的平靜。

安娜之死

⑴西元一九八〇年・夏季

很久、很久都沒有這樣的平靜了，平靜到我甚至想笑，想要大聲地歡呼，想要對著莫名的什麼大聲高歌著。

彷彿記憶中的一切屈辱，都從這死亡中開始平撫。我感覺到自己的身體，從來沒有如此輕盈舒暢，就在我親手殺死雷蒙後，我耗弱的生命才開始有了一點希望。

就在我像瘋子一樣的又笑又唱時，肥奇一群大約十多個人，從潭亞河畔的最底邊走了過來。

「喲，讓我們看看是誰那麼神通廣大，竟能替我殺死幫裏的兩個大叛徒！」

我回過神時，肥奇首當其衝地站在前頭，臉上帶著微笑，大聲地對著我說。

就這樣，我什麼都未了解，僅只在剛進入荒涼的S鎮，在這片美好如同奇景的河域中，像在廣大紛亂的時間軸線裏，凹摺到另一個面向去，插進一場極為荒謬的復仇中，一段奇異的遭遇裏，就被肥奇當成吉祥物般地帶回去，從此沒有選擇權地幫他賣命。

而同時，也在短瞬間，就這麼莫名其妙地結束了居無定所的流浪生活。

法蘭西慢條斯理地喝了一口酒，再點上今天晚上的不知道第幾根菸。

「雷蒙兄弟。我聽過他們的事，我一直以為他們是雙胞胎。」

「我第一次見到也以為是。他們兩人實在太像了！那次看見他們兩人激烈的打鬥場面，真是恐怖的復仇場景！一切都還栩栩如生的在記憶中。」

「我相信。應該很像兩隻巨型猛獸的生死搏鬥！所以，所以你就這樣進來肥奇的公司中？」法蘭西把酒杯放下，看著我。

我點點頭。「對，就是因為這場奇遇。」

法蘭西沒有說話，只是輕輕地搖搖頭，堅定但卻又無奈的晃著頭，似乎在說，這是一個錯誤，不只是我的，連他的也一同是個應該被打叉的錯誤。

肥奇這人我認識後才知道，他是一個白手起家、作雜貨進口貿易的商人。完全靠自己的雙手打下江山，在黑道與警界黑白兩邊皆有一定的靠山與勢力。生意做得非常大且廣，商品最主要的市場是外銷到中國、印度、越南與泰國那一帶。

這看似繁瑣龐大的公司運轉，說穿了其實就是販賣許多無用的廉價商品、禮品給亞洲人，仗著亞洲人先天對白人許多空泛的想像力，來換取大量、漂亮的銷售量。

商品非常雜亂，其中我最記得的，是一頂奇形怪狀、笨重的貌似起司形體的帽子，推銷語便是美國人看大聯盟時，都是戴此帽來團結與提高士氣；而就是這麼輕易地便提高產品的銷售量。

安娜之死

⑴西元一九八〇年・夏季

只要商品關係到美國人的日常生活，標語提及到一些美國人的習性，亞洲人幾乎都會買單。

仔細觀察那頂帽子，會發現它根本無法遮陽，除了沒有基本的功能之外，笨重且造型奇醜無比。我無法想像亞洲人在電視上跨國訂購了這頂恐怖的帽子後，戴在頭上的模樣。脖子不會痠疼嗎？戴這頂醜帽敢踏出家門嗎？

我想或許他們收到帽子後，只會在家裏客廳的電視機前，以一種受騙的心情非常煩悶地戴著，或者丟給地上的小狗撕咬。

簡單來說，肥奇是個傑出成功的商人，但是論到人品，卻是極其低下卑鄙。他是個對有用處的人會吃乾抹淨到一丁點也不剩，對沒有用處的人，會想盡辦法連一秒鐘都不再讓他出現，不浪費他一點點寶貴的時間。

所謂的保鏢雷蒙兄弟，也是因為他們自己的心結與私下復仇，而喪失了功能，到最後才會被肥奇視為叛徒。

「你從頭到尾都沒說你離家的理由。」

法蘭西主動與我乾了一杯。他的酒量很好，陪著我喝了一杯接一杯的威士忌，臉不紅氣不喘的仍保持一貫的斯文。

我的頭已經有些暈眩，嘴巴裏泛出乾澀的苦味，講話的音量也開始大聲起

來。

「我沒說嗎……我真的沒說嗎？或許我覺得根本沒有理由好說吧。」

我打了幾個酒嗝，回答了他的問題。這問題其實無解，因為事實上，就是沒有任何理由。現在從這裏望過去，街道一片漆黑，一排排站在路邊的路燈，在視覺中，已經暈散成一團昏黃的圓圈。我聽見酒館裏頭的吧台後方，那個老舊的壁鐘響起低沉的鐘鳴。

凌晨兩點整。四周陷跌進更黑漆的夜色中。

我憶起離家的那個夏天，天氣非常熱，在離家的那瞬間，其實什麼事、什麼衝突也沒發生，我就這麼轉身離開，把自己從那同樣的生活軸線中抽出；如同幾年前我回到老母親身邊，她弄了一桌子的食物給我吃，然後兩人處在衝突底下，一剎間，我放棄了可以繼續爭執的任何理由，用力把自己丟出衝突之外，頭也不回地就離開了。

離家那天，我正如往常一樣，早上六點準時起床，先在做早餐前，到屋子後方那一圈柵欄裏，去餵食養了十幾年的十二頭乳牛。

牛這種動物很溫馴，時間久了也會認人。我喜歡與牠們相處，牠們始終公正

安娜之死

⑴西元一九八〇年・夏季

平和的對待所有人，沒有任何分辨之心，也不會隱藏自己真實的情緒。牠們看見我，會笨拙地搖起尾巴，同時一起走到柵欄邊，毫無保留地歡迎我。

我打著呵欠，雙手機械地持續鏟起堆置的乾稻草，放進柵欄中的重複動作，腦中想著待會的早餐，應該先煎蛋還是烤吐司，或者兩種動作一起進行。就在地上的稻草快要光了的時候，我抬頭望見斜前方的陽光。

橘紅色的光芒炙烈得如火焰一般，把遠方的綠色田地給曬得閃閃發亮。從地平線的那頭平行升起，亮起全面性的光線。臉頰與身體開始反應炎熱，慢慢地從深處灼燙起來。

我鏟完最後一些稻草，把鏟子放在地上，然後用雙手撫摸著臉，感受體內緩慢地滲出汗水。除了這些炎熱的燒燙感，好像還有什麼東西，小小的，從流出的汗水中一起被喚起。

我根本不知道這些、那些是什麼，但是我卻清楚地感覺到體內彷彿長年，理所當然地連結日常生活的這些線，啪地一聲就在心裏頭相當乾脆地折斷了，維持這個平衡的燈泡噗地一聲黯滅的同時，我抬起自己的雙腳，頭也不回地往遠方地平線那頭走去，一直走一直走，任憑炎熱的陽光打在我光裸的皮膚上。沒有任何目標，腦中也沒有出現任何聲音。

直到我看見火車站時，我大約已經兩天沒有吃東西，好幾個小時未曾停下來

休息過。

我現在仍不知道這個突如其來的離開，究竟是為了什麼。我現在想到這個回憶，只是充滿了厭煩，對一切都無比厭煩的情緒而已。

沒有理由，也沒有任何藉口。

老實說，我只是很卑微地選擇我唯一能選擇的：不是繼續留下來，就是離開。

法蘭西與我大約喝到半夜三點，酒館打烊後我們才離開。這之中的時間裏，我好像藉著這些談話，把我短暫的人生做了迅速的回顧，所有未曾對人提起的生命段落，從喪失共鳴的沉默裏又發出聲響。

這讓我平靜，如同殺死雷蒙的那個時間點上，所感受到的不可思議的平靜。但是兩者不太相同。殺死雷蒙的平靜，是近乎猛烈地敲打我的心臟與血管，那是種情緒爆裂過後所產生的耗弱感。內在屈辱的一切，在那個時刻，被完整地掏出來，再被熨燙平整過後的空虛。

而與法蘭西說出人生的平靜，好像是真的是貼緊平靜這字眼，背後的所有意義，朦朧卻又飽含意義。

我不曉得他是怎麼做到的，原來只是不發一語地傾聽，注視每個流動過去的時間與字句，魔力居然如此龐大，能讓一個終年躁鬱不堪的人，真正的平靜下來。

我一直都不曉得沉默的他，是怎麼看我的。後來從與我的互動中，我發覺他很喜歡我，什麼話都告訴我，好像一個哥哥對弟弟，或者父親對兒子那般的喜愛。這種好是真心誠意的，如同星辰會灑滿夜半的天空一樣地自然。

有時候人們對我的好，是屬於同情那部分的情感。他們大都以為接受者無法分辨。其實他們不明白，當你天生就擁有可以讓人同情的地方，將缺陷擺在生命最明顯的位置時，那種被對待的情緒與感官，都會無限地擴大最細微的部分，就像無時無刻拿著放大鏡在每個對待前凝視，所有微妙的對待背後真正的目的，皆無所遁形。

就在我認識法蘭西的一個星期後，我被法蘭西帶領進入他的家庭，認識了他們家的成員：葛羅莉與安娜，他的妻子與獨生女，甚至還一起生活了一段時間。

而法蘭西，包含法蘭西背後整個家，就在我認識他或者他們的第一次，那個宿命性關鍵的一刻，我仍舊本能地拿著隨身攜帶的放大鏡，仔細地擱在眼前。然而，他們做得很好，好到我無話可說；不是表現，而是如我一樣本能性的反應，就是那樣無可挑剔。

我明白我再也找不到除了我的老母親，可以一樣對待我的人。

葛羅莉是我見過最溫柔的女性。我第一次見到她時，她正穿著寬鬆的家居服來到門口開門。她有著一頭鬆軟的棕髮，很整齊地束在後方。個子瘦長，纖細的臉頰中混合著神經質的脆弱、與剛毅的衝突想像。高挺的鷹勾鼻配上黯淡、略帶惶恐的淺灰色眸子。

臉部及身形是溫和的線條，這些柔美的優雅則包含在敏捷的動作裏頭。

她開門時臉上就已經掛著笑，深陷進臉部線條中的笑容，那是對待法蘭西，她的丈夫的溫柔的笑。一側身再見到我，那笑容仍維持在原位。她張開手臂給我一個擁抱，我聞到從她身上傳來一股淡淡的迷迭香氣。

她沒有驚訝見到我的怪樣呢——我在心裏為了這個極微小的初識，詫異且感動著。

而安娜，她與我的第一次見面，仍讓我相當難忘。這或許是我這一生中，唯一一個印象，會像有形的烙印刻在我的靈魂上頭。

我記得那天，安娜就接在葛羅莉的背後，從樓上的房間下來。她小小的手抬高，搓揉著惺忪的雙眼，就直直地走到我的面前，抬起頭，睜大眼睛看著我。

在那個靜止的時刻，我知道她晶透的眼睛裏，有許多的疑惑與些許的恐懼。那些念頭從我發爛的皮膚，直接衝擊著她單純的認知。

她歪著頭，彷彿在思索著這一切的不同，許多的為什麼，一定瘋狂地從她心

安娜之死
⑴西元一九八〇年・夏季

中湧出。但是她什麼都沒有說，只是很安靜地凝視著我；然後，那張如同天使般的臉使微笑了，隨著法蘭西對我的介紹，毫無保留地走向前，擁抱我蹲下來的身體。

我聞到她濃郁的髮香，以及屬於孩童的香氣，像是被太陽曬暖的春天。我突然好想哭，就這麼緊緊地擁著她，感受前所未有的，真正人性的溫暖。

在這一刻，我完全明白她壓按下所有的疑惑，摒除其中的距離，在瞬間紛亂的情緒裏，下定決心要信任與喜愛我；這樣的心情，居然一直維持在我們之後認識的每分每秒中。

我不曉得當時只有七歲的她，竟然可以成熟到比所有年長的人，面對應該要同情的對象，可以轉換其中的心境與表現到如此順暢的地步。

或許，也不是這樣的問題。

安娜會如此對我的真正原因，其實就是她的心裏，根本沒有所謂的同情這種心情。她不覺得人需要同情別人，每個人都是站在一樣的高度，一樣的接受悲喜無常的人生命運。

這個發現在我真正認識她後，也完全證實了這個想像。

這個想像是，如果在先前的任何時刻，問我相不相信有天堂，或者有上帝這回事，我想，在遇見安娜之前，我從未信仰過任何宇宙中的神秘力量。我這個天

生拖著醜陋外貌的人，每個生命的轉折點都會遇見無法預知的難堪與羞辱，我老早打從心裏的不相信人與這個世界，甚至，連我自己都無法信任我自己。

沒有辦法全面看見自己的人，更無法去相信在這之中，其實有某種運轉正在公平地給予，平衡其中的意義。而安娜，卻讓我這樣相信著。

不是空洞的任何力量，而是她讓我看見這個世界裏，仍有一絲微弱的希望存在。

一九八〇年的夏季，六月二十六日的早晨，我聽見好像是收音機裏傳來的聲音。我躺在床上翻來覆去，夏季的炎熱讓我整夜無法安睡，而頻率中斷又響起的聲音，卻擾人地在我聽覺裏擴大又消失，然後再重複一次。

直到第三次時，我不耐地把身體從床上撐起，撈起旁邊櫃子上的小台紅色收音機，上面灰暗的色調時鐘顯示——08:17。

收音機滑溜的金屬質感在我手中發燙著。

我揉揉眼睛，打了一個呵欠，把收音機丟回櫃子上，就在這個時候，聲響又大聲了起來，是樓下客廳的大門，碰、碰、碰……的清晰敲門聲，配合著床邊的窗戶外，從鄰居窗台那流洩進來的電視雜音。

我搔搔蓬亂的頭髮，又拍了拍腫脹的腦袋，確定自己不是在夢中，便起身套

安娜之死

⑴西元一九八〇年・夏季

上牛仔褲，走到門口開門。

我瞇著眼睛，盯著門口這兩個人。

眼前這個瘦高且制服筆挺的警官站在門口，略略地傾身對我打聲招呼。他高大的身體背著陽光，身後全是金黃色的光線。他先機械式地從黑色外套的胸口邊，掏出了他的警徽，然後告訴我他叫蘇利文，以及旁邊那個矮胖子叫理察後，再口氣溫和地詢問我，是否可以耽誤我一些時間。

我面無表情地點點頭。蘇利文在我點頭後，清了清喉嚨，表情嚴肅地開口說了一句話：

六月十五日的早晨，在外圍草原旁的泥土中，發現安娜的屍體。

——什麼？請你再說一次！

——六月十五日發現安娜的屍體。

——請你再說一次。

——安娜死了。

——求求你，求求你再說一次……

矮胖子理察越過蘇利文，嘴裏發出粗魯的嘖嘖聲，非常反感地走向前推了我

一把。

我發軟的身體隨著推力整個跌到地板上。這個意外的跌撞聲響非常大聲，骨頭怪異地發出嘎搭聲，但是仍沒有我正在吶喊的聲音響亮：

請你，請你……求求你再說一次………

就在我吼完，把臉埋進雙手裏痛哭的前一秒，我看見蘇利文瞇起眼睛，非常專注地盯著我。那表情裏塞滿了各式各樣的東西，如同我在先前流浪，經歷過的那段時光裏，所看見的全部綜合體。

⑵西元一九八五年・夏季

當我在街角遇見蘇利文時，他的模樣比五年前我見到的時候老上許多，以至於我在路邊偷偷看了他很久，也不敢上前打招呼。

我看見他的時候，他正站在傑利快餐店的門口，皺著眉頭，喝著手上打包好的熱咖啡。

他的頭髮大部分都已經灰白，人好像又更瘦了些，寬鬆的肩線落到手臂下方，底下的黑色褲子看起來也鬆垮垮的。由骨架子撐起來的整套制服，看起來很沒精神，跟他滿臉的疲憊倒是很搭。

我站在那裏看了他一會，他似乎下意識地感覺到我的目光，所以左右轉了轉頭，就發現站在不遠處的我。他看見我有些疑惑，但是隨即想起來我的名字，或許還順便記起過去的事，便滿臉笑容地走到我身邊。

「哈特曼，好久不見！最近好嗎？」他走過來捶了一下我的背，跟我一起站在街角的路邊。

「馬馬虎虎。你呢？還是很多案子要辦？S鎮依舊非常不平靜？」我把口袋的菸掏出來，點起了一根。

「哈，果然如你所說，S鎮沒有平靜過啊。」他大笑了起來，模樣比剛剛年輕許多。他捏著鼻子把手上的咖啡喝完，跟我說了些生活的瑣事後，便搖手與我道別，說他上班要遲到了。

我望著他坐到車中，對窗外的我揮了揮手，車子漸漸在遠方道路上消失的蹤影，想起我曾經對他說過謊。

西元一九八〇年的夏季，六月二十七日的下午，我被蘇利文與理察帶到警局作筆錄。

在前一天，我從他口中聽見安娜的死訊，整個人就陷在非常痛苦的情緒中，所以到隔天的中午，我完全沒睡、沒進食，也完全，完全說不出任何話來，只能任由身體不停地打著沒有間斷的冷顫。

隔天下午一點半，我隨著他們一起進入到了警局中，一個擺了一張桌子與幾張椅子的小房間裏。

理察安然地坐在我的對面，攤開本子，一一地對著我詢問很多問題。

安娜之死

⑵西元一九八五年・夏季

——你與安娜怎麼認識的？

——你何時離開他們家？為什麼不繼續跟那家子住在一起？

——這段時間裏，你的人在哪裏？詳細說明這幾個星期的行蹤。

——最後一次看見安娜是什麼時候？

——安娜的交友圈你熟悉嗎？

——安娜有沒有跟你提過一些不尋常的事？

我照著問題的順序，艱辛地在腦袋裏回溯，並用盡全身的力量，盡量讓說出來的話聽起來有條有理，不至於跟我的心緒一樣，混亂複雜到連我自己都搞不懂。

——我和她的父親法蘭西是深交多年的好朋友。我在一九七五年到一九七九年這四年，曾與他們住在一起。

——法蘭西在一九七九年的夏天，替我找到一個看護的工作，對象是一位年老的畫家：喬凡尼先生。

這工作提供食宿，工作內容也需要全天候看顧中風的喬凡尼先生。他的家就在距離S鎮有段距離，位於T市山上郊區那裏的獨棟別墅中，所以我搬出法蘭西

的家，投身進入這個新的工作。

——一九八〇年的五月到六月底的時間，我都在我的雇主喬凡尼先生家中。

我記得那一個多月我幾乎沒有出門。除了喬凡尼的狀況突然惡化之外，在其他的時間裏，我也無法離開他太久。他中風得很嚴重，雙腿完全喪失功能，必須以輪椅代步。

我見過他萎縮的雙腿，細瘦得讓人難過，但碩大的膝蓋骨頭仍堅硬地在中間突起，腿部卻像是沒發育的小孩的腳，出點力，貧瘠的小腿肌肉就顫抖得誇張。

喬凡尼先生因為久病，終年被困在輪椅上，但是他的性子又急，所以脾氣非常暴躁古怪，只要呼叫我，我一分鐘內沒有出現，他就會發很大的脾氣，把家中所有玻璃的瓷器碗盤，摔得亂七八糟。

所以在照料他的生活起居中，我與他講好在一個很短的時間內，開車奔到山下的超市，一口氣買好兩個星期內需要的日常用品。

他喜歡吃新鮮的水果與蔬菜，一次還無法買太多。他厭惡所有冷凍、罐頭與醃製食品，他說那不是給人吃的食物。

——我最後一次看見安娜……最後一次看見安娜是在四月，大概是兩個多月前。

在三月初時，喬凡尼先生又請了另一個專門煮飯的廚子：芭洛瑪，一個會煮道地法國菜，笑起來十分親切的胖婦人，來家中照料他的三餐。

喬凡尼先生抱怨我，他已經無法忍受我的爛手藝了。每種不同的東西經過我的手，都變成差不多的難吃味道，口感則成了稠糊狀的惡心泥巴。所以自從廚子芭洛瑪來了之後，我終於鬆了一口氣，才勉強擁有少許零碎的時間。

那個時候，我有空就會回到S鎮上的南西咖啡館，在外頭與鎮上的人抽菸聊天。就在三月底回到S鎮，是我隔了一段時間，第一次也是最後一次見到安娜。

——安娜的交友圈我不熟悉。她是個很安靜的女孩，我不記得見過她另外的朋友，她總是一個人獨來獨往。

我想，她也曾經說過，我是她最好的朋友。

在六月十日到前十幾天的五月二十五日中間，我記得那陣子因為喬凡尼先生身體狀況極差，腎功能與泌尿系統嚴重失調，讓他每五分鐘就呼喊我，說他想上廁所，所以我無法再像先前那樣時常溜出門，我必須全天候守在他的旁邊。

我記得在六月二十日的下午三點多，喬凡尼先生在睡午覺，我一個人在房間聽音樂，芭洛瑪來我房間叫我，說門口跑來個女孩要找我。我以為是安娜特地到T市來看我，但是我一到門口，看見的是個子嬌小、長相不起眼的陌生女孩。她對我自我介紹說她是凡內莎，安娜的同班同學。

我請她進來房內，我們坐在客廳的沙發上聊天，喝芭洛瑪為我們準備的咖啡，與吃她最拿手的檸檬口味波士頓派。

那個下午，凡內莎問了我好多安娜的事，但是就是沒跟我提到，安娜已經死了。所以昨天，昨天我聽見消息才會那樣的震驚。

我以為在這段時間中，安娜與同班同學凡內莎成為好友，但是回想起來，好像並不是這麼回事。

整段下午茶的過程，我很純粹的感覺到，只是凡內莎對安娜非常好奇，但在真實的世界裏無從靠近安娜，所以私下來詢問我。現在想起那些對話，都是她問我答，沒有一句是她或關於她們的敘述，也沒有一句是描述她們之間的友情。

我當時沒有疑惑，就很單純地回答這小女生的問話，傻傻地猛吞好吃的波士頓派。現在想起來，我應該要回問她一些關於安娜的事情的。

——安娜有沒有提過不尋常的事……我不清楚。在她口中，好像任何事都很平常，很寧靜，世界的軌道在她眼中，從未分歧岔開過。

理察低頭，迅速地把我的話記在本子上，蘇利文則是側著頭，專心地聽我講話。我聽見自己沙啞的聲音，來回撞在正方形房間的牆壁上，顯得有些乾燥與蒼白。

我在說話的時候，一直逼自己深呼吸：在話與話的中間，在句子中間與尾音的地方，在每個字母開頭的發音，都塞滿我無聲的喘氣，與極力克制快要崩潰的情緒。

我的情緒隨著回憶，就像奔騰的大海一樣。一下子滿漲得把整個沙灘淹沒，看不見任何海域裏的生物；一下子，卻又遠遠地退到後頭，只留下被陽光曝曬過度、灼燙的無法靠近的熱沙。

在這段時間裏，我盡可能把我知道的，所想起來的全部都說了出來，坦白且誠懇地告訴他們。我也希望能夠提供我所知道的一切，讓他們趕快查出安娜真正的死因，或者抓到那該死的兇手。

但是，在這些問題中，我不得不隱藏了一個問題，背後的真相。

我對他們，對安娜，還有對我自己說了謊。

當時我已經住在法蘭西家有一陣子。我還記得那一年安娜剛滿十五歲，進入

S鎮的達爾中學就讀。

那個時候的安娜，似乎變得更為敏感纖細，對很多事情都想得太多；有時候，甚至一整天都不說話，把自己關在房間裏。我曾經試著敲門，想知道她整天都在裏頭做什麼，但是大敞的房門，永遠只會看見桌上放著書，以及正從櫃子上那台小架的收音機，流洩出小聲的爵士樂。

我記得爵士樂聽起來總是輕快、活潑的。但是不知道為什麼，我覺得當時，在安娜身邊的這些固定音符，彷彿扭曲了原本的形體，聽起來不那麼順耳，甚至有些悲傷。

而房間裏的安娜在看書。永遠都在書桌前看書、聽音樂；或是她永遠都在這個時候，對著站在門口的我，回頭露出一個好看的笑容。

連笑容的弧度都一樣。我只能看見這些，看不見這些背後，安娜真正的思想。

我記得以前，我還住在法蘭西家中，我與安娜是無話不說的好朋友。那個時候，她所想的、說出來跟我討論的，完全不像一般的女孩子，如我那兩個姊姊莎拉與貝西卡一樣。她們兩人只關心周遭人對她們的看法，還有印象，以及如何使自己更加出色、漂亮的各種怪做法。

我記得莎拉在十四歲那年，曾經為了減肥，還有連續兩個星期只吃蘋果的紀錄。最後的結局，是我的老母親，把在教室昏倒的莎拉送進醫院。而貝西卡則喜歡塗抹一些味道很重的東西在臉上，把整張臉弄得像鬼一樣，後來因為皮膚嚴重過敏，像出水痘的臉上全都是紅爛的疱疹，她才停止這些白癡的舉動。

安娜從不在意別人對她的看法，也不關心自己有沒有符合雜誌上的女孩子的模樣。她最常與我討論的，是關於周遭人的生活。

- 鄰居賈克為什麼總是站在門口，對著他的母親大吼大叫，且從不幫忙自家雜貨店的生意？他怎麼能夠看著川流不息的人群進出，而始終站在門口抽菸？
- 為什麼南西咖啡館的門口，會聚集那樣多遊手好閒的人？他們的世界與我們不同嗎？他們感覺到的時間流動，是不是比我們緩慢？還是時間的流動感，在他們身上起不了作用？
- 在馬蘭倫大道後頭的郵局大樓，裏面工作的郵差們，在為每戶人家送信時，能否感覺到手中信件的重量？那些被賦予情緒與佈滿近況的信件，能不能真正地傳達出情感真實的模樣？
- 在門口坐上一天的貝蒂婆婆，我觀察過她都沒有起身，可能好幾個小時眼睛都閉著，她在等待什麼？還是她其實什麼都沒想，只是想坐在陽光下睡覺？
- 字句與詩詞，可以取代看不見的感情嗎？

- 戴夫商店前面的老狗喬依，為什麼總是無精打采地躺在地上？我摸過牠，我知道牠的毛會在冬天時變得更扎實，而接近夏天則毛就會開始脫落！
- 當人們對著對方說「我愛你」時，心裏真的能夠知道這句話的意義嗎？他們是如何弄清楚自己的感覺？

面對這些抽象或生活中的問題，我與安娜都可以聊上半天。我想我都十分認真地面對她每次提出來的問題，把我所想像的，能夠理解的世界的模樣，用自己的方式跟她說明。

直到有一天，她問了我一個問題，我啞口無言，什麼話都答不出來。

我記得當時我沉默很久，然後假裝若無其事地拍拍她的肩膀，要她不要想那麼多。那是我第一次沒有絞盡腦汁地，與她站在問題與疑惑的同一邊，還有，那也是我第一次，把她當成一個不懂事的小孩。

我慢慢回憶起來了。就是從那天開始，安娜便把自己關進自己的世界中，拒絕任何聲音進入。

這個問題被拋出來，隔絕我與她之間的交流與友情，是在一個接近耶誕節來臨的日子。

安娜之死

⑵西元一九八五年・夏季

安娜在那天一早，就偷偷地告訴我她的計畫，邀我一起搭公車，兩人到T市裏最大的華登百貨公司中，替法蘭西還有葛羅莉挑選耶誕禮物。

那天的早上十點半，我們兩人像是藏有秘密的兩兄妹，興高采烈地帶著從傑利快餐店打包的早餐，到馬蘭倫大道的街尾那坐上公車。在長長的坐車時間裏，一邊咀嚼著三明治，一邊看著窗外迅速轉移的街景。

位於T市市中心的華登百貨，是這整個地區所有孩子與青少年的夢想勝地。

整棟二十層樓高的百貨大樓，每層都有屬於各個不同的年齡階段，所提供的想像商品。而從華登百貨十五到二十層樓開始，則聚集所有精緻的美食與娛樂器材，提供來這裏的任何人，讓他們滿足地丟進，從進來到出去的一切時間，以及需要。從來沒有人會失望的離開。

耶誕節的前夕，百貨大樓前的大道上擠滿了人潮，吵雜喧囂的聲音在其中匯流奔騰。洶湧的大批人群，穿著各種顏色的喀什米爾羊毛衣，厚實鮮豔的羽毛外套，在每個糕點、麵包店，以及理髮院中進出。可見耶誕過節的時間，最需要的是新鮮，上面有複雜裝飾的奶油蛋糕、各種形狀的薑餅，以及清爽、俐落的髮型。

我與安娜在市中心站下了車後，把早餐的紙袋丟進旁邊的垃圾桶中，然後就全力地擠進人群，敏捷地穿過眾多人潮，坐電梯到達華登百貨的十樓，也就是禮

品部門。

電梯一到十樓，就看見聳高、華麗的白色塑膠耶誕樹，豎立在正前方。大約有兩層樓高的高大耶誕樹，上面掛滿閃亮的燈泡與一堆卡片與飾品，極盡奢華與壯觀。我們站在那裏抬頭觀賞，整層樓因著耶誕樹而充滿了過節的喜悅。

安娜好奇地伸手觸摸了紅白相間的枴杖糖果，還有那些發著亮光的小東西，眼裏滿是小女孩的天真。於是我暗自決定要買一打這種糖果，送給她當耶誕禮物，讓她吃到明年夏天都吃不完。

之後，她迅速地挑了一件深藍色的襯衫給她的父親法蘭西。看起來她早就想好禮物的內容。尺寸完全正確，顏色非常搭法蘭西那頭深棕的髮色，以及被陽光曬得有些古銅的膚色。我則是買了一份從曼徹斯特進口的菸草，裝進金屬製的正方形菸盒中，打算獻給我這位好友。

而葛羅莉，我在之前就想過，要買一頂用軟細竹藤編織的草帽給她。她的氣質很適合這種材質自然、又帶有濃厚歐洲氣息的草帽。夏天需要戴帽子，或許冬天偶爾出太陽時，戴上也不會唐突。

當時我為了找帽子，便與安娜說好，要她先在禮品部的文具區挑選包裝盒與緞帶，我則下樓到女裝部買帽子，之後我會回來找她。

買完後我回到十樓，從人山人海的文具部裏，看見安娜擠在中間，細瘦的身材正背對著外頭，很專心地低頭不知道在看什麼。

「妳想好要買什麼給葛羅莉了嗎？」

我擠到她的身後，有點炫耀自己的戰利品般地，把帽子從紙袋中拿出，放在手裏轉著。

她沒回答我，於是我就湊上前看她手上的東西。她正站在禮品部的相框區中，在她面前的櫃子上，全都是尺寸不同，各種材質做的相框。相框裏頭有些框的是風景照，有些則是一些線條簡潔的插畫，還有蔬果與義大利麵的近照。

她手中緊握著一個鑲有銀色、類似普普風線條的金屬框邊相框。

「妳要買這個給她嗎？這相框怎麼有點面熟？她是不是有一個相同的？」我把帽子收起來，推了推她的肩膀。她像是嚇到似地縮了縮身體。

「嗯，她有一個相同的，但我就是要買這個送她。」她點點頭，拉著我走到收銀機前。

我們挑好禮物的時間是下午一點，於是我們決定到百貨大樓裏的美食街吃午飯。我記得當時我很飢餓，在完成一件大事後，那種飢腸轆轆的本能反應全都湧了上來。我們到樓層其中一家泰國餐館，點了好多的菜，等到熱騰騰的飯菜上來後，我就低頭奮力地吃了起來。

安娜卻只吃了一點，整碗飯完整地放在她的面前，只挑了幾口菜吃。我當時沒發覺不對勁，全部精力都在對付我強烈的飢餓感中。

滿足了之後，我們便離開百貨大樓，因為時間還早，所以她提議到旁邊的傑克森廣場那散步。

廣場就位於華登百貨的斜對面，也是T市顯著的地標之一。大約有五百四十多英畝的綠色草坪，翠綠連綿地在中央圍成一個圓圈。而圓圈裏，則有許多栽種得參差不齊，四處散落的樺樹樹蔭。廣場的中間與四周，則擺了些偉人的石雕像，還有錯落在石子步道旁邊的木頭座椅。

T市的許多家庭，會在週末來草地上野餐與休閒。像我與安娜這種難得來的觀光客，也會在週末到廣場的草坪中間，感受位在都市的奇異步調。這裏無法跟S鎮的潭亞河後頭的濃郁森林相比，也沒有那片荒涼草原來得美麗自然。

但是都市的草坪仍有種說不出來的節奏。好像很勉強地脫離街道喧囂的浪潮，所以顯得更加的悠然自在。眼睛仍能望見縮小的車潮，繁複的街景聲響也始終微微地在遠處響著，但是卻身處在一片刻意營造的綠地。

今天的天氣很好，冬天的陽光溫暖地照亮整座廣場。放眼望去的草地，翠綠地讓人感到非常舒服，但是傑克森廣場卻非常少人，人群大概都集中到準備過節的地方了吧。

安娜之死

⑵西元一九八五年・夏季

我與安娜走到草坪附近的一棵樺樹底下，她靠著樹幹盤腿坐著，我則躺在離她不遠的綠地中，朦朧的睡意，在這時候朝我緩慢湧上。

「哈特曼，我想問你……」安娜小聲地在我旁邊說著。

「嗯？」我很習慣安娜這樣的開頭。我閉著眼，稍微出力地抵擋強烈的睡意，等待安娜的問題。

「我問你喔，如果我知道有人需要我幫助，但是這個幫助在當時的我來說，不是出於自願的，你覺得我應該怎麼辦？」

她的聲音聽起來有些膽怯。細細尖尖的，有點神經質的感覺。

「這個問題好奇怪。妳能不能說得詳細點？」我抹了把臉，努力把倦意從身體中趕跑，決定好好聽她的問題。於是我從草坪中坐起身、挨近她，學她一樣把背靠在樹幹上。眼前的草地上有幾隻鴿子，模樣輕盈地在草地上走跳著。

「我也覺得。好吧，那我換個問題。你知道凱蒂阿姨嗎？我媽年輕時代的好朋友？」

「知道，我聽法蘭西提過一些。」我點點頭。「法蘭西很少跟我說到這些。我聽見這件往事……是在某一天，哪一天我忘了，半年多前吧。

某個晚上我睡不著，半夜起床到廚房中，就看見他一個人坐在餐廳桌前喝啤

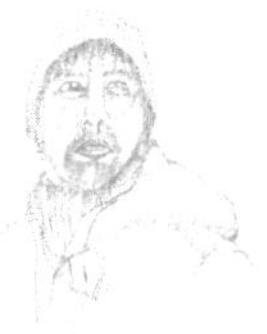

酒，於是過去與他聊了起來。當時他已經有些醉了，跟我閒聊時提到葛羅莉的這件事。」

我把手放在後腦杓的地方，用力拍了拍。即使我在安娜面前裝得毫不在意，但是我的身體卻已經誠實地在背後，這麼個寒冷的冬季，悄悄地滲出了冷汗。

「凱蒂阿姨與我媽，是不是當過瘋狂的搖滾樂迷？」

「好像吧。我記得法蘭西說，當時凱蒂是個徹底瘋狂的樂迷，還與樂團的貝斯手交往了一陣子。」

「嗯。還有什麼嗎？」

「沒了，我只聽說凱蒂被貝斯手弄得很慘，後來還因為墮胎多次而無法生育，但是還好，好幾年前她就安分地嫁人了。」

安娜對我點點頭，沒有繼續說話。

「怎麼了？」我刻意把視線安然地放在草坪的鴿子身上，腦中卻迅速閃過許多畫面與字句：

法蘭西在那個夜晚，眼睛泛出明顯的血絲，口吻激動地對我說出這整件事情的急促呼吸。

閉上眼睛，彷彿就可以看見懸在餐廳桌子的上方，那盞昏黃色的燈，底下晃動的躁鬱的黑影。餐廳的窗子外頭，是一片敲不開的黑夜，而屋子內則靜悄悄的，只有法蘭西混濁的氣息。廚房裏始終沉澱著某些食物的香氣，以及潮濕但溫暖的溫度。

我的耳邊響起法蘭西哽咽的說話聲，以及把啤酒罐捏得喀喀大響的雜音。

那一個晚上，法蘭西第一次在我面前落淚。

他哭得好傷心，像個大男孩般地毫無扭捏，任由眼淚滴答滴答地落在餐桌上。那張我熟悉，坦蕩帶著正直的臉龐，因為哭泣而扭曲得好嚴重。他在不斷流下淚的同時，也把那些壓抑了大半輩子的話，全部都由心底深處掏出，放在我與他之間的餐桌上。

這個往事早已腐爛了，腐爛得連形狀都模糊了。我盯著這個終身被遺棄的往事看，不曉得為什麼，眼睛也開始泛出無法克制的大量淚水。

「你是我最好的武士。」我與葛羅莉結婚之後，她是這樣告訴我的。我的武士，我人生的捍衛者、修護者，導引前方的明亮燈塔，或者更多、更多的意義。

這些、那些，我只能懇求你幫助我，幫我擺脫我曾經犯的錯誤，我年輕時代的無知衝動。我無法對它們負責，連再看它們一眼的勇氣都沒有。因為在這之中，我受的傷害與承受的苦痛，連我自己都無法想像。

你能嗎？法蘭西？你能不能在我第一次，也是最後一次願意說這個往事之後，代替我，代替我背起這個沉重的十字架，讓我終於可以喘氣，不再繼續任由自己破碎下去。

「好不好？」

葛羅莉在那個新婚的夜晚，哭泣得潰不成聲。

我緊緊地抱著她，撫摸著那頭柔順的頭髮，發燙的身體，我感覺我的整顆心臟，在瞬間痛得讓我幾乎就要在地上跪下。

「而我讓你知道這件事情之後，我就會把它拋下、丟棄與遺忘，當做這不是我的人生，不是在我身上發生過的。

我會盡我全部的力量，全部的意志力，去實踐這件事。」

因為，因為只有這樣，我才能繼續活下去。法蘭西所深愛的葛羅莉，才能繼續存在這個世界上。

請你千萬，千萬不要告訴安娜。我沒忘記。我什麼都清清楚楚。

「哈特曼……我的父母——法蘭西與葛羅莉，他們，他們是不是好人？」安娜細細的嗓音從旁邊傳了過來。

「好人？安娜妳怎麼會問這樣的問題呢？」我盡力地把思緒拉回來，將視線移到她的身上。「他們當然是好人，還是我見過最棒、最好的人！」

我看見她把盤腿的雙腳慢慢收到胸前，用雙臂環抱著。小小的臉蛋放在手臂上。

「不，我不是這個意思。我的好人是指，真正的好人，會真的為他人著想的好人？」

我沒有回答，我們維持著注視對方眼睛的這個姿勢。安娜的眼珠蒙上一層淡色的霧氣，眼珠的顏色變得好透明，似乎就此凝結在一盆清澈的水中。

「是不是……」安娜把這三個字的尾音，拉得好長。話中的口氣不再像是要跟我討個回應，而是，她自己已經確定這個問題的答案了。

我們把眼神從對方身上移開，堅硬的沉默在中間穿梭著。

我慢慢地從樺樹下站起身，用力呼吸著城市的氣味，還有吸進冬季的乾冷。

陽光仍舊固執地灑在前方每吋草地中，葉片的邊緣泛起刺眼的光芒。整排的樹蔭越來越鮮綠，在綠蔭的層疊之中，仍能看見清晰的，往著同個方向前進的遠方車潮。

冬季褐色的霧氣，低沉地隱沒在高聳的大樓下方。沿著大道上的商店，充滿了節慶的氣氛。

時間仍然冷漠地在流動著。它沒有為我們，或者任何人停下來，為了這個謊言的時刻，稍稍地停下它的腳步。我感覺我望向遠方的眼眶中，開始湧出少許不明的淚水。

後來，我們離開廣場，從後頭的出口走回T市的公車站中，然後再從T市搭車回到S鎮。在這之中，安娜與我都沒有說話。

她的頭始終低垂著，專心地看自己走路的雙腳。我們仍像之前一樣會親密地搭著彼此的肩膀，還有在人多的時候，我會牽起她的手。掌心的觸感與濕氣還在，但是我明白，不管我做得再多，我再多麼盡力，她已經不再信任我了。

安娜在這個時刻，已經決心悄悄離開我的生命中。

『警官－蘇利文』（三）

西元一九九一年·夏季

當我發覺我已經有三個多星期沒看見理察時，我主動撥了電話到他家中。我不曉得我究竟是想念兩個無所事事的大男人聚會，還是就只因為無聊，時間多到從生活裏溢了出來，讓我呆望著這片流淌的時間之流，不知所措。

我拿起話筒，迅速地按下熟悉的號碼時，我知道答案是兩者皆非。我既不無聊（相反的，還忙到我有些驚訝呢），也不是多想念那些我們兩個男人，整個下午，乾乾地坐在沙發上瞪著電視的棒球比賽，不知不覺喝完一箱啤酒。我只是想念理察，很想念這個老友而已。話筒中傳來十二次的響聲，沒人接。我把電話掛上，再重新撥了一次。

我回想理察沒來找我的三個星期中，我與羅亞安見了兩次面。一次是她興沖沖地做了自己研發的蛋糕，大老遠地來到我的家，請我試吃。那口味我現在都還記得，有點恐怖：肉桂香蕉蛋糕。老實說口感很黏膩，吞下去的第一口，感覺自己像在咀嚼固體的香蕉水。

我乾笑了兩聲，對亞安說還不賴，這新口味應該會有頗多人喜歡的。亞安看起來興致盎然，愉快地吃了好幾塊蛋糕。她告訴我，因為她的男友傑森，最近瘋狂迷上甜點，她希望自己至少能在這種小地方上討好傑森。

於是，我們兩人一邊喝著我沖泡的黑咖啡，一邊吃著這口感恐怖的蛋糕。（我只在一開始吃了一塊，後來推說自己的膽固醇指數過高，不能吃太多的甜食，藉口不用再去碰那塊香蕉水。）我們享受著優閒時光，聽她詳細地跟我說蛋糕的做法，用了哪些材料，還有最近的生活近況。

第二次我們約在咖啡館中。

她剪了個新髮型，很短，像個小男生一樣。頭髮被削得極薄，緊緊地依附在她圓潤的頭型上。看起來非常清爽，參差的層次讓我想到被陽光曝曬的木頭窗簷，閃著亮黃色，是一個相當適合夏天的髮型。

我稱讚她，她低頭笑了笑，那模樣讓我想到第一次在警局見到她，她那種青澀、卻鎮靜沉著的模樣。

她照例跟我提到生活中的很多想法，最近又嘗試了哪些恐怖口味的甜點，然後，跟我報告起她的男友傑森，目前兩人的感情穩定，還有他現在正在進行的心理研究案例。

這個案例是一位在E市擔任護士工作的母親。於一年多前離婚，法庭把她唯一的女兒判給了丈夫。這個無法常見到女兒的可憐母親，最近似乎越來越無法忍受分離，所以精神狀況開始出現問題。

而傑森現在正努力用藥物，與越來越多的心理諮詢，來消除這母親，在眼前日益變多的幻影。

「對了，這讓我想起一件事！我忘了跟你說，我跟葛羅莉通信已有段時間了。」

羅亞安用手指敲敲桌沿，換了個輕鬆的口氣。她說完後順手撥了自己的頭髮，看起來還正在適應新髮型。

「葛羅莉？安娜的母親？你居然還有跟她聯絡啊，真是不容易！」我很驚訝，把正倒在咖啡中的糖，撒了一桌都是。

「沒那麼誇張吧！你很驚訝喔？」亞安瞪了我一眼，從旁邊拿了紙巾，幫我整理桌面。

「是啊，當初我以為妳們互相憎恨對方，或許不只憎恨……不曉得怎麼說，總之當初的情況太複雜了！妳們一起緊緊咬住那具無名屍體不放，都一口認定是自己的親人。

我當時還想，妳們兩人會不會私下約出來打一架，或者在沒人見到時，用最

古老的巫術咒語，互相詛咒對方。」

我聳聳肩，故作幽默地說。羅亞安聽見這些話便笑了，有些不好意思地低下頭，把桌上的咖啡端起來喝。

其實我很驚訝。非常、非常的驚訝。

當時的情況真的很複雜，並且讓周圍的人束手無策。整個警局面對瘋狂的這兩人，除了不知該如何是好之外，還有就是，我們知道也都看得見，她們兩人看起來如此堅定，如此悲傷，那情緒甚至是明顯到，讓我們大家都為她們，感到無比的難堪。

「這真的要從好久以前開始說起。

幾年前我與她曾經巧合的，一起參加過由傑森策劃的『失去親人之心理輔導聚會』。當時我們兩人在兩個多月，約有七次的聚會中，都刻意地避開對方，沒有正面交談過。

直到兩年前我因為家裏有事，抽空回到S鎮的家中。後來在一個轉角，意外遇見葛羅莉。我們在那次巧遇時，就互相交換了通訊方式，過了幾個月，我就接到她主動寫來的信。」亞安說。

「是這樣啊，有這麼巧的事！她看起來還好嗎？」我仍清楚記得葛羅莉細瘦

安娜之死
西元一九九一年・夏季

且優雅的模樣，以及那最後一次，想來就心痛的心碎聲。

「很不好。坦白說我覺得非常糟糕。」

當時的情況是，我遠遠地就看見馬蘭倫大道上，擠滿一群即興演出的街頭藝人。他們吹奏著各種樂器，大聲地演奏著一首首輕快的爵士樂。整個街上洋溢著他們潑墨般的五彩穿著，還有愉快輕鬆的樂曲。其實那真的很歡樂，視覺與聽覺都是。

我入迷地聽著，感覺整條街塞滿繽紛如嘉年華會的氣氛，一轉過街角，就看見頹喪地蹲在牆角的葛羅莉。

她看起來非常悲傷。整張臉都是眼淚，身體彷彿已承受不了那種衝擊性的痛苦，軟綿無力地像在瞬間拔除了生命力，也喪失了控制能力，在人來人往的街道上就完全崩潰了。

我一看見她，馬上就想起她死去的獨生女安娜。

後來，葛羅莉在信中告訴我，安娜在先前，好像開玩笑，又如許願般地，曾經跟葛羅莉要求過，在她的葬禮上一定要放爵士樂。」

「嗯。」我點點頭，不知道該說什麼。我明白這個痛會大過所有的一切，如果可以，我簡直想馬上捂上耳朵，不想再聽下去了。

我艱難地吞了吞口水，用發顫的右手拿起咖啡，維持鎮定的模樣。

「當時，我與她道別後，自己也在下一個街頭中，忍不住哭了起來。我覺得好悲傷啊，為了這些、那些，為了羅亞恩與安娜……我其實從頭到尾，根本就承受不了。」

「我懂。」我從乾乾的喉嚨裏擠出這兩個字之後，我覺得我的力氣便已經全部都用光了。

羅亞安慢慢地把前面的咖啡移開，雙手平整地放在桌上。她低著頭，看起來接下來要講的話，是很難說出口的。

她先快速地眨了眨眼睛，然後做了好幾個深呼吸。我疲憊地望著她，她用一種非常悲傷的眼神回望著我。

「蘇利文，老實說，當時在里歐的凶殺案，你告訴我或許有亞恩的下落時，我就在遲疑，遲疑著自己是否要再去面對這件事。」她說。

我看著她，她的臉上寫滿了一種奇怪的、超然的情緒；掠過熟悉的悲傷，我看見從她臉上，從眼角與嘴唇旁邊隱約湧出的，是另種陌生的皺摺，我從未見過的情緒。

安娜之死

西元一九九一年・夏季

「我不曾這樣思考過，對於亞恩，我從未放棄過真相。直到認識傑森，他便一次又一次地認真告訴我，不管那失去的悲傷多大，人一定要學會遺忘。遺忘那些糾纏我們的悲痛，甚至學會丟棄讓我們痛苦的真相。『忘掉真相，亞安，那些是不會幫助到真實生活的。』我記得傑森是這樣跟我說的。一開始，我根本無法接受這個說法，還忿恨地覺得是傑森自己沒有經歷過這苦痛，所以他不懂我們的痛苦有多深。

但真的是這樣嗎？

慣性緊抓著越來越模糊的亞恩的我，似乎一直處在一個漆黑的井底，我看不見真正清澈的天空，甚至已經沒有力氣走出深井之外。原本應該屬於我的一切，那些美好的音樂、食物、計畫、希望與期待，都在我的身體與這個已腐爛的悲傷的外頭，我根本老早就喪失觸摸它們的權利了。

這就是我想要的嗎？我每次跟他爭論就會放聲大哭，哭到自己都不認得自己了，然後，這些過程又再重複一次……我真的覺得好累，儘管我明白我失去的亞恩，會如一個終身依附在身下的影子，但是我決定就帶著它，然後盡可能地讓自己走出井外。」

亞安乾澀的聲音凝結在我的耳朵裏。我艱難地低頭看著她的影子，被夕陽拖得非常細長，像一條直通世界盡頭的長線。

我又把頭抬起來看她。羅亞安，這個美麗且年輕的靈魂，她正在往活生生的人生起飛，她渴望的救贖我也曾經渴望過，但是我所感受到的，就是事實與希望，永遠都有出入。

我不知道我能不能做到，轉身就這麼離開我內心裏陰暗的、永遠封死的那扇門。再也用不著坐在門口前，望著沒有答案的公平正義嘆氣，望著曾經有過的美好回憶揪著心。

在門的背後，是我永遠年輕美好的我的妻，與我鍾愛的女兒愛蒂。她們始終沒有改變，也始終，沒有感受到僅有一扇門之隔的門外的我，有多麼的痛苦悲傷。

或許只能這樣。我不曉得對於這件事情，還能有什麼更好的期待。

「蘇利文，我想，我也希望，這是最後一次替早已逝去的亞恩悲傷。因為活著的人更重要，真實的生活細節更確切。我的父母無法明白，我不希望我也如他們一樣，終身都活在這個陰影之中。

我決心要放掉這個記憶，這個沉重，這個折磨我好多年的妹妹。」

之後，我們默默地把桌上的咖啡喝完，離開咖啡館坐上我的車。我送她回家

安娜之死

西元一九九一年・夏季

的這段時間，耳邊只有如同沉浸在大海中的朦朧聲響，街上呼嘯的引擎聲一晃即逝，只留下淺淺的細碎雜音。

直到她打開車門，準備回家時，遲疑了半分鐘，又回過頭來緊緊抱住坐在駕駛位中的我。她癱瘓地倒在我懷裏痛哭著。

我記得我也哭了。揉著她軟細的短髮，激動但緩慢地流著眼淚。

打給理察的電話，直到第三通才順利找到他。

在第二通響了十聲後，我放棄地掛上電話，坐回沙發中，把眼前的電視頻道全轉過一遍，其中我喝了兩瓶啤酒，隨便吃了一些炸得很乾的薯條。在有些酒意之際，又撈起旁邊的話筒，這一次，理察終於接電話了。

我以為他出了什麼事，所以口氣有些緊張，但是他的聲音卻反常的高亢，喜上眉梢的躍動尾音，完全藏不住莫名的喜悅感。

我追問他究竟最近怎麼啦，是不是有發生什麼好事時，他終於對我鬆口，說他終於談戀愛了。對方叫做吉兒，前陣子透過朋友介紹認識的女人，小他三歲，是個珠寶設計師。

然後他跟我說，他正在思考是不是要麻煩我一件事時，我剛好就打給了他。他在電話裏告訴我，吉兒希望在下次見面，能與雙方家人一起吃頓飯之類的。但

是理察的父母早就離婚各奔東西，彼此的關係很疏離，他已經不知道多久沒有他們的消息了，所以他希望我能夠充當他的親屬、遠房親戚之類的。

「那我能當你的什麼人？你這個小子居然談戀愛啦！難怪把我都給忘了，釣竿都已經堆上一層厚厚的灰塵嘍！」我很替他開心，但又忍不住地虧了一下這個見色忘友的老友。

「老哥，你也不想想這可是我生平第一次談戀愛呀！所以當然要花點時間維繫情感啊！就幫我這次吧，我想過了，你可以說是我的表哥，或堂哥之類的親戚。」

「那你的女友會邀請什麼親戚出席？」我在心裏想，要是對方搬出父母，但我們這邊只有個表哥或堂哥之類的人出席，想必非常沒有誠意。

「她的父親早逝，母親跟哥哥住在很遠的紐澤西州，所以她會請鄰近的堂姊一同出席。」

「喔，難怪……」我嘀咕了一聲，馬上就答應了理察的要求。

這個聚餐定在下週週末。

這天一早，我就特地去了一趟茱蒂理髮院，於是我原本雜亂的頭髮，現在看起來有精神多了。然後我再去了趟精品店，挑一件深藍格紋的長袖襯衫，以及一件深棕色的西裝褲。把一切準備就緒後，開車去接了理察，他在上車後馬上告訴我，今晚的晚餐聚會有更動。

原本是預定T市一間有名的亞爾登餐館，吃的是道地的法國料理，但是今天居然全部客滿，應該是週末的關係，所以對方便改成在位於T市住宅區，吉兒的堂姊家用餐。

理察跟我說，他的女友跟他形容過，她堂姊煮的東西，完全不輸給亞爾登的大廚。

「那麼厲害啊！她的堂姊嫁人沒？」

我開玩笑地把車發動，準備去購買到對方家要帶的禮物。我想紅酒不錯，或者漂亮的花束與新鮮水果也行。

「她的丈夫去世數年了，現在單身。」理察聲音聽起來怪怪的，神秘兮兮的樣子，我馬上就知道他，或者可以說是他們，正在打什麼主意。

「喲，原來重點在這裏啊！小子你不錯嘛，自己談戀愛還不夠，居然打起我的主意來了！」

我趁紅燈捶了他的肩膀一拳。理察看起來很開心，講出真正的目的似乎放鬆多了。他隨手把套在脖子上的銀色領帶弄鬆，把車窗搖下來，抽起了一根菸。

「我見過她的堂姊兩次，是個很棒的女人，在銀行上班的上班族，經濟穩

定，且身材與臉蛋也保養的不錯。我想大家就見個面，開心的吃頓飯，不要想那麼多嘛。」

「唔，」我點點頭，有點像在自言自語。「也好，就吃個飯而已，不用想太多。」

理察對我的反應似乎非常高興，他拍拍我手臂，嘴裏哼著歌，又點起了一根菸。

我們到達T市第四區高級住宅區的時候，已經晚上六點多了。

所有這區的別墅看起來都是相同的模樣，用米色雅致的石雕砌成的圓弧狀外觀，從裏推向外的窗子，則漆成深棕色的，一格格有序地鑲在中間，在夜晚僅有路燈的光線下，像極了一雙雙的眼睛。

整個社區漂浮著隱約的富裕，無法忽略的奢華感，但又不失自然。

來開門的是我今天相親的對象，一個穿著整套緊身的淡紫色洋裝，露出光裸手臂以及肩膀的女人。她的肌膚在光線下充滿白嫩的彈性，臉上則帶著節制的笑容，看起來有點緊張，微笑地接過我們送上的紅酒與水果籃，請我們進到她的家中。

我看見理察馬上就越過堂姊，與身後的吉兒熱情擁抱。吉兒的身材與理察有些相似，屬於那種高大、豐腴的女生，五官精緻，整個人看起來非常有活力。

而這堂姊果然如理察說的，身材與肌膚都保持的非常好，長得頗討人喜歡，身材嬌小但玲瓏有致。臉蛋與裝扮有種六〇年代的明星味，但不過分誇飾，是那種類似賈桂琳的典雅女人。

她客氣地請我進入餐廳，跟我們說晚餐已經準備好了，是她與吉兒忙上半天的傑作。

這頓晚餐非常豐富，我根本是大開了眼界。用著白色厚重瓷器裝著的，是一道道非常精緻的海鮮料理。有清蒸的新鮮鱸魚、正統印度咖哩做的螃蟹大餐、用栗子與松露去燉煮，上面撒上香菜與糖醬的鯡魚、用椰汁燙過的大蝦、包著剁成泥醬蟹黃的餃子、青醬煮的墨魚海鮮義大利麵、以及數不清的千層派與蛋黃奶油糕點。我們四個人開了紅酒，一邊暢快地聊天，一邊大快朵頤。

回想這幾年中，我好像已經沒有吃過如此豐盛的一餐，或許這就是單身漢的可悲吧。席間，理察與吉兒互動相當有默契，兩人一搭一唱地不斷做球給我與堂姊接，我們兩人也適度地向對方說起自己的生活近況，還有過去的事情。

在這頓晚飯中，我知道她有一個正在紐約市讀藝術學系的女兒，而先生則在數年前因為癌症去世。她悲痛地看了一年多的心理醫生，也體會了人生很多滋

味，於是開啟了她獨自環遊世界的念頭。

當我們吃完豐盛的晚餐，轉移陣地到客廳喝起水果茶與用點心時，她對我們說起了遊歷眾多國家的新鮮事。

冒險刺激的過程、藏身於觀光區底下的當地生活、在波濤洶湧的海面上看見繁星、還有如同在天堂中才會出現的美景……她在回憶這些經歷時，臉上表情變化豐富，時而輕鬆大笑，時而激動地揮動雙手。

我盯著她看，突然覺得自己深深被這女人吸引，在這個晚上眼睛已經完全離不開她。她的個性熱情直接，說話的語調直接反應她的心情，完全不做作，舉手投足間皆充滿了一個成熟女人的魅力。

不管是她的話題內容，或者手舞足蹈的開懷大笑，她是那樣的有活力，對世界仍然充滿熱情與想像。她像是一道亮澄澄的曙光，把我終年丟到角落，甚至根本故意置之不理的憂鬱心情，給照得光亮潔淨。

我覺得自己需要被救贖嗎？

在聽她說話的這段時間中，我不時地想起這個問題。

但是我想，我的問題不在於是否要把過往的事，或者曾遭遇過的，給一一安置上任何的解釋與條理；而是，我明白我或許需要一個這樣的伴，來讓我重新認識與喜愛這個世界。這部分我明白自己需要一個外力介入，一個比我擁有更充沛生命力的人。

如果靠我自己重新來過，我想我只會繼續把這問題，丟到一樣晦澀的角落裏。

我在這幾年究竟喪失了什麼，我想我很清楚，只是缺少面對的勇氣。

到了晚上九點多時，理察與吉兒已經到了外面的陽台那，去享受小倆口的親密時光，這時候，我與吉兒的堂姊也聊得十分起勁，她後來要我到她的書房，去參觀她從各地帶回來的戰利品。

我跟在她的身後，聞到一股清新的茉莉花香。一進入書房，我便看見兩張大幅的油畫創作，就擺在牆壁的兩側。畫裏的線條與色彩非常鮮豔狂野，如同春天百花綻開的奔放。她跟我解釋這兩幅畫都是她的朋友畫的。一個剛起步的野獸派畫家，毫不拘泥任何形式的創作，作品風格永遠大膽創新。她說看見朋友的畫，會讓她想起在南非度過的日子。

在書房底靠牆的，是與天花板齊高的大書櫃，滿滿的都是書，還有許多畫冊。

我們一起把身子靠在書櫃上，聊起了書櫃中的幾本書，還有最近看過的電影。在談話時，她看起來有些疲憊，但笑容仍自然地掛在臉上。她要我坐到書櫃

旁邊的大書桌下，從裏頭拉出的兩張木頭椅子。

我不經意地用眼神掃過整齊的書桌，書桌上鋪著的是富有中南美洲繁複圖騰的織品桌巾，書桌上面則堆了幾本書、攤開來的雜誌、圓形透明玻璃罐的筆筒，一些琉璃做的小飾品、還有幾幅裱了框的照片。

我在與她聊天的途中，不時好奇地偷瞄那幾張照片。

照片大多數都是她與她死去的丈夫的合照，以及女兒從小到大，各種值得記憶下來的紀念照。裏頭的她的丈夫，看起來就是一臉老實與可靠的模樣，魁梧的身材從後頭摟著她的腰，感情看起來很好。還有許多她一個人的獨照，裏頭的背景不一，但是都是在陽光充足、金黃耀眼的時間下，捕捉那一剎那的美好。

而她的女兒看起來與她一樣，是個笑起來十足甜美的女生。我想如果她的丈夫還在世，這應該是個可以打滿分的完美家庭。

我的眼睛偷偷在照片群中轉呀轉的，希望可以從這些生活細節中多了解她。後來，我看見一張擺在後頭的照片。是她年輕的時候與友人，在某個演唱會中合拍的。

上面的兩個女人模樣都十分年輕，姿勢也比其他照片來得狂放不羈。當視覺集中在這張照片上，我突然發現，這兩個女人我確實都認識。

安娜之死

西元一九九一年・夏季

一個是眼前這女人年輕的時候沒錯，而另外一個，那輪廓與熟悉的五官，唐突地從我腦海裏眾多的臉孔中，浮現出一個清晰的回憶，一種特有的說話音調，特定的憂鬱氣質。還有，就是我深深地記得，她細瘦的全身，長時間承受著旁邊透明窗外的陽光，在身上晒灑與隱褪不同的折射，由明亮轉為陰暗的光線。

我非常震驚，把視線牢牢地停在那張照片中。

「你在看什麼？」她注意到我的視線，於是停下聊天的話題，一起把眼光放到這張照片中。

「這張照片是？」我伸出手臂，掠過眾多的相片框，把這張照片從裏頭提了出來。

「喔，我年輕時代最好的朋友。」她把相片接了過去，放在雙手中，表情看起來非常懷念。

「那個時候，我們一起沉迷一個搖滾樂團，成了瘋狂的追星族。當時還為我們自己取了個封號：『小葛與蒂蒂』，因為我們可以最親近樂團裏的任何一個明星，所有女孩都忌妒死我們了！」

「小葛？她的全名是？」

「葛羅莉。葛羅莉與凱蒂。當時真的是十足，且位在最前線的瘋狂搖滾樂迷啊！」她搖搖頭，滿臉寫著感嘆與複雜情緒。

「我記得我們還擁有五次跟隨樂團，遠到歐洲各地巡迴演唱的瘋狂紀錄。現在想到那個時光，便覺得自己已經好老嘍！」

凱蒂完全沉迷在回憶中，沒有發覺我的震驚。

沒錯，這照片的另一個人便是葛羅莉，先前還與羅亞安，在咖啡館中提到的葛羅莉。沒有想到她是凱蒂的老友，我的震驚便是來自於這種詭異的巧合，或者可以說是，極度弔詭的緣分。

如果聽凱蒂這麼說，那我覺得葛羅莉真的改變非常巨大。

究竟誰會把纖弱的她，跟瘋狂搖滾迷聯想在一起？她是那樣的細膩敏感，氣質優雅，眼神與態度雖然鎮定，但是卻讓人充滿了神經質的想像。

搖滾樂迷應該是更狂放與浪蕩的吧，至少我對此情形的理解是這樣。

「後來葛羅莉變了好多。」專注凝視照片的凱蒂，表情變得有些哀悽。她似乎可以聽見我的想法似地，接著說起她們年輕時候的事。

「小葛的個性非常激烈，她當時幾乎不顧一切地就是要挺進樂團的中心，成為樂團的一部分，也就是說，她不甘心只做一個樂迷，她要跟他們，也就是我們大家的偶像在一起。

每次我看著自己的女兒，我就會想起小葛。這個可憐的、為愛瘋狂，不顧一切的女孩。

記得當時，我們一起陪著樂團巡迴演出的時間裏，我已經發覺了不對勁。很多事情其實都瞞不過我的眼睛。

我們兩個女生在這過程中，都住在一起，一起行動，那瞬間燃燒的熱情怎麼可能掩飾？激情過後的痕跡，還殘留在房間的每一處……我只是，我只是願意尊重她的人生，也不去詢問，只是等著，等待她主動跟我說。

而等到葛羅莉終於願意告訴我，她與我們的偶像私底下在搞什麼時，她已經為了貝斯手，那個該死的貝斯手詹姆斯，拿掉了四次小孩，也因此終身無法再懷孕。」

「等等，妳說什麼？」我訝異地從位子中站起來。

「事情就是這樣。」凱蒂鎮定地對著一臉駭然的我說。

我聽見掛在兩幅油畫上方的壁鐘，響了幾聲。鐘聲低沉清脆，緩慢地在房間

中流蕩著，我的耳朵開始產生奇怪的耳鳴。我晃了晃頭，不想去注意身體上的不適，但是沒用，我發覺不只耳朵，我的嘴巴開始發乾，非常的乾燥，舌頭上的水分突然像脫水般地乾涸，心跳著不規律的激烈震動。

我無力地扶著桌沿，像是苟延殘喘的老人一樣用力呼吸著。

在這關鍵的一刻，我突然有種希望自己不在這裏，不要聽見這些事的奇怪想法。

「說到這個往事，我就覺得非常悲傷。

老實說，我甚至還有些痛恨處在那時候的自己。我是那樣的無能為力，對我這個摯愛的老友，對這樣毀滅的命運走向，是如此的懦弱無能。

當時，我陪著她，去拿掉第四個小孩。我一個人坐在醫院長廊上的椅子中等待，心裏湧出非常多的念頭與想法。

其中很多的想像都是沒有意義的，因為當事者不是我，我既無法要求詹姆斯做些什麼，甚至，我也無法要求葛羅莉做些什麼。我現在能做的，只有陪她，只能可悲地陪著她。

我坐在椅子上耐心地等候著。

在那幾小時的時間中，我的頭腦單純的只剩下各種不合理、滑稽、笨拙的，殺死詹姆斯的方式：拿起他慣用的貝斯，用力朝他的頭砸下去、用他那件佈滿瘋狂歌迷紅色的吻的夏威夷襯衫，撕捆成一條緊實的繩子把他勒死。

或是直接拿一把七吋的刀子，朝他的胸膛刺進去，讓鮮血染紅他的全身……我甚至好像可以看見他躺在地上，因為各種致死的方式，而無力苟且地喘著氣。

在我的想像中，他會慚愧地流著眼淚對我說，他對不起葛羅莉，他真的沒有想到自己會傷害她……但是，這不是真的，因為事實上，不管他說了什麼，想了什麼，他就是非常徹底地傷害了葛羅莉。

我坐在病房外的椅子上，就讓腦袋充滿了各種暴力、超乎我理解的想像。

不知過了多久，我看見醫生把門打開，便奔了進去，握緊躺在病床上的小葛的手。我記得她的手好冷，冰冷得讓我打顫，沒有一點溫度。她的臉卻很平靜，平靜的好像什麼事都知道了一樣。

醫生走進來，默默地低著頭，很殘忍地向虛弱的她宣布，她已經終身無法成為母親。」

「這是妳們幾歲發生的事？」

我默默地喘了好幾口氣，把照片從她的手裏接了過來，眼睛盯牢相片中的人。

「二十歲吧，或許二十一，差不多是這個年紀。」

我的頭腦感覺閃過一陣巨大的、響徹雲霄的雷鳴。

後來，就在我慌忙告辭前，先鎮定地告訴凱蒂，之後我絕對會再跟她聯絡，請她等我的電話，然後撇下仍如膠似漆的理察與吉兒，一個人開車奔回S鎮。

我回到S鎮的家中，打開家裏所有的電燈，企圖讓明亮的氣氛，把我糾結的心思撫平，再勉強地壓住狂亂的心跳，在客廳中煩悶地來回踱著步。

我的腦子在這過程中，不斷出現羅亞安的模樣，以及依舊在深黑的午夜，迴盪在我耳畔邊，黯淡清晰的，葛羅莉的心碎聲。

事情沒有結束，安娜之死根本就還沒有謎底。

在多年前發生，一直到現在，這整件事根本沒有人忘記，也根本沒有人知道安娜究竟是怎麼死的；而我的手中還緊緊握著，羅亞安與許多人活生生的痛楚，以及各式各樣的謎題。

十一年前，安娜的屍體出現在草原上，進而從失蹤人口的報案中，葛羅莉與羅亞安同時前來，都堅持這具屍體是她們的親人，兩人於是相識，在多年後，因為這個錯認，而延續她們特殊的緣分。

只不過，這件事真的是冥冥之中注定的嗎？我停下腳步，苦惱地抓了抓頭。

安娜之死
西元一九九一年・夏季

事情真的有那麼巧合嗎？

當我聽見凱蒂說的，葛羅莉已經喪失生育功能的同時，我的心裏就浮現十一年前，她們兩人在我面前，展現異於常人的堅持。

她們兩人長時間看著同一具屍體，感受到相同沉重的悲傷，我永遠都忘不了當時的情景。

現在，我幾乎已經確定，當時兩人如同瘋狂的瘋子一樣。一個天天來警局報到，天天與我一起關在悶閉的停屍間中；另一個則是每天寫信給我，詳細描述關於羅亞恩的回憶。不是因為她們真的瘋了，不是為了想要讓心裏無法確定的悲傷，隨手抓個屍體來確認。

理察與所有警員口中，所稱呼的這兩個瘋子，他們都應該跟這兩個女人鞠躬道歉，因為，因為安娜就是羅亞恩。

安娜就是在六歲時被抱走的羅亞恩。

我聽見自己仍踏著腳上未脫的皮鞋，在粗糙的客廳地板上，磨刮出許多刺耳的聲響。客廳天花板上的燈，照著如白晝一樣的亮光，把我照得頭暈腦脹。

我反覆在正方形的空間中，一遍又一遍地來回走著，踱著步，任由難聽的摩

擦聲在耳邊響著，把雙手隨著腳步甩著，或是交叉抱在胸前。

然後，我走到浴室裏，望著在洗手台上方的鏡子。

我想起我最頻繁照鏡子的時間，除去妻子與愛蒂還活著的時候，便是在這段時間，與羅亞安約會見面的前夕。

我希望自己可以看起來至少體面些，不與年輕的她相差太多，我的老態在露天的咖啡館，與燦爛的陽光下，不是那樣的明顯。我仍舊是個精明幹練的警官，我仍是那個年輕時期許自己的，還有許多力氣，替這個世界聲張所謂的正義。

但是現在鏡子中的我，看起來非常的蒼白。我的臉上浮出了某種倦態，某種無法忽視的蒼老感，就深深地刻畫在我厚重的眼皮與臉頰上。我摸著自己的臉，感覺身體裏原本擁有的力氣，與各種對這個世界的期望，早在之前就已經緩緩流逝光了。

我想起最後一次見面，羅亞安曾經告訴我的，她的男友傑森，希望她能夠真正地放下這個傷痛，好好地重新面對真實的人生。

她說：「**忘掉真相，那些是不會幫助到真實生活的。**」我在鏡子前閉上眼睛，又用力把眼睛張開。

安娜之死
西元一九九一年・夏季

只是現在還有一個問題，我應該先做什麼？
不管是什麼，我只求一件事：現在要做什麼事，才不會傷害到任何人？

『跟蹤者－凡內莎』

⑴西元一九八〇年・夏季

「我是小賤貨琳達。想要跟我性交請撥這支電話：四八六三……」

我站在這張A4的海報前面，感覺血液從頭頂刷地讓全身瞬間沸騰起來。雖然海報面積不大，整體色澤灰撲地像佈告欄裏的廉價廣告，但是小賤貨這個詞，卻在我的眼中突然放得好大、好大……足以遮蓋眼前全部的風景、走過的人群、以及所有在腦中儲存的記憶。

此時的我滿臉通紅，像隻被煮紅的蝦子。

海報上除了這行不堪入目的字之外，下面還有張模糊的照片。照片中的琳達，表情真的如話裏所形容的「賤貨」一般，咧嘴露出上牙齦大笑，底下裸露著削瘦蒼白的肩膀。我不知道自己站在海報前多久，身體熱騰騰地燃燒了多久，聽覺裏的聲音都開始縮小，只剩下不明確的聲響從遠方那消失尾音。

琳達是大我兩歲，現年十八歲的姊姊。

我真的很討厭她，我想她大概是世界上，最妄想成為明星或模特兒的自大鬼吧。成天把右手握拳放在下巴旁，對著電視機學明星唱歌，用做作的腔調說話；要不然，就在電視購物台訂購奇裝異服，在E市大家都還穿牛仔褲與T恤的年代，她卻已經穿著緊身的粉色半罩小可愛，底下的迷你裙更是短得讓我不敢正眼看她。

她有一群相同花枝招展的同伴，與她的裝扮一個樣，一樣裸露地讓人害羞，一樣會在路過附近改裝機車的店面，讓裏頭那群染髮的不良分子，瘋了般地狂吹口哨，還有叫喊些不堪入耳的下流話。

我記得我曾經與同學在放學途中遇見琳達，當時她與一堆人，坐在一台破舊的敞篷車裏，引擎聲大得讓人側目，撼動得整條街都吵得不得了。就在我摀上耳朵時，車子唐突地刷一聲停在我面前。

裏面披頭散髮的她對著我大吼：「嘿，女孩，跟媽說我今天不回家了！」

「什麼？」我張大眼睛，什麼都還未搞懂，車子就已經向前急駛，留下陣陣的黑煙。

「凡內莎，那不會是妳姊吧？好恐怖喔！」

「對啊，她們是不良少女吧！」

我的同學們開始批評起琳達，還說她像粗俗的阻街女郎，或陪酒吧客人跳舞

安娜之死

⑴西元一九八〇年・夏季

的舞女。我原本想爭辯，但是一回想琳達那個樣子，除了這些形容詞之外，我也想不到任何可以反駁的話。於是我決定閉緊嘴巴，什麼都不說，把已經低下去的頭低得更下去，悶悶地踢著腳下壓扁的飲料罐。

就在這件事發生不久後，某天琳達在晚餐時間，突然提出她要搬出家裏，與其他同伴一起到繁華的T市居住與讀書。

「妳要自己搬出去住？」我的母親皺著眉，停下夾菜的動作看著她。

「不是，我要跟朋友一起住，然後去那裏讀最紅的聖保羅高中。聽說現在當紅的明星都讀過那呢！」琳達根本不看爸媽，也不看我，抬高下巴地說起明星的八卦。

「妳怎麼可以擅自決定？」母親的措辭雖然顯得驚訝，但是口氣卻平靜的很，好像她早就想得到琳達會說出這種話，只是剛好今天聽到。

「你也說說話吧。」母親無奈地轉頭看父親。

我停下吃飯的動作，與母親一起看向擁有這荒謬提議最後決定權的父親。

「我想……」

父親只說了這兩個字，便停頓下來。我的視線停在他那因長年耕種而充滿風霜的臉頰上。這個沉默的時間比我想像中的長，我不曉得父親此時在想什麼，他如同被人按了停止按鍵，粗糙的手指關節持續地在飯碗上滑動。我看著他低頭正

對著我的頭頂，已經灰白的如一株蒼老凋謝的盆栽，再過不久，上面的葉片會逐漸掉落，與大地泥土一起腐朽。

父母親兩人在二十三歲結婚後，過了十五年才生下琳達，過兩年後生我。母親曾告訴我，會那麼晚生下琳達與我，是因為務農的父親環境並不好，結婚後沒有錢養育小孩，所以兩人沒有打算生育。直到後來意外有了琳達，接下來兩年後擁有我，父親與她覺得這是上帝的安排。他們很珍惜我們，也不想違背上帝的旨意，所以決定生下我們。

就是因為這樣，我還記得母親在一九六九年的冬天，第一次踏進位於E市郊區，我剛進去就讀，那所頗富盛名的魯迪中學時，所引起的騷動。

這個位於市郊，裏面種滿高大茂密的樺樹與榆樹，每棟建築物融合圓形石頭與磚塊，上面再漆上米白色油漆打造，新潮中又帶點古典氣息的魯迪中學。一進校園，就可以見到寬敞得接近奢侈的體育場。嶄新的籃球框在陽光下閃耀，再加上活動中心裏有座高級的游泳池，整體景觀漂亮且井然有序，是E市裏最多人就讀的學校。

他們長年推動要就讀的小孩，身體與心靈健全發展的教育，吸引許多家長把小孩送來這裏唸書，成為E市裏鋒頭最健的中學。但是實際讀過這學校，就知道

安娜之死

⑴西元一九八〇年・夏季

與其他學校沒什麼兩樣，仍會在高年級面臨分發高中之際，把體育課全借來上算數或語言課。

我與琳達會進這間學校其實只因為離家很近，學費與一般中學一樣，父母沒有多想就把我們直接送進去就讀，卻沒有想到這個裏頭塞滿貧富差距之大的學校，會引來如此深刻的傷害。

魯迪中學在我進去就讀的幾個月後，舉辦中學一年級的全體母姊會。

在我的記憶裏，那是個下大雪的壞天氣。一早，我裹著厚重的大衣與毛帽，從家裏出門準備上學，小心翼翼地踏過佈滿雪白霜狀的街道。抬頭望去，四周的屋簷與街道兩旁並列的車頂，都結了層冰霜，呼出的氣體是混濁的白霧。整個世界都成了白色的，僅有些微的地方露出未被覆蓋的異色。

我心裏懷著不安，一步步謹慎地往學校走。而像是什麼壞預兆的不安感，卻從一早就糾結在我模糊的意識中。我無法想像會發生什麼事，但隱約就覺得接下來的母姊會是場災難。我一邊捧著朦朧的壞預兆，一邊加快腳步走向學校。

事情就發生在母親是全體最遲進入教室的人。

母親把灰白的頭髮，雜亂地挽到頭頂上方，套著件灰色的羽絨外套，胸口的地方沾上咖啡色的汙油，一塊塊的印漬讓外套看上去很髒，長年使用拙劣洗衣粉刷洗的痕跡，在日光燈下一清二楚。右手肘則破了一個露出裏面羽絨的大洞。下

半身則是件破損誇張的工作卡其褲，整個人黯淡窮酸的無以形容。當她佝僂的身軀站在門口，把頭半傾地伸進教室內偷覷著，我才意識到自己的母親與其他的母親很不一樣。

首先是當她一踏進正熱鬧的教室時，大家全安靜了下來，轉頭注視著她。她們犀利的眼神刺穿了所有的模糊；我滿臉漲紅，才明白從早上到現在一直懷著的不安，原來就是眼前這個人。

當時非常尷尬與恐懼的感覺，完全吻合了心底的壞預兆。兩種感覺同時降臨到這個不安中，更是讓我連氣都喘不過來。尷尬的是，從未出過風頭的我，自己的母親居然造成意外的沉默；而恐懼的就是，此刻我必須舉起手，引領母親到我的身邊。我極度害怕這讓我成為大家的焦點：我要招領這個與當下格格不入，而蒼老的如大家竊竊私語的是誰的祖母的人。

我根本沒有勇氣把手抬起。

「請問您是誰的母親？」我的導師莉蒂亞，外表一樣奢侈華麗的年輕女人，正從講台後站起來，甩著金黃色的大鬈髮，態度傲慢的走向母親。

「我是凡內莎的母親。」

一開始，母親茫然的表情並沒有她身形的猥瑣，但此刻卻對著莉蒂亞露出一個相當難看的微笑，讓全部的人終於忍不住地發出奚落的訕笑聲。我艱困地半舉著手，母親瞧見後，便跨越人群來到我的身邊坐下，對著我繼續那難看的微笑。我聞到一股燒焦玉米混合煎炸魚條的油臭味，從母親身上散了出來。我沒跟她說話，只迅速把雙臂擺在桌上，趴下來埋住我的臉。

我以為壞預兆到這裏便是底限，只要再忍一個小時，只要母親或者我不要再讓人注意到，一切就可以結束了。但是，接下來的出糗，就是母親在聚會過程中，從人群裏站起來對台上的莉蒂亞發問。從她嘴裏冒出艱澀而結巴的口音，是一團團黏糊的麵粉球，迴盪在偌大的教室中，尾音的不標準更讓人覺得難堪；一時間，全部的人掩嘴竊笑。

「我想知道學校，學校是怎樣落實，落實那個體能與人格發展的？」

母親一站起身，油臭味溢得更加誇張。兩旁的家長兀自掩著鼻，我心中的不安慢慢轉為對母親的莫名憎惡。

「就是在學科中穿插許多體育課啊！像是讓您的寶貝女兒凡內莎多打球、多游泳，我想她就會長得跟其他女生一樣高嘍！這個教學手冊上有寫啊，您不會沒時間看吧？」

莉蒂亞絲毫不客氣地回應了母親，她話中強調的寶貝女兒，更讓其他家長笑岔了氣。

「還有……」母親繼續站著，沒有坐下來的意思。

我抬頭看她，那些許的憤怒更為明顯了。我想我現在仍漲紅著臉，卻是清楚的憤恨情緒。

「您先坐下吧！」莉蒂亞瞄了那些捂鼻的家長一眼。「還有很多家長要提問呢！」

母親順從地坐下後，直到家長會結束都沒再發出聲音。

聚會結束後，我與她一起走回家，她小聲的在旁邊叨絮著老師的無禮，還有整個過程她都沒有收穫。我沒有回答，一邊低頭踢著地上淺咖啡色的雪，一邊覷眼瞧著叨絮的她。

母親在外觀上顯得格外老邁，也格外的樸素黯淡。同學中，當然也有與我們相同窮困的家庭，但是卻沒有家長像母親那樣如此不合時宜。像是其他漂亮年輕母親背後的幽黯陰影，也像一道晦澀難看的黑線，把我與其他同學的距離畫出一條清楚的分界。我從未要求自己的母親要多出眾美貌，或我們家多有錢，我只希望她不要窮酸得如此明顯，但是母親就是無法掩飾那種天生的寒酸樣。

後來沒有同學當面指出這些地方，也沒有人在我面前提起，但是我回想起她們發亮的眼神就會明白：母親讓我羞愧，也讓大家感覺尷尬。儘管我也不想這麼想。

之後，我在母親詢問下次母姊會的時間時，故意欺騙她說學校已經取消所有與家長聯繫的聚會，有問題就私下找老師。我記得在我說出這個謊言時，正坐在

安娜之死
⑴西元一九八〇年・夏季

沙發上看電視的琳達，也馬上站起來附和我，說我們就讀的魯迪中學，老早已經取消這些聚會了。

母親聽完後點點頭，沒有說什麼。

當時，我驚訝地轉頭看著琳達，她對我眨眨眼睛，回頭對著母親的臉上全是輕蔑的笑。我的心裏突然湧起一種非常奇怪的情緒，是針對琳達的，但那是什麼我也說不上來，只是等母親轉身上樓後，我迅速地走到電視機前面，一把關上她正在看的電視。

「妳在幹什麼！」我聽見琳達在我後面大罵的聲音，同時，我走向長廊最底的房間，臉上全掛滿了淚。

「我想……我想我們應該要搬去T市，那裏需要勞力的工作多，而且要打零工的機會也比較容易找得到。」沉默了非常久的父親，終於把埋在飯碗裏的頭抬起，用有痰卡在喉嚨的聲音說。

我看了琳達一眼。她瞪大眼睛，嘴巴微開，塗滿褐色的眼影，在餐廳的黃燈下閃著。我不曉得她是失落與同伴一起住的希望落空，還是對父親的回答感到疑惑。這表情讓那張濃妝的臉看起來很滑稽。

「那裏生活費應該比這裏高很多吧！你要好好想想，地主雖然收回我們租的

農地，但我們可以跟後面鎮上的羅伯先生租地啊！」母親把手中的碗放下，音量加大地反駁著。

「他的土地妳又不是不知道，土壤太頻繁的使用，已經栽種不出任何健康的稻穀了。我想，趁這機會可以重新開始，到繁華的T市找個開卡車的工作，或到早晨的市場裏打散工……這樣應該還可以維持一家生計。」

父親含痰的聲音此時聽起來竟有些哽咽。我看著他說完後繼續低頭吃飯，意識到這段話不僅是生活家境最後的底限，也是父親茫然許久後的決定。母親後來再也沒說話，而琳達則也一反平日的聒噪，安靜地吃完晚餐。

就這樣，在這個對話結束後的一個月，我們全家搬到離T市不遠的S鎮居住。事實證明，我們一家根本無能為力住到精華地段的T市，於是就與其他也相同想到T市找工作，謀得求生機會的眾多人一樣，安身在S鎮中。

老實說，我非常討厭S鎮。

當父親開著老舊的貨車，載著全家，與少得可憐的全部家當來到S鎮時，我望向窗外就看見城鎮外頭，被霧氣給染成灰色的連排大型工廠。整條磚紅色的平房，上頭直插著一個個冒煙的煙囪，正朝同個方向吐出黑色的煙霧。黑色瞬間與旁邊的霧氣融合，使得整個區域看過去，全浸在一片深灰色的黯淡裏。

當車子終於駛上中間的泥地，我看見窗外兩旁的景色變成寬廣的綠草原。這片草原很大，看不見邊際，而視覺上濃綠的接近詭異的雜草，正隨著微風亂顫著。儘管已離開工廠區塊，但是此時看見綠地，心情上卻沒有輕鬆的感覺，相反的，卻被這片綠地給攪和的更為焦慮。

車子加速往前方高聳的石牆開去，父親在駕駛座上呼喊起來：

「嘿，S鎮！我們來嘍！」

他的聲音充滿壓抑，似乎很勉強地扯著嗓子把音調提高，希望能振奮一路上悶閉的氣氛。坐在旁邊的母親則牽動嘴角，迅速回頭看了我與琳達一眼。琳達早就睡倒在旁邊打著沉悶的呼聲，而我仍把所有的精神放在窗外陌生的景色。前面的白色石牆，上面塗滿了不明的英文字與模樣醜陋的符號圖案。

當車子開進石牆裏，我看見右前方一座底盤是石雕，上面卻是用塑膠打造，一個農夫模樣的廉價人像。這雕像約有一個成人高，已經被長年積累的灰塵給弄得灰頭土臉。它的身上套件深色工作服，手裏拿著一個牌子：**歡迎來到S鎮**。

人像的後頭是筆直的主要道路馬蘭倫大道，望過去的房子幾乎一個樣，連棟的淺綠色矮式平房，外面配給面積狹小的庭園與一座米白的木頭柵欄。有幾個穿著家居服的肥胖婦人，正站在庭園裏澆花與晾曬衣物，姿態笨拙地反覆相同的動作。

再往前開去，有幾家掛著販售菸酒標誌的雜貨店與吃食小攤，散落在住宅區

中間。店門口站著兩個工人打扮的男人，留著一臉的鬍渣，頭戴廉價史提夫牌子的鴨舌帽，正往我們這裏瞧著。

或許本來也是外來客的他們，看起來對於任何時間、地點出現的外來客都非常適應，適應到連一點點的好奇心都沒有。

這個城鎮充滿腐朽味，映入眼簾的一切皆毫無生機可言，像一座死氣沉沉的古城。我不明白其他人如何忽略這個與死亡接近的氣息，而整天在此地正常的活動。這裏不是腐臭味熏天，也沒有充滿將死去的殘疾人士或老人，而是有種奇怪的頹喪感，從居民與房子身上蔓延出來，如一條細密的線絲，緊緊纏繞住整個地區。

當父親把車開到馬蘭倫大道的最底，距離S鎮活動中心的不遠處，一家叫做「甜心旅館」的紅色廉價房子前停下，向我們宣布今晚先住在這裏時，我在底下用力捏了自己好幾把，要自己忍住不要哭。

過了兩天，父母在這附近租了一棟一樣毫無生氣的平房，我們一家便在S鎮裏定居下來。父親在外面的工廠謀到一個職務，母親到附近的商店裏當售貨員。而我與琳達，則在兩個星期後辦好手續，進入S鎮那所位於馬蘭倫大道上，建地寬廣，也相同是S鎮最多人就讀的達爾中學就讀。

安娜之死

⑴西元一九八〇年・夏季

蘇利文警官來按響我家門鈴的那天，我記得是一九八〇年六月二十五日，一個週末的早晨十點。

房間裏懸掛在窗戶旁的碎花窗簾，此時因為吹進一陣風而捲起一個好看的弧度。窗子底下的街道充滿了假日不明聲響的喧囂：機車的引擎聲、眾人說話的細碎尾音、些許的鳥鳴蟲叫、還有從遠方傳來匯聚雜音的合鳴。

我躺在床上翻過身，側耳聽見他響亮的嗓音從外面傳來，對著去開門的母親說，因為調查安娜命案的需要，必須要找凡內莎談話。

我好奇的從床上起身，把房門拉開一條隙縫，便看見母親背對這裏，激動地訕罵起不知名的兇手，以及整個城市與社會的敗壞。嘩啦嘩啦的高低音，與母親特有的古怪嗓門持續一陣子，幾分鐘過後，蘇利文尷尬的作態掩嘴咳嗽，表示可以和我聊聊嗎？母親回頭喊我時，我已經穿好衣服，準備面對等待已久的時刻。

我走到客廳，便看見坐在客廳咖啡色的沙發中，正低頭喝熱茶的蘇警官。他抬頭，對我微微笑，示意我坐到他的旁邊。

蘇警官很瘦，寬闊的肩膀說明他應該很高大，但是真的太瘦了，深黑色的警察制服套在他身上過於寬鬆，沿著肩線垂下的地方都是空的。臉上的肌肉鬆垮、皺紋浮現，或許他以前比現在更胖一些吧。他的五官明顯立體，嚴謹的表情像是天生就是當警官的人。深邃的雙眼皮上方，兩條帶有灰白的粗眉毛，只要一說

話，眉毛就會糾結在一起，眼窩顯得更深，而鼻尖上細小的皺紋就會出現。

他先禮貌地向我自我介紹，然後便在之後的對話裏，反覆地提起安娜。

「我能與妳聊聊安娜嗎？」這是關於安娜的第一句話。我點點頭。

「六月十五日當天早上，在石牆外圍的草原邊發現安娜的屍體。在這日期之前，據安娜的母親說，她離家出走已有段時間，這之前她有什麼奇怪的言行出現嗎？」

「安娜平常在學校人緣如何？」

「妳與安娜多熟？她曾經跟妳提過什麼人或事嗎？」

安娜。我的天使安娜。

我閉上眼睛，就可以清楚看見安娜的模樣。這個在我生命中曾經佔有一席重要地位的朋友，但是我們彼此的關係，卻始終像是最熟悉的陌生人。我想起第一次見到安娜的那天，那是個出著大太陽，天空一朵雲都沒有的晴朗天氣。清空空的大片天空，像是雲朵全都退後讓出一片空曠的無塵淨地。

這記憶讓我終生難忘。

「我是小賤貨琳達。想要跟我性交請撥這支電話：四八六三……」

第一次真正看見安娜的那天，也相同是這張海報出現的那天。

在我進入達爾中學就讀的第二個月中，那時候的整體狀況，回想起來仍舊是一片模糊。彷彿一進入S鎮開始全新的生活，就沉浸到如同海洋底部的朦朧之境，混濁的空氣與四周環境，全呈現嚴重的疏離感，被所有日常的一切給狠狠推開。我再也無法透過自己的感官去確認，比如吃過什麼食物或者與什麼人交談，在轉瞬過去的時間裏，全無法記憶到我的腦子裏。

我學習把自己隱沒在任何人身後，讓大家不要注意到我。我既沒有朋友也沒有要好的同學，沉默地獨自上學、放學，成績也儘量維持在中間的地方。

而比我高出兩個年級的琳達，在全新的生活中便把本性都顯露出來。我聽過她提起她班上有幾個男同學，家裏住在她嚮往的T市中，時常隨口就聊起T市最有名的百貨大樓與熱鬧的地方，還有曾在哪家餐館見過幾個二流的明星與模特兒，她們的姿態與服裝有多麼奢華。

琳達時常與他們混在一起，再由此擴大認識許多校內外的不良分子。他們一群十多個人時常流連鎮上的撞球間與酒吧，喝酒鬧事的小錯不間斷，也如以前一樣的偶爾不回家。爸媽則為了生活費而兼了好幾份差事，根本沒有注意行為放蕩

的琳達。我後來才知道，那些男同學早已分別上了琳達，然後把這件事如炫燿或鄙視般地從班級裏傳開：琳達是個喜歡讓人上的婊子。

事情發生的那天，是個夏季將來的大晴天。

我記得那天上完游泳課後，我一個人到後面的更衣室，就看見班上的同學在我進入更衣室時，用種奇怪的眼光盯著我。我本來就是極怕生，也非常不喜歡引人注意的個性，所以這些注視讓我很不自在，也讓我想起許多以前不愉快的回憶：窮酸的母親第一次在魯迪中學讓我出糗，那早已塞進心底，熟悉的寒酸氣味，在嗅覺中散了開來。

我一邊忍受這些目光，壓抑腦中不愉快的聯想，一邊到自己的置物櫃中拿出衣服換上。沒有想到就在我闔上置物櫃鐵門時，才看見這張貼滿所有置物櫃上的海報。一個鐵櫃都沒放過，滿滿的海報，全都是一個女生對著大家露出淫蕩的笑臉。

琳達。我那個整天與男孩子鬼混的姊姊。或許是那些男孩的女友們，因為不滿琳達的作為，特別製作了這張海報，張貼在女生的更衣室中。

我的血液瞬間全部凝結。

「凡內莎，這是妳姊吧？」我旁邊的同學推推我，口吻相當鄙視。

安娜之死

⑴西元一九八〇年・夏季

「哇，好會動腦筋啊，跟大家都上過，還做妓女做到學校來了！」

群聚的同學突然叫喊出這句話來，大家一哄而笑，尖叫與煽動聲廻盪在空曠的更衣室中，像一波極大的海嘯將空間淹沒。我沒有說話，腦中空白一片，血液此時全衝上了腦門，昏脹脹地全部塞滿，一股強烈的暈眩與惡心感從體內浮出。我緊緊地咬著自己的下脣，費力地握緊鐵櫃上的把手。

大家笑鬧後，也沒多為難我，一邊像喊口號般地喊著賤貨琳達！賤貨琳達！一邊走出更衣室。等到這聲響消失，我的身體終於放鬆下來，便跌坐到鐵櫃旁邊的椅子上。抬頭望著一張張滿是琳達的海報，在羞愧與憤怒的情緒湧上且褪去後，隨即心裏出現的，是一種十分陌生，現在即刻想要去死的模糊念頭。

就在此時，我聽見窸窣的撕紙聲，從後頭響起。聲音很小，但是持續性的終於引起我的注意。我從椅子上站起身，走到置物櫃的最後，就看見一位個子中等，身材略瘦，仍穿著學校黑色泳衣的女生，金色的頭髮披在兩邊肩膀上，正滴落著水珠，相當認真地用手指摳撕著海報。

那是安娜，我後來才知道她的名字。當時我不認識她。我在班上見過她，也如我一樣安靜的女生，從未打過招呼講過話，僅只看過幾次在課堂上沉默的身影，以及總是低頭走過走廊的模糊印象。當時我很震驚，不曉得她為什麼會幫我，也不明白她為什麼連衣服都沒換穿上，就站在冰冷的更衣室中，撕著那一張

張與她無關的海報。

「謝……謝謝妳。」我走近到她身邊，怯怯地吐出這句話。她回過頭對我微笑時，十隻手指並沒有停止撕剝的動作。

後來，我就與她一起在更衣室中，花了兩個小時多的時間，把所有的海報都撕了下來。這過程中我們沒有對話，回想起來，安娜從頭到尾都沒有開口，她很認真地重複手上的工作：用手指頭把海報撕下，毫不猶豫地揉成一團（始終把琳達的臉包覆在紙團裏），走到置物櫃旁邊的垃圾桶丟掉。

就從這個時候開始，我的眼中只有安娜。

「安娜是個很安靜的女生。她不喜歡說話，也不喜歡與人群在一起，很多時候都獨自行動，像個神秘的獨行俠。」

蘇利文警官點點頭，低頭在筆記本中寫了些字。

「妳知道她離家出走時去了哪嗎？」

「我……我不知道，」我搖了搖頭，「我只知道她沒去學校已有段時間。她沒來的第二天，她的母親有來學校找過導師。

當時同學們都以為她生病了，她的母親來學校幫她請假，但一星期後安娜還是沒出現，班上有些人開始傳言，她與鎮上那個流浪漢綠怪人私奔，也有人說綠

安娜之死

⑴西元一九八〇年．夏季

怪人綁架了她！」我壓低聲音，像在講述一個不為人知的秘密。

「流浪漢綠怪人？」蘇利文挑起眉毛，手上的原子筆飛快地在紙上寫了些字，然後凝重地盯著我。

「就是那個天天穿一襲相同的軍綠外套，看起來很髒，時常在商店街附近徘徊、抽菸的那個人。」

「妳是說哈特曼？」他皺了皺眉頭，拿起桌上母親剛剛放下的熱茶，放在嘴前停了一會，又仰頭一口氣喝掉。

「我不曉得他的名字。」

蘇利文再度點點頭，從表情上看得出，他明白那人是誰。

綠怪人是S鎮中遠近馳名的流浪漢。

沒有人知道他原本就是居住在這，還是也如大家一樣從外地來到這裏。這個流浪漢大家私底下都戲弄的叫他綠怪獸，或是綠怪人。他終年一件軍綠色迷彩大衣，掛在高大駝背的身上，底下一件破損烏黑的深藍色丹寧褲，連攝氏三十八度的夏日高溫都無法讓他脫去這身招牌裝扮，不由得讓人聯想他大衣底下的皮膚是否潰爛的誇張？讓他羞愧地想遮掩？或者包裹在裏頭的身軀，其實是多了一隻手或多一些奇怪器官的怪物？

綠怪人年紀不大，我猜他年紀或許只有三十到三十五歲之間。佝僂的身形並沒有掩飾他修長的身材，與年輕甚至還有些娃娃臉的長相。但在充滿鬍渣的臉上，卻佈滿發膿紅腫的膿包與痘疤，像是長了水痘未好，或是嚴重的天花患者。許多保守的居民看見他都閃避得老遠，有些小孩甚至會拿石頭丟他。

我曾經想像，如果他換上乾淨的衣服，臉上的痘疤膿皰全部消失，看上去應該會是個有為或是英俊的年輕人，頂像國中裏最受歡迎的那位化學老師，身邊圍著一群愛慕的女學生，然後永遠都有收不完的情書。但是看起來，綠怪人絕對不懂乾淨打扮的重要性，於是他只會得到一堆奚落的嘲笑聲與被擲石頭的命運。

他時常出沒的地點很固定，集中在S鎮主要的商店街中。我記得綠怪人非常喜歡去南西咖啡館，在咖啡館前撿拾群聚在外頭抽菸，打扮成牛仔樣的中年人的菸蒂，躲到旁邊的屋簷下抽。我倒是從未看過他們嘲笑他，甚至還有幾個看見他，會上前與他聊上幾句，請他喝幾瓶啤酒或一杯咖啡。

我想是因為綠怪人的氣質。他有種奇怪的，與他打扮還有落魄外表不相稱的氣質。或許是那雙格外澄澈的雙眼，以及深邃的無法形容的表情。我曾看過他第一次與在掃地的老闆娘南西說話，他一開口，所有的落魄與骯髒感，好像瞬間都隱藏到他的話語之下；微傾身子聆聽，嘴上沒有咧開的收斂笑容，還有那雙出奇專注地凝視你的眼神，都讓人感到非常詫異。

我記得原本閱人無數，說話速度如同機關槍的南西，似乎也嚇了一跳，結巴地告訴他，如果天氣冷可以進來咖啡館裏坐，她通常會在吧台燉煮一鍋蔬菜湯請大家喝。

我第一次開始注意到綠怪人哈特曼，是因為安娜的關係。

從那次撕海報事件之後，我變成了隱形在安娜後頭的影子。一個在她面前，無法擁有姓名的陰暗背後靈。

我不曉得該如何敘述這樣龐大且奇異的情感。在我沉悶與絕望的生活中，從未出現一個發出亮光的，值得讓我睜開眼睛，集中精神注視的事物，引領我向前的對象。我彷彿長期蜷縮在一個困頓的海域中，四周全都是已經發爛腐朽、想起來就讓人痛恨的各種事物。自從搬到了S鎮裏，進入這個新生活之後，我的生活就像浸沉到水平面底下，時間從我的頭頂上流動過去，分鐘與小時都沒有意義。所有的聲音縮小且平靜了上面的振幅律動，我感覺自己的內心，在極其隱晦、黑暗的地方開始破碎。

安娜是我抱住漂在水面上的唯一浮木。在上面喘息，或者也像棲息在高空展翅飛翔的老鷹肩上，我可以站在她的背後，由她帶領我重新認識這個人生。儘管我明白她永遠都不會回頭注視我，我也永遠無法了解她是否不同於我發爛的生

活，但是我只確定一件事，不管她有沒有扛起這些生活的不堪，我都篤信，眼前這個女孩，她看出去的世界跟我的絕對不同。

於是，在安娜前面，我甘願做一個不發出聲音的陰影。

從她撕下海報，默默地到更衣室換好衣服，揑著一頭濕髮回到教室開始，我躲在她身後距離兩公尺的位置，如一隻黏纏的鼻涕蟲，夜以繼日的跟蹤她。

每天早晨，她從位在馬蘭倫大道旁，其中一棟淺綠色的住宅走出，然後往達爾中學的方向往前走。途中經過一些商店店面，她偶爾會抬起行走時低下的頭，與旁邊的鄰居點頭打招呼，或者用眼角餘光迅速掃過街景。到達學校後，她總是拿出課本開始認真讀起來，上課時專注看著講台，低頭抄黑板上的課題。中午一個人到學生餐廳用餐，直到放學時間，完全不到他處逗留，安靜地往回家的路上走去。

安娜的家與其他的建築物無異。一樣單調的淺綠色建築物，沒有如其中一兩棟住家，外面的門邊與窗子，仍掛擺著去年耶誕節的紅綠相間花環，或是一些俗氣的裝飾品。外面的庭院則是一片乾淨清爽的平坦草地，還有幾株依序擺置的盆栽，都看得出這家人嚴謹與接近潔癖的生活習慣。

有時候，一整天的時間裏，安娜一句話都沒有說。我越靠近越熟悉安娜的一切，都讓我不斷地想起家。死氣沉沉的S鎮、頹喪蒼老的父親、永遠拖帶著無法

安娜之死
⑴西元一九八〇年・夏季

忽視的窮酸味的母親、一個異想天開和人盡可夫的姊姊琳達……但是，家不是一個地方，而是一種無法更改的狀態，一種更明確地標示著，我與安娜截然不同的可悲狀態。

我不明白安娜的沉默究竟有什麼意義。她在這個晦澀的城鎮中保持沉默，一句話都不說，如同一條翠綠安靜的小河，從這個沉悶的城底下流淌過，仍保持著潔淨，沒有沾染到任何氣息的光澤。

我在她的背後深深凝視著，幾乎要為這樣的美麗而接近瘋狂了。

我記得安娜在失蹤的前一個月，終於做出與我這幾個星期觀察她的行為有所不同的地方。

那是一個週末前的放學時間，約是下午四點整。橘紅的夕陽正斜照著整個城鎮，讓兩旁貧乏的淺綠色住宅，點綴上一點活潑的光采。那天安娜一反平日慣走的路，穿過幾條叉路與巷弄，來到了S鎮的商店區。我跟在她的後頭，心裏正覺得納悶，便看見她走向南西咖啡館的門口，與正坐在木頭欄杆上喝啤酒的綠怪人打招呼。

「好久不見。」哈特曼跳下欄杆，走到安娜身邊。

「我聽說你在這裏。聽大家形容某個流浪漢徘徊在這，我的直覺就是你來

了。你什麼時候常在這的？」

安娜抬頭望著他，眼神中充滿溫柔。

「有一陣子了，但是不曉得怎麼約妳出來。我知道妳不喜歡這種熱鬧的地方。」他低下頭，踢了踢腳邊下的小石子。「最近好不好？」

他停下前後擺動的右腳，站定望著安娜。

「一樣，沒多大的改變。」

安娜聳聳肩，把背包從右側肩膀換到左側。她仍仰頭望著他，如瞻望一株高大的樹木，微瞇眼睛，測量著這些日子彼此的改變。不久，兩人並肩走進咖啡館中。

我躲到旁邊樹叢的後頭，靜靜聽著他們的對話，然後在他們進去店裏，過了十分鐘後，我把齊肩的頭髮撥到臉上，也進到了咖啡館中。

南西咖啡館內比我想像中的寬敞，這天傍晚來的人頗多，裏面的座位幾乎都快要坐滿了。用木頭裝潢的吧台，此時正散發著溫暖且潮濕的氣息。整家店飄散著濃濃的奶油與烤麵包的香氣。南西正在忙碌地穿梭在吧台與座位之間，她今天穿了一襲翠綠色的洋裝，蓬亂的紅髮紮束在頭頂上，整個人看起來朝氣十足，似乎生意越好，那精神與動力也就越足。

我向南西點了一杯檸檬汁，選擇了靠窗的位置。一坐上位置，就感覺底下的

安娜之死

⑴西元一九八〇年・夏季

棉布座墊吸收了陽光的暖氣，讓整個人都放鬆下來。我就坐在安娜與哈特曼的座位後面，一抬頭，就可以與哈特曼對上眼，但是這種情況從頭到尾都沒有發生，他們兩人完全沒顧及旁邊眾人的目光，一逕地只低頭細聲地說著話。

他們應該早就認識了。我一邊吸飲著讓後頭牙根酸疼的檸檬汁，一邊努力地想要偷聽他們的對話。但就是什麼都聽不見，只有幾個字眼的尾音，浮散在四周，然後迅速地與吵雜的音樂融合在一起。我模糊地從眼前親密的動作得知，他們是舊識，對彼此的氣味還有習慣非常熟悉，沒有任何陌生的阻隔擋在這些沒有見面的日子中。

我吸光檸檬汁後，便百無聊賴地用手指輕敲桌子，盯著吧台牆上的鐘，緩慢地往下走去。就在一長一短的時針與分針，同時停在六的地方，哈特曼把面前空掉的杯子移開，背對我的安娜隨他站起身。

直到他們並肩離開咖啡館，往城鎮外邊的石牆方向走去時，我看著他們一高一矮的身影，心頭霎時湧上了一股被遺棄的悲愴感。我咬著下唇，在南西咖啡館外頭的大樹旁跺著腳，無意識地在原地繞著圈子，才發覺我內心根本不想再跟上前去，短短的幾小時過去後，我竟無法再像之前那樣緊緊跟著她。

我已經被我心中以為跟自己一樣的安娜丟棄了。她不是孤單的，她和我不同，她還有哈特曼。

有種奇怪的生疏氣息從這中間揮發出來，或許這就是我從未明瞭的深厚情感。這陌生的氣味狠狠地呼了我一巴掌，讓我灼熱地捂著自己的臉，看著他們兩人的身影從遠方消失。

蘇利文先停下做筆記的動作，把手指放在嘴唇上摩擦幾下後，說是接下來的話題，需要我的母親在場。我起身進去廚房叫喊正在煮雞肉湯、背對著我的母親。她皺著眉頭，關掉瓦斯爐，嘀咕著不耐的抱怨，轉身跟在我的後頭，一起走到客廳中。蘇利文這時已從沙發上起身，身體僵硬地挺直著，高大的他在這狹小的客廳裏顯得非常突兀。

「除了詢問安娜的事情之外，我前來的目的還有一個。」蘇利文把眼光從我母親身上，緩慢地轉到我的臉上。

「是關於什麼事？」我媽的雙手還在底下攪擦著碎花圍裙。

「您的大女兒，琳達。」

蘇利文簡短地說出這個名字後，把嘴巴閉緊。

我突然感覺腦袋浮起大片空白。琳達、琳達、琳達……我在心裏重複呢喃了這個名字好幾遍，腦中的空白開始浮出影像，就是海報上咧嘴大笑的模樣，笑彎的眼睛底部，閃爍著一潭濕潤的水氣。

安娜之死

⑴西元一九八〇年・夏季

身旁的母親似乎感覺到不對勁，腳步踉蹌地退了一步，我伸手扶住她。

琳達已經三天沒回家了。這三天中，我們都習以為常的想像再過第四天，或者第五天，就如往常一樣的傍晚，琳達會自己推開大門，穿戴著一身嶄新的從T市買回的衣服飾品，坐進客廳的沙發中，大聲嚷嚷著有什麼東西可以吃，她的肚子快餓死了。

「昨天傍晚，也就是六月二十四日的傍晚六點五十分，有人打電話報案，說在T市鬧區的酒吧廁所內，發現琳達的屍體。」

母親一開始沒有反應過來，幾秒鐘的沉默過去後，她開始尖叫，持續不斷地尖叫，聲音相當激烈高昂，尖叫過後，就跌坐到沙發上開始放聲大哭。

我艱難地扶著母親臃腫的身體，輕拍著她的背，什麼話都說不出來。蘇利文低下身子，用很溫柔的聲音對我說，請妳母親節哀順變，過幾天他還會再來請她去認屍。

我點點頭，目送著蘇利文自己走到玄關，轉開門把，回頭抬眼望了這邊。我與他僅只一秒的時間對看著，我看見他臉上閃過一種奇怪的哀戚表情，然後對我輕點一下頭，把門緩緩關上。

⑵西元一九八〇年・秋季

在琳達舉行喪禮的那天，只有我與我媽出席。

或許還有一些家族中我沒見過的人吧，不多，卻已足夠圍成墓園前的一個小圓圈。他們開著車子，遠從其他各個地方前來。全都是一身黑色打扮。女人大多穿著整套保守的、遮住肩膀與手臂的黑色絲質洋裝，而男人們則是統一的黑色西裝，別上素黑色領帶。

我不曉得那些人是誰，該怎麼使用正確的稱呼，我都不在乎，我的注意力只放在我的父親沒來參加這件事上。

「妳們他媽的讓我安靜一會行不行！」父親對著前來催促他換衣服的我大吼。

我很訝異，父親看起來不是悲傷，而是憤怒。異常的憤怒。

我記得我被這麼一吼，嚇得從心裏湧出一股想要哭的委屈情緒。母親聽見怒吼，走到我身邊把我帶離開。

「爸好兇……他幹嘛吼我！」

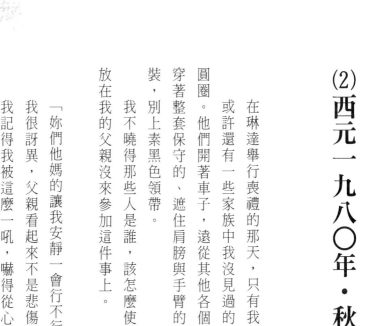

安娜之死

⑵西元一九八〇年・秋季

我見到母親把房門關上，哭意瞬時間消失，感覺相當的不滿。我甩頭走到客廳中，低頭望見自己一身黑色的洋裝，湧起一股真想把它撕爛的衝動。

「妳爸爸很內疚。他真的非常自責，沒有好好看著琳達，我也是。我們都有同樣的心情。」母親走過來我身邊坐下，摸著我的頭，低聲細語的安慰我。

「自責……」

我低下頭，細細咀嚼這個詞。

在六月二十五日的早上十點，蘇利文警官來到我家，先是訊問了我關於安娜的失蹤，接著，又說了在六月二十四日，也就是前一天，在T市鬧區的酒吧廁所內，發現琳達的屍體。

我記得我的母親哭了又哭，而等到了半夜，我的父親疲憊地工作回來，母親才對他說了這個消息（之前不敢打電話通知父親，因為他在鐵工廠的工作不能使他分心，容易出意外），我的父親沒有哭，他從頭到尾一臉的茫然。

然後，我記得他開始喝酒，非常誇張地喝酒。

先不知從哪裏弄來一箱箱的啤酒，還有些透明玻璃瓶裝的烈酒，藏在家裏的許多角落，把自己一個人鎖在房間裏喝。後來，更是明顯地在家裏走到哪喝到哪，甚至到外頭的酒吧中與一堆人一起喝，一夜未歸的紀錄越來越多。

母親從來不唸他，也不跟我討論這件事。直到今天，在琳達的喪禮舉行前幾個小時，母親才說出這句話，算是解釋了父親這些日子異常的舉動。

時間到了，我們只能放任父親不去喪禮，我與母親則分別整理好儀容，出發到S鎮上的墓園。

「很諷刺吧！這場喪禮把我與妳父親這幾年所存的積蓄全花光了。我想到這件事就既想哭又想笑。我不知道我們這陣子究竟為了什麼在忙，在努力賺錢，竟然忽略了琳達……這算是種對她的補償嗎？但是這種補償也未免太讓人難堪了。」

母親在公車上，伸過手來握住我。我不知道該回答什麼，只是呆呆地望著母親。

「琳達早就學壞了，我知道，妳父親也知道。

但是，我與妳父親總是想，將來賺了錢，我們再搬到好一點的環境，讓妳與她接受到更好的教育……沒有想到事情就這麼發生了，我們都很自責，自責居然自以為可以期許未來，可以期許該死的將來！」

母親說著，又開始流下眼淚。

「但是媽，妳怎麼會有信心，把琳達放到妳所謂的未來，她真的就會從此變好，從此變成妳期望的那樣？

妳不知道琳達她真的很誇張，每天都跟男生鬼混，妳不知道我們學校的女生，都叫她……」

「我不想聽。」母親悍然地打斷我的話。

賤貨。小賤貨。我的心裏仍舊把未說完的話接續下去。琳達是個喜歡讓人上的婊子。

你們不了解，或許有人生性就是如此，就是喜歡往險路走，喜歡往崎嶇的道路前進，為的就是那些她們自己也不了解的冒險，為的就是她們自己也形容不出的刺激。

這真的很蠢。我沒有看過比琳達更愚蠢的人了。

我看見母親決然地把頭往窗子那撇去，也就不再說話。兩人靜靜地隨著顛簸的公車，望著窗外流逝而過的景色。

琳達死了的這件事情，從發生、知道到現在，我根本沒有任何感覺，好像早就知道我這個放蕩的姊姊，總有一天，一定會有一個符合她行為的下場，而這個恐怖的下場，不多不少的剛好正中：驗屍報告出來，那天晚上她被大約五個男人輪流強暴。下體嚴重爆裂，全身傷痕累累，慘不忍睹。

而琳達的死因，則是因為被強暴過後昏迷，還有微弱呼吸的臉，剛好躺在酒吧廁所地板內的一攤水上。

我的父親待在蘇利文警官，以及已披覆上白布的琳達旁邊，縮著頸子，始終綳著一張臉。直到後來掀開白布後，才流下眼淚。

母親則在蘇利文說到一半，就昏厥了過去。後來醒來，聽說她撲到琳達的屍體上，狠狠地邊打著冰冷的她邊大聲尖叫。

「妳怎麼可以這樣對妳自己？妳怎麼可以這樣對妳的父母？」據說我媽吼叫的聲音，貫穿了整間警局。

琳達就是這樣不愛惜自己，為什麼你們不能接受？這是我聽到這件事的唯一想法。我不曉得自己究竟怎麼回事，怎麼會如此狠心？但是要談到真實的感覺，就只有這個。

我可以假裝哭，假裝傷心，但是我騙不了我自己，我就是這麼看待這件事。

以前或許還不那麼嚴重，我只覺得有這個姊姊很丟人。生命中所有的可能性，好像因為有她擋在我的前面，而什麼都變得無法期待。我記得以前不像現在如此討厭她，覺得一切殘酷的後果都是她的咎由自取。

我自己在心裏與琳達決裂，徹底決裂的時間點，其實跟安娜之死僅隔幾分鐘。這幾分鐘後，我發覺我從來不知道自己，原來有那麼憤恨著她。

這樣的心情好像從很久以前就開始了。厭惡的累積直到琳達死後，我才真正

安娜之死

⑵西元一九八〇年・秋季

非常地確定，並且發覺自己已經完全接受。

五月二十日那天早上八點，我出門上學，卻意外看見失蹤多日的安娜。

那天是個大晴天，非常炎熱的氣候，陽光把所有事物都照得極為燦爛。遠遠的，我好像看見安娜的身影，這個我極為熟悉，曾經跟蹤過多日的安娜，頭上多了一頂竹籐編織的草帽，把她的臉遮住了一大半。穿著牛仔褲與一件過大的深藍色襯衫，背著大包包，安靜的身影從S鎮上，外頭那道白色、塗滿塗鴉的石牆後，在草原的外圍那裏一閃而逝。

我的心跳瞬間加快。

我把書包往肩上一甩，急忙追了上去。先從石牆門口進入草原地帶，彎低身體，躲到草原旁的大樹後頭，盯著她的一舉一動。安娜的腳步很急促，好像很怕被人發現似的快步疾走，往前進時還不時地回頭觀望。

我小心翼翼地把自己藏身在樹後，還好我躲的那棵樹的樹幹非常寬，相當緊密地把我遮住。我偷覷著在綠色草原中，剩下一點藍色的人影，也跟我現在一樣，快步走到右前方的樹群後面，在一棵樹後頭便消失了身影。

安娜躲到樹後了！她在這裏幹嘛？

我在樹蔭下瞇起眼睛，試著揣測她的想法。

現在全部的人都在找她。她的母親來學校詢問過，學校的老師與同學們組成了搜索小隊，同時也向警方通報了失蹤……我以為她早已經離開了S鎮。

在我的想像裏，我曾經把安娜當成生活重心，我腐爛生活裏的一根浮木；心裏猜想如此完美的安娜，代表不同意義的安娜，或許心裏想的跟我一樣，一樣地討厭S鎮，迫不及待地想要離開。

安娜就安靜地躲在樹後。我很疑惑也很好奇，於是放棄了今天要去上課的打算，就坐在樹下，兩眼直盯著前方的樹，等待她下一步的動作。

後來安娜再也沒有走出大樹的後頭。

我坐到樹後的草地上，一邊用手，還有書包裏的測驗卷搧著風，一邊不時舉起手臂，擦掉頻繁掉下來的汗珠。手上的錶顯示：下午一點五十分。我把書包裏的午餐三明治拿出來，母親今天替我準備的是蜂蜜芥末醬加火雞肉片。我一邊盯著，一邊把好吃的三明治塞進口中咀嚼。

這也難怪沒有人找得到她。我把三明治的紙袋摺起來，放回書包中。這裏非常隱密，除了這附近的居民，也就是前方工廠裏頭的工人、工人的家眷，根本沒有人會注意這裏。前幾天有聽說警方派人搜索這一帶，但是沒有收穫。

天氣越來越熱了。

安娜之死

⑵西元一九八〇年・秋季

朦朧之中，我好像把身體靠在樹幹上，在眼睛閉起來前，我記得前面仍沒有動靜，一片祥和的靜謐午後。樹影隨著微風吹來，而掀起陣陣的波動。

不知道過了多久，我從睡夢中驚醒過來，望著手腕上的錶：六點五十分。

我惶恐的站起身，看著原本一片亮澄的陽光，竟已經轉為昏黃的黯淡橘色，所有的綠色皆已經順從地被包圍在昏暗的天色中。遠方的工廠亮起了微光，但是整體形狀，則已經被即將來臨的黑夜給吞噬掉了。

我非常緊張，左右移動腳步地望著前面的樹群。心裏想著，如果安娜在我不小心睡著後離開，我根本也不會知道……該死！我怎麼就睡著了！

我想來想去，想說如果她已經離開草原，我躲在這裏也沒用，於是決心往前去，去看看安娜是否還在那裏。一決定後，我馬上背起書包，跨步奮力跑過草原。現在天色已經完全暗下來了，四周一改剛剛清脆鮮豔的翠綠、還有些許優閒的氣氛，就快要陷入一片漆黑了，所有夜晚的漆黑恐怖，從四面八方湧出，只剩下前方工廠稀疏的亮燈光源。

一路上，我聽見許多蟲鳴鳥叫，躲在四處低鳴著，遠遠的，還間歇帶著幾聲狗吠。溫度下降，我動手拉緊身上的白色制服的衣領。我的心裏非常害怕，因為還記得有很多人在草原上失蹤，與很多命案也發生在這的新聞。

想像力在黯淡的傍晚開始擴大。所以來到安娜躲著的樹前，腳步還沒有站定，我已經用力扯開嗓子，想都沒想地開始呼喊安娜的名字。如果沒有任何回應，我馬上就要拔腿跑離開草原。

「安娜，安娜！妳在樹後面嗎？安娜……」我拉長尾音，幾乎準備要轉身跑開。

「誰？」我看見從樹的後方，安娜露出小小、被黑夜籠罩的臉。

「凡內莎？妳怎麼會在這裏？」安娜一開口，就問了一個應該要我問她的問題。

呃……我根本就不覺得自己會與她面對面，甚至說到話，所以我低下頭，支支吾吾的答不上來。

我無法說我老早就在跟蹤妳了，也無法對她解釋，一大早看見她，其實就藏在前方的樹幹後，等待了一整天的時間。我快速地在腦袋中，用力思索著所有正常的回答，但是沒有一個讓我滿意。

開口隨便說一個，只會讓自己更像瘋子，一個為她傾倒、瘋癲的瘋子。而我也不想讓她知道，我從以前就對她懷抱著莫名的瘋狂情愫。

「那妳呢？妳在這裏幹嘛？」我靈機一動，把問題丟回去給她。

她搖搖頭，沒有回答。接著她走回樹的後頭，我緊跟在她的後面。我看見今天她待了整天，我在對面一直揣想的地方。原來她在那塊小小的樹後的下方，鋪上了一塊乾淨的毯子，前後放了兩個手電筒、幾本書、散落在一旁，上面寫了些字句的筆記本、幾枝原子筆、還有一瓶水與咬了一半的三明治。一切皆像有備而來。

「妳準備住在這嗎？妳不會害怕？不想回家？」我驚訝地問她，她還是對著我用力搖頭，然後我們一起在毛毯上坐下。

「凡內莎，我不準備住在這裏，我打算在這裏自殺。」

我打算死在這裏。

她安靜地看著我，模樣仍如我記憶中一樣的美好純淨。甚至更美。我從未見過的金黃光芒，從她的臉龐周圍顯現，越來越明亮。

這是什麼感覺？安娜，當妳決定今天，是妳在這個家的最後一日，之後，便開始往決定自殺的日子一天天倒數時，妳應該做些什麼？

早上從床上爬起來，依照習慣（好多年維持的習慣，不會因為這個特殊日子而改變）走到浴室裏洗臉與刷牙，對著鏡子，把蓬亂的頭髮一一梳好。

在照鏡子的幾分鐘內，妳開始練習如何讓自己的表情，順利地隱藏起今天要離開的這個情緒。千萬不要不小心地就洩漏出，那種離別的悲傷，或者欣喜。

妳覺得好極了。鏡子裏面的那個人，看起來跟平常無異。五官淡淡地擺在原來的位置，眉宇中間清爽無痕。妳對著鏡子微笑，看起來有信心極了，相信自己

絕不會在一瞬間，不小心就把秘密傾倒而出。

然後，妳跟平日一樣放慢腳步，走下樓與母親吃飯。

母親，妳的母親葛羅莉，她看起來永遠都那麼優雅，不疾不徐，在桌上放了一杯溫熱的鮮奶、兩片褐色吐司、一個半熟的煎蛋、還有幾片切片的蘋果。

「安娜，妳趕快吃，吃完就要去上學嘍！」妳聽見母親在對妳說話。

母親今天穿著一件全白的棉質襯衫，她終年都穿著長袖外衣，底下是藍色織染的寬鬆棉褲。從寬大的領口中，坦露出尖銳細瘦的鎖骨，上面滿佈了一個個深色的疤痕，看起來讓人心疼極了。

母親怎麼會那麼瘦呢？如同終年生病、未曬到陽光的人，蒼白的臉可以看見微浮的青筋，放在桌上的手則是一副凹凸有致的骨架。她對妳微笑，跟妳說話，眼神中充滿了關愛與溫暖，還有，妳知道這雙眼睛的背後，充滿了非常多的愛。

妳知道她愛妳，非常愛妳，跟一直以來的一樣。

妳的母親永遠都是這樣對妳。妳接受這些暖和的溫度，還有愛意，但是不代表隱藏在心中多年，那一個冰封的秘密，就可以因此融化。妳從不這樣認為。

面對這些，妳則符合很多年以來維持的習慣：沉默不語，不在必要時絕不開口說話。

這個世界話真的太多了。妳這樣想。某部份的傷害與暴力，都是從話語來的不是嗎？妳低頭把桌上的東西吃完，然後背起書包，往學校走去。

到了學校，一直到放學這段時間，沒什麼好形容的。

妳其實一直都無法明白，坐在身旁的這些同學，為什麼每一個都看起來那麼開心？她們吱吱喳喳地聊著昨晚看的電視節目，現在流行的化妝技巧，還有隔壁班男孩的長相；當然，還有其他女生的長相。她們用嚴厲的眼光，狠毒的語言，去盡興地批評這些男生、女生的長相與穿著，彷彿她們的世界中，就只有這件事情重要，其他的可以不管。

這些形容長相的詞語，如同長滿毒汁的果實，狠狠地砸爛在四處的空間，把四周弄得汙濁骯髒。這種充滿暴力的語言讓妳受不了，所以妳養成一個習慣：把一對小型的耳機，塞在頭髮底下的耳朵裏，再把音樂開到最大聲。妳覺得唯有這樣，才能有一點自己的空間，這世界也會清靜一些。

妳喜歡，也只聽爵士樂。隨身聽裏面也都是爵士樂。

妳深深覺得，只有爵士樂這種類型的音樂，以輕鬆的方式演奏出沉重的悲傷——最符合妳的人生，妳這個人。

在上課的時間裏，老師不會叫妳起來回答問題，因為他知道妳的表現不會讓他滿意。妳總是這樣，會順從老師的要求，但是要妳多講什麼，妳就用沉默抵抗。他們剛開始都會不滿：

安娜，妳可以再說說關於……或者再舉另外更多的例子？

妳的表情木然。老師們通常都不會太為難妳，但是一開始無法了解妳的沉默而拋出更多的問題。這時候，妳身邊的這些同學，這些聒噪的同學就會開始喧囂著：老師！安娜不會再說話啦！惜字如金啊這個人，倒不如點別的同學比較不會浪費大家的時間！

這個時候，僅有這個時候，妳會有點感激這些平時妳不想看見的同學。

放學時刻到了。妳走到校門口，往左邊方向走去，妳的餘光瞥見凡內莎在妳的後頭。凡內莎矮小且終年低頭走路，頭髮永遠蓋到額頭下方的身影，在妳的後方大約兩公尺的位置，還是低著頭，躲著陽光。

妳記得她，妳當然記得她。她是一個因為姊姊（是叫琳達的女孩嗎？妳對此還有些印象。這個一個月前的海報事件，其實讓妳心情大受影響，也讓妳對人性有更深的絕望），或者還有家庭的影響，而變得怯弱怕生，也變得非常沒有自信。

這是她的錯嗎？當然不是，但是也是。

妳覺得原生家庭的影響，幾乎可以重生一個人，也可以毀滅一個人，這是妳的經驗，妳曾經親身的經驗。但是這個影響又可以維持多久的時間呢？

妳自問自答。一輩子。一輩子都會受原生家庭的影響。

妳知道凡內莎曾經有段時間，形影不離地跟在妳的後頭，像一個漆黑的影子，一個沒有名字的跟蹤者，一個沒有思想的空洞的人。

妳會這麼想是有原因的，因為妳看見過她望著妳的眼神，那種瘋狂的迷戀，深深的、某種絕望至極的迷戀，那雙裏面塞滿了妳的身影的雙瞳。

妳記得這個如陷在沒有出路的泥沼眼神。妳認得這個眼神。

這也是妳在打包行李時，堅決地拿走兩樣東西：葛羅莉的藤編草帽、法蘭西的深藍襯衫，最後妳甚至決定，把這兩樣東西穿戴在身上，離開這個家，因為這是妳與哈特曼在耶誕節，一起到T市的華登百貨去買的。

那也是你們在彼此生命中，最後一次的交會。

哈特曼。也就是擁有這樣絕望眼神的第一個人。

妳記得第一次見到他的時候，他就是用著這樣空無的眼睛，深邃地望著妳的父親法蘭西、母親葛羅莉，還有年幼的妳。

當時，妳決定走向前抱住他，那個時候，妳感受到他的內在，而他是那樣一個晶瑩剔透的好人。內在純粹得讓人想落淚的好人。

妳以為，妳深深地以為眼前這個人，至少還有這個人，可以跟妳一起對抗這樣的命運走向。他是唯一一個會告訴妳，妳的人生不是一個錯誤，妳可以重新開創一個全新的，沒有這些傷害在裏頭的人生。

但是妳錯了，妳發現自己的猜想是錯誤的。他把妳從交疊在一起的命運中推開開始，妳明白除了死，除了消失在這個世界上，已經沒有任何繼續存在的理由。

妳低下頭，踢了踢腳邊的石頭。接著，妳看見背後的凡內莎轉進另一條巷子中。這樣很好，妳在心裏對自己說。不要迷戀我，不要這樣期待我。我非常不值得。

妳再繼續往前走，回到了馬蘭倫大道的家。

在妳把口袋裏的鑰匙掏出來之前，讓自己好好地站在門口，細心地觀望這個用木頭雕成的門。以前的家也是這種門，或許在S鎮上的每戶人家，用的都是這種門。大方美觀，在細微的地方又看得出質感。

妳記得妳的姊姊，應該說前一個家庭的姊姊，羅亞安，她常常牽著妳走到門口，低下頭來親妳的額頭，告訴妳她非常愛妳。

妳閉上眼睛，仍記得那個親吻的溫度。

妳很想念她，但是妳知道，即使妳們住在同一個鎮上，卻再也認不得彼此了。因為妳一離開那個家，妳就改變了，改變得非常徹底。這應該說是妳天生的能力（這恐怖的能力），一進入不同的家，那種力量的成分，也會因此隨之配合，轉折到達另一個層面。

如同一顆鑽石的不同折面，不同亮澤，隨著日與夜變化的天性。

當妳變成法蘭西與葛羅莉的獨生女，妳的氣味與面貌皆與以前不同，徹底不同，妳明白除非妳死，除非在體內原有的能力消逝，妳的姊姊才會認得妳，才會知道妳是她朝思暮想的羅亞恩。

妳很想哭，但是妳還是忍住了。

妳拿出鑰匙，把門打開。妳的母親葛羅莉正在廚房做晚餐。晚餐是新鮮的凱薩沙拉，上面會鋪上厚厚的一層鮪魚與起司片、塗上乳酪的法國麵包，還有海鮮義大利麵。都是妳最喜歡吃的。妳坐到餐廳的桌上，從書包裏掏出那本看了一半的赭威格的小說，一邊嗅聞著食物的香氣。

「媽，如果有天我死了，喪禮上一定要放艾靈頓公爵、阿姆斯壯，或者是任

何人演唱的爵士樂。」

妳知道自己即將離開，這句話一定要現在說。不說就沒有機會了。

「什麼！妳說妳有天怎樣？」母親不悅的提高音量，就是希望妳知道自己在說些什麼。妳很確定，再說幾十次都沒關係。

「我死了，如果我死掉的話，喪禮上一定要放爵士樂。」

「妳這小女生怎麼回事！好好的說這些幹嘛？」妳的母親眉頭皺起，非常不高興地轉身，手上繼續攪拌著沙拉。

「媽，妳不要管嘛，就記起我說的這個小小心願就好了啊！」妳把話說完，假裝沒事地低頭看書。

因為，這是妳唯一可以為我做的，妳在心裏想。妳唯一可以替我做的一件事，我終其一生就只要求妳這件事情，希望可以如我的願，在靈魂還未遠離的時候，仍能聽得見熟悉極了的，一首首既輕快又沉重的爵士樂。

妳想，如果真的有爵士樂環繞在耳畔邊，即使妳的心臟停止跳動，妳仍會感覺自在，一如生前。

然後妳們停止對話，等到父親回來，一起坐到餐廳的桌前用餐。妳咀嚼著食物，感受鮪魚的香氣，還有麵包的酥脆。這樣的晚餐時間一如往常，但是今天不同，妳很仔細地觀察這兩個人。

安娜之死

⑵西元一九八〇年・秋季

父親法蘭西，從他身上傳來熟悉的麝香氣味，很好聞，妳憶起以前都是在這種香氣中入眠。他正慢條斯理地把麵包拿在嘴邊，慢慢的咬著，妳可以看見他粗大的喉結，因吞嚥而產生規律的律動。

他今天也一樣沉默，平時父親就是個沉默的人，不多說什麼，但是從眼神，那雙清澈深邃的咖啡色眼睛中，可以看出他極為疼愛母親，可以為了她做任何事情。

連犧牲妳的人生，用妳的一生來填補母親曾有的罪惡，所犯下的過錯也在所不惜。

妳明白妳自己在這個部分，是一個祭品，一個活生生的祭品。是什麼樣的信念，讓他人以為可以決斷地用別人的人生，來拯救另個人的生命？

妳想到這裏，心跳仍維持著平穩。妳已經學會如何與這個事實相處，並且接受。

妳捫心自問，妳恨過法蘭西嗎？這個當過妳十年的父親，對妳疼愛至極的男人。曾經在妳六歲，什麼都懵懂未知的時候，把妳從超級市場的推車中，一把抱起，像攬顆結實的橄欖球那樣包在懷中，奔回來告訴葛羅莉還有妳，妳從此就是他們的孩子，妳的名字從此由羅亞恩變成安娜時，那是什麼心情？

為什麼好像一切都理所當然？

當時妳沒有哭，沒有發出被陌生人抱起時的適當尖叫聲，也沒有踢踱著妳強壯的小腿，表達應有的憤怒與疑惑。妳只是默默地讓他把妳抱回全新的家庭中。

迄今，妳已經問了自己不下千次的，為什麼我當時沒有哭？妳甚至模糊記得，妳被法蘭西放到客廳的沙發上時，還笑了起來，蘋果般紅潤的臉頰上，除了汗珠，還堆滿了笑容！

那只是因為妳天生的本能告訴妳，他們需要妳？還是冥冥之中，妳的天賦引導妳來到這裏，繼續幫助另一家人？幫助什麼？妳來這個世上的意義究竟是什麼？

妳不知道，妳連自己的心意都不清楚。

然而，妳只明白一件事，在那個決定性的一刻，妳沒有嚎啕大哭，沒有百般哭鬧，用孩童慣有的尖嚷聲掀開屋頂，就決定了法蘭西與葛羅莉對妳的喜愛；而妳，將就此離原來的家，越來越遠。

妳清楚想過這整件事情，然而妳最後決定，不是任何人的錯，妳該痛恨的，是妳自己。

吃完飯後，妳本來的習慣都是上樓寫功課，但是妳今天不想。

妳發覺妳對這個家仍有一點感情，一點回憶，想要在離去前，仍沉浸在其中的溫度裏，妳希望這可以變成一個離去後，可以回想的一個畫面。

安娜之死

⑵西元一九八〇年・秋季

妳決定與母親一起洗碗。

妳們兩人有默契的一個沖水洗碗，一個拿毛巾擦乾，水珠滴答滴答地，帶著冰涼的寒意穿過妳的手掌，在底下匯聚成一圈水漥。很日常的動作，但是妳今天卻開始想像，眼前的葛羅莉，會因為妳的離去與消逝，將經歷一場比先前還要無法忍受的痛楚，撕裂的疼痛。妳有些於心不忍，閉上眼睛甚至可以感覺到，這個人其實在某個部分來說，也是與妳相同的，無法對抗命運捉弄的可憐人。

她蒼老的灰白頭髮，在廚房昏黃光暈中，閃著一種炫然欲泣的褐色。如秋天落葉的脆弱，放到腳底下踩會發出嘎然枯萎的聲響。她望著前方的灰色眼珠子，裏頭始終藏了很多、很多，不明就裡的傷痛。

妳感覺心痛，想伸出手撫摸，撫平那曾有過的傷害，以及仍未癒合又再度裂開的傷口。

於是妳開口跟她說了妳的秘密，關於擁抱與接觸便會知曉真相的秘密。然後妳又對她說，妳會原諒她與父親，原諒這一切。此刻，妳真的那麼想，真心誠意地希望著。

這是妳在這個家中，說的最後一句話。

放在手心中的一本筆記本，重量沉甸甸的，裏頭寫的頁數不多，很鬆散的隨

筆記錄。安娜說要把本子放在我這，她可以放心。我拿著手電筒翻開，裏頭寫滿文字，大部分都是記錄心情。

我低頭摸著皮質做的筆記本，感覺還是非常不真實。她說她待會就要死在這個草原上了，希望我不要阻止她。我不曉得我應該怎麼做，是真的阻止她嗎？還是偷偷回去告訴她的家人？甚至直奔警局，告訴大家失蹤的安娜在這裏？而她決定要自殺？

這些念頭在我腦中一閃而逝，紛雜混亂地在我腦子裏呼嘯而過。

我感覺自己如同身在閃電打雷的暴風圈中，什麼想像與念頭都顯得怪異，什麼以往的記憶，應該有的正確舉動，背後的理由都顯得異常薄弱。

我開始覺得想哭。除去眼前這個我從未遭遇、且陌生至極的死亡威脅之外，我只有一個想法，我不希望安娜死，我真的不希望從此再也見不到她。

她是天使啊，是這個絕望小鎮裏的一個奇蹟啊，我在心裏大聲呼喊著。她曾經在我看見琳達的海報，處在讓我羞愧的事件瞬間，被深深的，自己無法觸碰的想死的念頭包圍時，伸出手來把我拉起，我甚至就此沒有再跌入過。

她的沉默與美好，在乾澀陰沉的S鎮中，永遠都像一首清新的歌，一條可以貫穿幽暗，把S鎮照亮的歌謠。

這個時刻，一種通電的斷喘聲進入我全身的脈動中，一種緊繃、榨乾的乾枯感從心底發酵。我感到憤怒、悲傷、痛苦，各種情緒在體內加速混合，我手足無措地瞪著她，然後在她面前流淚，呢喃著自己的心願：不希望她就這樣自殺，就這樣消失，讓這首明亮無比的歌曲就此沉寂，讓S鎮，或者僅只有我，再度跌進黑暗之中。

「妳怎麼能這麼說呢？」安娜溫柔地伸出手，握住我的手。

「永遠都是大家對我說，安娜妳是天使，妳應該怎麼做，妳應該如何，但是就是沒有人能讓我，好好地選擇自己的人生。」

她的手心非常溫暖，有種奇異的堅強力量，透過溫度，結實地傳到我的手掌中。

「凡內莎，我只是個平凡的人，而我的小小心願，也只是終於可以選擇自己想要去的方向。我希望妳不要難過，在這個最後的時刻，我希望妳能幫助我，給我力量。」

她望著我，眼睛裏有很多我沒見過的東西。

我完全被眼前的景象震撼住了。

不是荒涼、蕭瑟的草原，也不是溼潤、陰暗的夜色，而是安娜的眼神。安娜堅決毅然的眼神，如一把尖銳無比的刀鋒，突破刺穿了模糊的夜晚。我第一次感

覺到，原來人可以如此堅強地決定自己的方向，那種莫名堅硬的情感震撼了我。

我停止哭泣，把眼淚擦乾，朝她用力點點頭。

我不想再重新描述那段過程。我心裏唯一的浮木向下沉沒的時間只有幾秒，而我只能在旁邊觀看著。

在這個最後的時間裏，我哭了又哭，喪失力氣的跪倒在草原中，小聲瘋狂地呢喃著她的名字。夜緩慢寒冷地正在流逝，僅剩下安娜放在毛毯上的兩個手電筒，很費力地倒在地上，仍亮著微弱的黃色光芒。氣溫不斷下降，夜晚的蟲鳴，聽起來像從遙遠的地方開始擴散。

我逼迫自己張大眼睛，集中視覺的焦點，盯著處在前方幽暗中的她，優雅地吞下準備好的毒藥。我用手緊捂住嘴巴，看著眼前的一切。安娜一臉的莊嚴，仰頭把藥丸一股腦地倒進自己的嘴巴中，吞下。藥丸則順從著水從咽喉流到胃部。

安娜在此刻，就像是沉浸到銀色的湖面底下，她的眼睛仍是燦亮的湛藍，照亮且穿過幽暗的夜，然後緩緩閉上。

直到最後，在最後的幾秒鐘，我的眼睛牢牢地盯著安娜。

安娜之死

⑵西元一九八〇年・秋季

我的眼淚開始瘋狂地從眼眶中滲出。我突然這樣想著，或許她不屬於這個世界，不完全屬於。既沒有存在過，也不會從此消失，她永遠都在中間地帶交會的時光中發出微光。

安娜不是獨立的個體，她是所有東西的綜合體。

她是天空也是海洋，她是遼闊的草原，也是一片謐靜的湖。我閉上眼睛，感覺安娜之死是一個寬大的水域，在這之中，森林重疊森林，天空吞蝕天空，平靜如鏡的湖面反射著孤獨的影子。

一切的事物在這裏的影像是多重的。而我，我們所有的人，都不在那之中。

我壓抑下所有複雜的情緒，把腦袋讓出所有的空間，看著大霧包圍著她，她即將被死亡吞噬進去，不留下一點蹤跡。我深刻記下眼前的天使，正一點一滴緩慢喪失生命。這個神諭性的一刻。

最後，我甚至在她的身體還未褪去溫度，在心跳停止的一剎那時，衝過去緊緊把她摟在懷裏。

接著，我依照她在最後的時刻跟我說的，脫下死去的她身上的衣物，她要身上空無一物。她告訴我，她希望在死後，能夠親近泥土，能夠徹底地與這片大地親密地結合在一起。我僵硬地把她的衣服脫去後，疊好放進我的書包中。接著，

在一旁的樹幹旁邊，挖了一個洞，把裸體的她埋了進去。

天使死了，就此覆滅了展翅的翅膀。希望安娜能真正地找到屬於她的天堂。我把雙手虔誠地放在泥土的上方，在心裏默默地對著她，還有對著自己說。

後來，我終於平靜下心情，收拾好所有的東西，準備離開這讓人傷心欲絕的地方。

正當我背起書包，朝著白色的石牆那走去時，聽見不遠處，距離這裏約十公尺的草叢裏，傳出隱約細小的，很奇怪的呻吟聲，與蟲鳴重疊交匯在一起。

我很疑惑，許多想像在此時又回到原有的位置。但是我已經不再害怕，好像經過了剛剛的一切，我的心開始強壯起來，或許，有可能是相反的，我明白自己的心，已經脆弱悲傷地處在不被任何事物打擊的底限。

我沒有多想，依循著聲線的來源，悄悄往發源處走過去，便看見昏暗的草叢中，反光著一些光滑的幽微的光。

我在聲音的前方停下腳步，仔細彎下身子盯著。是一對隱身在草叢中，正裸身交纏在一起的男女。

安娜之死

⑵西元一九八〇年・秋季

我瞪大眼睛，覺得真是荒謬極了！我看見一對正利用著黯淡的夜晚，在無人的草原中交歡的男女，而在這幾分鐘前，安娜正在前方結束了她的生命！我站在他們的上方，沉默地看著這一對完全沒察覺我的存在，而正在享樂的男女。

是琳達！是我的姊姊琳達！

在昏暗中，我辨認出熟悉至極的她一貫的笑容，也就是那張讓人羞愧的海報上，瞬間捕捉到的笑容。

我的血液轟地衝上了腦門，心跳加速紊亂地顫抖不已……我下意識地握緊自己的雙手，努力要讓身體的顫動不要那麼明顯，不要讓突然而起的絕望感灌滿全身。

我不曉得最後，我是怎麼離開那裏，離開這片草原的，但是我的心情已經不像先前，看見海報那樣的痛苦難耐。感覺這個姊姊帶給我的傷害與羞辱，已經龐大到可以讓我觸碰到死亡的邊緣。

安娜之死清楚地告訴我的，我不應該把自己放在琳達之中，我可以也應該獨立自己，我不用為她感到羞慚，因為那是她選擇的人生。

她就應該全面地為自己負責。

就在牧師唸完一連串的弔祭文，緩慢地把棺木闔上，抬起來準備放入挖好的泥洞中時，父親趕到了喪禮的會場。

我遠遠地看他晃著灰白夾雜的蓬鬆頭髮，身上的西裝也相當零亂，衣領亂翻到襯衫裏頭，連領帶都沒有繫好，遠看像是兩條黑繩子在胸前晃盪。他的右手拿著一瓶啤酒，左手扶著墓園的木頭扶梯，艱難地朝這裏走來。

我的母親推了推我，要我專心注視琳達的下葬，我在底下也推了推她，要她回頭看父親已經來到了現場。母親轉頭，連忙走過去攙扶身形搖擺的他。

我的父親，這個終年為了生活打拚的男人，在陽光下看起來異常衰老，好像瞬間蒼老了十幾歲。皺紋與乾燥的臉頰帶著說不出的風霜感，佝僂的身形宛若六十幾歲的老人。我看著母親的背影，穿越過人群，到他的身邊，大家也因為這個變動，而停下喪禮的進行。

在此刻，大家都在凝視著這兩個因為女兒的死，而迅速衰老的人。

我看見我的父親與母親，在距離我們約五公尺的位置，緩慢地朝著這裏，艱難地抬起腳步。我的眼眶突然變得非常潮濕。原本對琳達的死，還殘留極度倔強且鄙視的心情，在此時，全都因為眼前的父母而化為烏有。

我的父母沒有錯，這兩個為了生活，終日辛勤工作的可憐人根本沒有錯。他們的愛跟所有的人一樣，希望可以給我與琳達好的生活環境、好的教育，甚至奢望好的物質生活。他們就是那麼單純的希望且認真奮鬥著。

然而，這是我第一次這樣認真的想。沒有做好的是我們，是我與琳達。

或許，我們早該對自己負責，不是把這樣的責任，都推到我的父母身上。我想起我在之前，還因為母親的寒酸，與羞愧家裏的窮苦以及琳達的浪蕩，而在同學面前不敢抬頭，不願意承認他們是愛我的家人。

但是終究，我也沒有為自己負責，只會不斷地抱怨自己生在這樣的家，為什麼如此不公平之類的……我甚至還在琳達未歸的夜晚，一遍遍在心裏詛咒她的放蕩，終究會遭遇到可怕的下場，我根本沒有做好身為一個妹妹，家裏的一份子，應該要用真心，去真正地關心每個家人的。

我低下頭忍住想哭的衝動，又抬起頭，很仔細地看著暫停的葬禮，繼續開始。

等到那口裝著琳達身體的棺木，慢慢地被泥土覆蓋，一點一點地在我的眼前消失。直到洞被埋了起來，直到大家轉身離開墓園，我開始記起了很多事情，包括琳達從前對我的，以及我們曾經一起擁有過的時光。

葬禮結束後，天空下起了細小的雨絲。離去時，我插身走到我的父母親中間，伸出手臂，挽起他們兩人的大手。

『警官－蘇利文』（四）

西元一九九一年・秋季

夏天快接近終了的九月下午，我把家裏徹底打掃了一遍。這些工作平時就很常在做：把堆積的衣物投入洗衣機、較好材質的西裝則拿去巷口的乾洗店、把家裏從頭到尾用吸塵器吸過、用抹布擦拭書桌和書櫃，還有每個容易堆積灰塵的地方。我看著烏黑包著頭髮與雜屑的抹布，搖搖頭，丟進水桶中。

這期間，客廳的電話響了三次，我一次都沒接，非常專注在手上的清潔工作。我記得曾經在一本雜誌上看過一個說法，打掃家裏是最容易放鬆的工作，可以從勞動中獲得平靜的心情。我想，我或許認同這個說法，但是好像不太適合放在我身上。

真的要徹底做起所謂的清潔與打掃，似乎非常困難。尤其整理那些帶有大量回憶的東西，更是艱難的讓我只想逃避。而且這一逃，便是一年接著一年地迅速流逝過去。

簡單的部分告一段落後，我坐到客廳的沙發上休息，喝了兩瓶冰透的啤酒，

感受冰涼刺激的液體往我的胃裏落下。舒服一些了，我揉了揉臉，伸了一個懶腰。然後，決定進入整個清潔工作最困難的部分：整理妻子與愛蒂的東西。

在多年前她們兩人先後離開這個家之後，我幾乎像被拔掉栓子，原本漲滿的生命力全都流洩出去，只剩下一個空殼，虛弱的無以附加的皮囊。沒有任何內容物留下，身體與思緒則任由時間隨便把我帶到哪裏去。

我哭到沒有眼淚，整天就像一個行屍走肉，凝結在外頭庭院的搖椅上，呆滯的眼神始終望著不知名的遠方。

而她們的東西，是我從E市的警局請調來S鎮的時候，隨意裝箱在一個個堅硬的紙箱中，加起來大約有十箱，就塵封在房子最後的倉庫裏頭。一個個疊起來堆在角落，任由濕氣與燥熱的溫度侵蝕。

我當然去倉庫看過，一開始甚至一天看個好幾次（僅只在門口觀看，連靠近都不敢）。它們被歲月侵蝕的模樣，就像一隻衰老的大型古代生物，毛皮光禿破損得嚴重，如同生重病地趴臥在牆角中。

已經經過許久的時光流逝了，為什麼決定今天整理？

其實我在一開始做最簡單的打掃工作時，就一直有個模糊的念頭出現，好像我下意識地不去動這些東西，不去把它們打開、清理，那麼，不管我的生活是不是重新遇到誰，重新擁有各種新的可能與機會，其實都還是停留在一樣的位置，沒有移動，也不可能往前。

必須要這麼做了，我心裏逼迫自己下這個決定。

安娜之死
西元一九九一年・秋季

距離我確定了安娜便是羅亞恩的謎底後，已經過了幾個月。

這段期間，我徹底把自己關在家裏，對外全然斷了所有聯絡。不接電話，有人按門鈴假裝不在，連走出去把信箱的信取出來都做不到。把自己的感官全部關閉。還有好幾次，我躺在床上，甚至嘗試屏住呼吸，試著想像沒有我這個人存在的感覺。

總之，一天接著一天過去。

就這樣，我一天天從現實的這裏，與記憶中的那裏遠離而去。一直到哪個盡頭都無所謂，直到某天在漆黑中再度聽見遙遠的聲音為止，我想如果可以，我希望自己可以就這麼泅游在空無之中。

空無。虛幻。縹緲。靈魂遠逝。夢境延續。記憶偷渡。

我的冷汗流滿了全身。在夏季最嚴熱的時刻，我時常被自己出奇的寒冷給驚嚇得不知所措，就這麼躺在床上起不了身。其實我也沒有想要做些什麼，只是隱約地感覺，這一切的一切，不管是過去的死亡，或者之後身邊出現的生命消逝，都已經超出我能夠想像與理解的範圍。

在這段時間中，我既沒有想出解決的方法，也沒對任何人提過關於此事的半句話，異常堅定地緘默著任何語言。我只是感覺自己被這個事實，或者被我長年埋在心底深處的傷痛，給拖曳到一個深邃的海域底部。

海底下的溫度非常冰冷。

水平面隨著變換的記憶而改變色澤。這個海域無法讓陽光折射進來，篩進來的光線是如此微弱，分秒的時間在此刻沒有意義。而我的頭與身體也探不出去。我在漆黑的裏頭踱著步，來回一遍又一遍地走著。

有時候什麼都不想，有時候則清楚感覺到，我的心荒蕪一片。不管是什麼，我感覺我在這裏經歷了一整個海洋的變遷。

一開始，我一個人緩慢地憶起許多事情，先是對照著所有的經過，還有一一核對記憶中的過程。但是這些、那些，好像都沒有一個光影的片刻、一個傷透心的背影、一個被截斷的心碎聲來得深刻與真實。

安娜之死

西元一九九一年・秋季

我後來明白，不管我再擁有以前當警察的無比正義感，或者希望世界至少可以公平的偉大信念，都沒有比起阻止一個人的傷心或破碎的心意，來得強烈。

在這裏，只有她們的憂傷與沉鬱，是真正的絕對。

這一個多月中，我決定什麼都不說。我不打算把安娜身分的事實，攤開在陽光之下。或許以前，我會信誓旦旦地對自己說，沒有什麼比真相來得重要，沒有比知道真相更可以安慰人心，但是，自從我瞭解了羅亞安的真正想法，以及她所期待的，可以從面對死去與消失的悲慟中終於走出，這撼動了我多年以來所堅持的。

我發覺自己的信念支離破碎得一塌糊塗，比難堪還要更加的讓人不忍目睹。這讓我封閉自己，也讓我重新更深刻的思考。然而，在這裏頭，一種潔淨無比的，希望能活得更好的單純信念，沒有比活著的人更重要的思緒，從其中萌芽生根。

這些轉變，也影響了我開始真正面對心底那扇封闔的門。我獲得了一種全然的勇氣，可以用力打開門，重新正視我死去的妻子與女兒愛蒂。

所以今天，我才決定要徹底打掃，清掃倉庫，打掃那個我始終不敢靠近的記憶。

我在心裏想著。如果可以，我想盡一切力量，保護葛羅莉與羅亞安。保護這兩個在真實生活裏頭的人。

我把兩瓶啤酒全部喝光，做了個深呼吸，從沙發上站起身，準備走向倉庫時，大門電鈴響了起來。

究竟有誰會在這時候找我？而我是不是應該照先前的那樣，假裝沒有人在家？但是這樣又可以維持多久？我嘆了口氣，滿心不耐地轉身走到門口。我站定在門後，往外看去，看見羅亞安背著一個包包，站在外頭，一臉疑惑地正往裏頭瞧著。

陽光從旁邊籠罩著她的臉頰，金黃色的光芒使我瞇起眼，心裏頭一片溫暖。

「妳怎麼來了？」我把門打開，她迫不及待地鑽進門內，衝著我微笑。

「來看你啊。你這段時間在幹嘛？音訊全無的讓人很擔心！」

她把包包放到地上，把一股陽光乾燥的氣味也帶了進來。她動著靈活的眼珠，上上下下地打量著我，再把視線停在我的臉上。我想她看見的，應該是個滿臉鬍渣，既落魄又削瘦，幾乎喪失半條命的人。我沒回答，聳聳肩，低頭看了她的包包。

「這裏頭不會又裝了一些怪口味的蛋糕吧！」我指指包包。

她把手一攤，大笑了起來。「你這段時間搞失蹤，原來就是因為害怕吃到蛋糕啊！」

「不是，我只怕香蕉肉桂蛋糕。那個東西……嘖嘖……簡直是一個不應該存在的恐怖食物啊！」我搖搖頭，滿臉寫著對那蛋糕的恐懼。

「沒有沒有。裏頭沒有食物。」她把包包打開，讓我檢查。我作勢低頭，看見裏頭只有一個厚厚的白色資料夾。

我也跟著她笑，緊繃與陌生感瞬間消失。她熟識門路地自己到餐廳泡了壺茶，而我就坐在客廳的沙發中等她。

細瑣的日常聲，從後頭傳出。我望著旁邊窗子照進來的光線，改變了屋裏的色調。耳朵聽得見角落壁鐘的聲音，滴滴答答，外頭汽車的引擎聲與街頭的喧囂聲柔和地重疊在一起。

我感覺今天會是個晴朗的好天氣。

亞安拿著一壺茶走過來，坐到我的身邊。她替我與她自己倒了茶，桂花的香氣頓時瀰漫了整個屋子。她告訴我，她之前就想這麼做了，只是都找不到我。這個包包裏頭裝的，是這段時間裏，她與葛羅莉互通的所有信件。

她說因為覺得自己在這通信的過程中，好像真正地用了這個方式，來面對以

往不敢面對的傷痛，也意外地平撫了悲傷，所以她在一開始，就把自己寫給葛羅莉的信，全都影印了一份。

等於這個包包裏頭，有完整的她們通信的內容。

「為什麼打算把信給我看？」

她把信從資料夾中拿出來，對齊疊好，放在沙發前的茶几上。我瞄了一眼，便問了她這個問題。

「因為，因為我想從你這裏肯定，我的做法是沒有錯的。不是說我對此有疑惑，其實我很堅定地要把亞恩的死，從心裏頭放掉，但是我不知道在通信的過程中，是否也真正的幫助到葛羅莉。

我真心希望她好好的，真心希望她可以從安娜之死中走出。」她說。

然後亞安又接著跟我說起，前陣子她的母親，打電話給她，要她回家一趟的經過。

我把雙手交叉，很安然地枕在後腦杓的地方，側躺在沙發上，仔細聽她說話。鼻子嗅聞著茶葉的芳香，眼角仍盯著屋子裏頭散落的光。亞安沒變，笑容與模樣仍舊是個單純的大女孩，我對這一切感到非常放心。

她告訴我，她已經很久沒有回S鎮的家中了。距離上次回家已經四年多了。

安娜之死
西元一九九一年・秋季

這之中的家庭聚會，都是約在外頭的餐廳用餐，在每個不同的餐廳裏聯繫情感。既然父母沒有強迫她回家，她也就這麼順勢躲避著。而這一次接到母親的電話，她感覺自己的狀態，似乎已經與以往不同，好像開始有了堅強面對的能力，所以她便順從著母親的心意回家。

一到家裏，打開那扇記憶中的門，當然還是什麼都沒改變，家中固執地維持以前的模樣。所有羅亞恩已經泛黃、佈滿歲月痕跡的東西與記號，仍堅毅地在固有的位置中。上頭積上了一層厚重的灰塵，還有許多乾涸的情緒。

她沒有多說什麼，用眼神環視了一圈，只是靜靜地忍受著。

母親一開始，先是拉了亞安坐到她的書房中，很熱切地說著最近的生活。她說起因為從學院退休後沒有事做，所以最近想要動手寫一本關於家族史的自傳小說。這對於歷史系出身的母親來說，沒有任何疑惑之處。

這是個好方法，亞安心裏想，對於多出來的時間而言，或許是個好主意。她欣然地向母親稱讚這個主意，並且同意協助她。

然而，母親卻在喝過咖啡，兩人開始吃起下午茶點心，彼此的相處逐漸輕鬆之際，開始問起她們所有小時候的細節，裏頭全都是大量的羅亞恩的影子。

——妳為什麼要這麼做？

亞安有些憤怒，站起來大聲質問母親。

——因為，因為我發覺自己開始遺忘亞恩了。亞恩的模樣、亞恩的聲音，還有很多細節我都開始忘記了。

母親在她面前哭泣，像個做錯事而不知所措的小孩。她突兀地蹲下身子，用雙手緊緊捂住臉，哽咽啜泣得非常嚴重。

——不要這樣。請妳，不要這樣。我們都該遺忘她，然後，讓自己活在真實的生活裏。

亞安傾身過去抱緊母親，小聲地在她耳邊呢喃著。

「然後呢？」我問亞安。

「然後我的母親停止哭泣，像是個孩子一樣，疲憊地蜷縮在我的懷中。我突然覺得自己很想念她，我的身體與心裏都非常、非常地想念她，好像從許多繁複的情緒中抽取出來的、最純粹的想念。

我已經好久不曾有過這樣的感覺。以前記起這個家的一切，全都是羅亞恩。老實說，我想我決定離家，除了忍受不了長期處在悲傷的氣氛中，更多的原因，是我無法承受，我的父母眼中已經沒有了我，只有失蹤的亞恩。」

亞安嘆了一口氣，把桌上的茶杯捧起來，對著熱氣吹了幾口。我沒有說話，聽覺倒是全面開放，等待著她把事情倒進來。

「我也非常想念我的父親，非常想念，還有我自己都不知道的，緊緊揪著心地想念這個家。於是，在這天過後，我就打電話跟父母說，我決定搬回家住。過幾天，我搬回家後，一開始幾個禮拜的時間，我便與父母親一起合力，把所有羅亞恩的東西打包起來，堆到家中的倉庫裏。」

我感動地點點頭，沒有多回應什麼。然後我趁著她又走到後頭的廚房，說是要替我們準備晚餐的時間中，慢慢地把茶几上的信拿到眼前。

我忍住想要顫抖的慾望，在胸腔與體內，深深地做了個深呼吸。

這厚厚的信紙中，全都是這兩個女人波濤洶湧的情感。

交互堆疊的既無比的堅實，卻也無比的脆弱。順著記憶的前進與後退，我感覺這可能是死亡第二次如此真實地出現在我的生命裏。

我想到我之前花了非常長的時間，無言地凝望著海平面，順從地沉浸到深海的底部。

沉默的無形的牆，把我們與現實隔開。古老而遙遠的逝者，被鑲嵌在一座沒有止盡的、記憶中的玫瑰花園之中。海域裏頭的頂部，低得像是可以伸手摸見透明紋路的海水波動。

我們都是。我與葛羅莉、羅亞安，是一群無法在悲痛裏頭，清晰顯現自己的人。

我把信中的每個字句，一個字一個字地放進口中咀嚼，把飽含各種形狀氣味的情感，給咀嚼得細碎泥爛。我不願放棄靠近任何一種情緒的可能。我越是靠近信紙的背後意涵，我的感覺也開始越放鬆。然後緩慢地順著字義，把自己推回到原來的位置中。

我把胸腔最後一口氣吐出，然後吸進新的。

「怎麼樣？」亞安坐到我的身邊，捧著一杯熱茶說。

「很好。我想，我讀到的感覺是，完全符合妳的期待。我想不只是妳，葛羅莉也從與妳通信的這些時間中，擁有重新面對生活的勇氣。」

「真的嗎？」

她的眼睛一亮，看起來紅潤的臉頰，是一幅我從未見過的風景。

這裏頭不再是沉重的過往，與死者的影子。我從她的臉上看見海域篩進的陽光越來越強烈，就如同底層的烏雲散開，露出鮮明無比的、年輕的模樣。

我看著亞安，我很仔細地盯著她的臉瞧，時光彷彿倒退回十一年前，我們第

安娜之死
西元一九九一年・秋季

一次在警局中見到彼此。

她不再是那個擁有超齡心事的女孩，眉宇中間總是深鎖著不為人知的秘密。那些細微的舉動，都顯示她在長久的時光中，背後總是拖曳著一個她無法負荷的包袱。

我看見她努力捕捉回原有的模樣，就是這個年紀該有的旺盛生命力。

我輕輕地笑了，把信一封封慢慢地摺起來，疊好放進白色的資料夾中。

「現在，妳願不願意幫助另一個人，找回生活的勇氣？」

我看著她隨後站起身，把煮好的晚餐，一一地拿到餐桌上時，開口問了她這個問題。

「你的意思是……」亞安疑惑地歪著頭。

我點點頭，伸出手臂，指了長廊後頭的倉庫。她恍然大悟地點點頭，對著我笑了起來。我也跟她一起笑了。

在笑意中間，我感覺自己的眼眶濕了，眼角掃見了窗外的光線，是亮澄澄的一片透徹夕陽。

後記：我是如此的飢餓

不曉得有沒有人與我相同，對自己正在做的事情，永遠感到劇烈的飢餓感？在二〇〇九年的三月，**《惡之島——彼端的自我》**正式出版前，我已經著手開始寫這本**《安娜之死》**，時間約是二〇〇九年的一月中旬至六月底時完成。所以當時一邊忙著出版**《惡之島》**的後續工作的同時，也一邊掛念著手上這本**《安娜之死》**的進度。裏頭與命案膠著在一起的五個不同之人，幾乎完全佔滿我當時的所有思緒。

很多朋友都會問我，為什麼要讓自己如此忙碌？為什麼無法好好真正的休息？我也曾懷疑過自己一頭栽進去的真實原因，但這似乎是種屬於我本身，宿命且無解的生命狀態：與其他同齡的女孩不同，我不喜歡睡覺，討厭休息，進入過久的睡眠會讓我不安（聽某些朋友說可以在床上慵懶地躺上一天，都讓我感到不可思議!!），會深感罪惡地覺得自己浪費時間。

我無法不待在一種書寫的狀態中生活，只要手邊寫完一部長篇，成就與滿足感來臨且同時激起的，也是深深的，無法形容的失落感；所以我必須不斷地寫、不斷地創作，在無法寫的狀態中就閱讀與看電影，才會讓自己回歸到某種平靜的狀態，這是與自己共處最好的方式。

如果要用一句話形容自己，我只能說，我是一個非常純粹的創作者，我願意花費全部的生命來實踐創作。這是我生命的本質與意義，對創作永遠處在如此碩大的飢餓狀態中，永遠都對建構起心中平衡卻真實黑暗的世界擁有旺盛好奇心——飢餓感不是企圖改變世界，只是想盡全力書寫出最確切的人性與世界原貌。

《**安娜之死**》這本書於我的創作很不一樣的地方在於，這是我對於筆下的主角，作為操控他們生死的主宰者，第一次產生非常濃厚的情感。我喜歡蘇利文，這個貫穿全本的主角幾乎代表的是我對這個世界的看法，他擁有的性格與對真相不管是傾斜或平衡，都是我最原始純然，對待真實世界的雛形。

我也非常喜歡安娜，對她的設定有點類似天使的角色，一個可以洞悉人性與情緒欲望的天使，但是真實的她時常感覺困惑，無法理解生命與她開的玩笑：僅只可以對他人伸出援手，卻對自己的生命無可奈何——而這樣的矛盾衝突，幾乎涵蓋了所有真實世界所會遭遇的狀態。

當然，其他三個人：葛羅莉、凡內莎、以及哈特曼，他們各自代表的意義都是我不同面向對人生理解的態度，所以在創作這本書的同時，也是我獨自進行內在調整步伐，面對世界的重要步驟。

感謝**《惡之島——彼端的自我》**出書後，許多讀者與我的互動，在部落格中寫下心得、當面開心地討論讀後感還有內容，這些那些，都是對我最大的肯定，也成為某種支撐我繼續書寫的重要力量。在此對這些可愛的讀者們致上最誠意的感謝與祝福。

最後要深深感謝臺灣商務印書館的主編，還有責編大哥，您的意見，總是讓我這個粗枝大葉的人感到深深的感激，以及陳貞全大哥，真的非常感謝您對我與這本書全力的支持，真的非常謝謝。

其他的前輩親人好友們，在此對您們一鞠躬，深切感謝您們對我的生活與創作上的包容與支持，讓我永遠可以充滿力量地面對我的飢餓感，謝謝您們。

安娜之死

作者◆謝曉昀
發行人◆王學哲
總編輯◆方鵬程
主編◆葉幗英
責任編輯◆徐平
校對◆鄭秋燕
美術設計◆吳郁婷

出版發行：臺灣商務印書館股份有限公司
台北市重慶南路一段三十七號
電話：(02)2371-3712
讀者服務專線：0800056196
郵撥：0000165-1
網路書店：www.cptw.com.tw
E-mail：ecptw@cptw.com.tw
網址：www.cptw.com.tw

局版北市業字第 993 號
初版一刷：2010 年 2 月
初版二刷：2010 年 2 月
定價：新台幣 350 元

ISBN 978-957-05-2457-4

安娜之死 ／ 謝曉昀著. --初版. -- 臺北市：
臺灣商務, 2010.02
面 ； 公分

ISBN 978-957-05-2457-4(平裝)

857.7 98024809

惡之島

彼端的自我

謝曉昀 著

我遇見和我長得一模一樣的人，但是，我想親手結束他的生命……

臺灣商務印書館

惡之島

這是一個關於背棄神，
匯流所有惡質的島國故事
也是一個關於毀滅或擁抱自己，
延伸另種人生的魔幻寫實小說

這是一部由兩個不同的世界、兩個獨立的故事（彼端與自我），交錯延伸的魔幻寫實長篇小說；同時也是一部關於島國(惡之島)分裂，以及兩個相同的人：自我本尊與其科技複製人，身世彼此糾纏繁衍的故事。

這本小說精密剖析，人對於另個自己所會產生各種切面的心理面向；同時也深切地敘述一個事實：命運總是像骨牌效應，一個輕輕推倒，人生從此改變；而在面對萬劫不復的一刻，每個人是真的完全了解自己嗎？

◆ **甘耀明：**
作者建立的敘事方式，不斷製造停頓與轉折，讓讀者重新思考小說的美學呢！

◆ **陳　雪：**
以惡名之的島，以惡為主題的小說，卻造就了憂傷卻溫暖的，良善的救贖。

◆ **張永智：**
一道嚴肅的命題，被架構在如繁花盛開的彩色世界，這是我所驚豔的。

◆ **駱以軍：**
我心裡想：這或許就是下一個階段的新型態說故事人了。

◆ **顏忠賢：**
這時代年輕小說家的炫麗而迷亂的彼端自我。

讀者回函卡

感謝您對本館的支持，為加強對您的服務，請填妥此卡，免付郵資寄回，可隨時收到本館最新出版訊息，及享受各種優惠。

■ 姓名：________________ 性別：□ 男 □ 女

■ 出生日期：______年______月______日

■ 職業：□ 學生 □ 公務(含軍警) □ 家管 □ 服務 □ 金融 □ 製造
□ 資訊 □大眾傳播 □ 自由業 □ 濃漁牧 □ 退休 □ 其他

■ 學歷：□ 高中以下(含高中) □ 大專 □ 研究所(含以上)

■ 地址：________________________________

____

■ 電話：(H)________________(O)________________

■ E-mail:________________________________

■ 購買書名：________________________________

■ 您從何處得知本書？

□ 網路 □ 書店 □ 報紙廣告 □ 報紙專欄 □ 雜誌廣告
□ DM 廣告 □ 傳單 □ 親友介紹 □ 電視廣播 □ 其他

■ 您喜歡閱讀哪一類別的書籍？

□ 哲學．宗教 □ 藝術．心靈 □ 人文．科普 □ 商業．投資
□ 社會．文化 □ 親子．學習 □ 生活．休閒 □ 醫學．養生
□ 文學．小說 □ 歷史．傳記

■ 您對本書的意見？（A/滿意 B/尚可 C/須改進）

內容________ 編輯________ 校對________ 翻譯________
封面設計________ 價格________ 其他________

■ 您的建議：________________________________

____

※ 歡迎您至本館網路書店發表書評及留下任何意見

臺灣商務印書館 The Commercial Press, Ltd.
台北市100重慶南路一段三十七號 電話：(02)23115538
讀者服務專線：0800056196 傳真：(02)23710274
郵撥：0000165-1 E-mail:ecptw@cptw.com.tw 網址：http://www.cptw.com.tw
部落格：http://blog.yam.com/ecptw http://blog.yam.com/jptw